自己的远方

张文志

著

台海出版社

图书在版编目（CIP）数据

自己的远方 / 张文志著 . -- 北京：台海出版社，
2020. 9

ISBN 978-7-5168-2736-9

Ⅰ.①自… Ⅱ.①张… Ⅲ.①散文集－中国－当代
Ⅳ.① I267

中国版本图书馆 CIP 数据核字（2020）第 171581 号

自己的远方

著　　者：张文志
出 版 人：蔡　旭
封面设计：中尚图
责任编辑：姚红梅
出版发行：台海出版社
地　　址：北京市东城区景山东街 20 号　邮政编码：100009
电　　话：010-64041652（发行，邮购）
传　　真：010-84045799（总编室）
网　　址：www.taimeng.org.cn/thcbs/default.htm
E - m a i l：thcbs@126.com
经　　销：全国各地新华书店
印　　刷：河北盛世彩捷印刷有限公司
本书如有破损、缺页、装订错误，请与本社联系调换
开　　本：880 毫米×1230 毫米　　1/32
字　　数：189 千字　　　　　印　　张：8.5
版　　次：2020 年 9 月第 1 版　印　　次：2020 年 9 月第 1 次印刷
书　　号：ISBN 978-7-5168-2736-9
定　　价：49.00 元

序 / 文志行旅

钱国丹

数年前我曾说过，再也不为人写序或书评这类文字了。因为，把人家十几、几十万字的篇章读遍吃透，够让我费时伤眼了；其次，我不能保证我的秃笔，能否写出够格、精准的评价来。

但是张文志是个例外，她的身上，既有江南女子的委婉甜美，也有台州山海文化铸就的刚性和硬气。她的为人和为文都是坦诚的、不矫作的，这让我喜欢。

《台州文学》的编辑工作，已经够她忙的了，更难得的是她还是两个男娃的妈妈。这双重身份会让许多女人叫苦不迭，但是张文志却做得挺好，还能够腾出一只手来写出那么多散文。这实属不易。

大概五六年前吧，我第一次接触到文志的散文，不客气地说，当时她的文字还比较稚嫩，读来也有些别扭。可是一年之后，她拿给我《门前的风景》中的几篇，就让我觉得自然、真诚，字里行间透露的体恤之情，让我刮目相看了。

志者，记也。斗室书房外的花草，天涯异域的风情，都能成为文志的良好题材。我读她的文章，能读出她敏感中的细腻，柔情中的刚性，身体里的脉动。她孜孜不倦地耕耘着散文的一亩三分地。每见风土人情，一有独特感触，便潇洒走笔，以文志之。我忽然觉得，"文志"这名字起得真好。

现在，我面对着电脑屏幕，品读她即将出版的《自己的远方》。我比她年长许多，但她与我在文字之间没有代沟。女性的视角，女儿的情怀，让我们越来越近，共识陡增。我欣喜她传达出来的典雅精神，更有一种对自然、对人生的真情实感，和对这个世界、对身边亲友的爱心。

这是一本很精致的散文集。目录编排就很见创意，全书分三个板块：《远方的烟火》《门前的风景》《万物的光辉》。这三块是分列的，又是三位一体完美结合的。

善于捕捉细节，是文人一种不可或缺的潜质，它是与生俱来的，也是需要用一颗敏感的心为支撑的。同一次旅行，同几个景点，有人走过路过，并没有留住什么。高山的巍峨，草原的无垠，大海的辽阔，云空的深邃，花朵的芬芳，草木的葳蕤，风雨的萧疏，鸟雀的欢歌，都能成为文志的记忆，留下独特的雪泥鸿爪；更有那悠然生发出的缕缕情思，让我触摸到她的智慧与性灵，撩拨着我的心灵琴弦。

文志的行旅散文，是风景和情思的水乳交融，是人和景物的对话，是心灵的律动。她善于在他乡迥异的风物中找到家园的元素，让内心得到慰藉。在哈牡公路上，她看见"到处是庄稼，到处是丰收的气息。从来没有见过这种架势的辽阔、广袤，还有开天辟地的豪迈"；在新疆，她想象自己是武侠小说中的冰川天女，披蓑戴笠，雷厉风行；在侠客一样以梦为马海阔天空般的驰骋中，她领略到喀纳斯湖水的韵味。她关注一闪而过的柳树："看着一株株膀大腰圆的大柳林，想起了左宗棠进疆时的悲壮，就问是不是左公柳？——当然不是，左公柳在平凉一带。可是有什么不同吗？我看着它们，江南如丝的杨柳，带雨拂烟中，娉婷婀娜，嫁接不起眼前高大坚强的柳树，三三两两，带着西出阳关的惆怅，带着壮士一去不复的决绝。临水自照早已成为遥远的绝响，面对沙土，狂风吹过，虽然有柔情，也无处诉说，站立成倔强。"她也寓情于石，因为石能通灵。我看到她写云南石林的文字："亿万年雨水流过，从上到下，嵌出了一条条淡淡的直线，又像被巨斧砍斫、撞击后，石头身上泛出的灰白的斫痕。而它们身上的横纹，几近整齐，深入巨石的内心，是被时光的弦勒出的裂痕。很多都勒得很有分寸，很有比例，看上去，它们如同无数披着各色灰袍的智者，袖着双手，从容奔赴在时间苍茫的长河里，从远古长途跋涉到此，在宽广的天地间，沉默如金。"

如此文字，收放自如，刚柔相济，何其潇洒！

而近处的风景，同样能摇动她的心旌，激发她的灵感。在国清寺的阳光里，树林和稻田、院墙和照壁、花叶和甬道，在安详和庄严中，她回到生命最初的感觉。在寺后的佛陇丛林中，她听到梵呗；在被誉为"东方释迦"的智者大师肉身塔前，有在石墙下古道上行走的僧侣，她看到智慧感悟的光辉。

当然，文志也感受着许多离你最近的、却容易让人熟视无睹的生命，比如窗前的文竹："从几寸高的嫩枝，在我忽略的时光里长到两尺有余，开枝散叶，葱茏蓬勃，在风里招摇。我根本不知道它是何时长成这般，在我的窗前日夜舞蹈。但我诧异并欢喜它的舞蹈，它在我充满油烟气息的房子外添了一分清新。"她写到两只春天小鸟的鸣啭，它们的对话是欢乐的，是母子的关切，还是情侣的私语？一切都那么和美，鸟群歌唱者飞过树林，或在长夜中停留在树枝上的黑色精灵，如雕塑一样，同样给人一种美的悸动。

在这本书里，文志给我们展开很多画面，无论是被她解救了的一棵受伤的树，还是被扫帚驱赶着盲目乱撞的蝙蝠，我总能读出她些许的内疚和无奈。尤其是那种养不活的麻雀，那声声的尖叫，那撞墙的惨烈，充满震撼的力量，更有一种悲壮的美。

张文志在创作中曾经痛楚过：我是如此寻常、平庸的人，我需要那"五斗米"养家糊口，供房供车，赡老养幼。也坦陈："我诚实地承认我是世俗的人，享受俗世的快乐，也承担俗世的烦恼。但是我的内心又不甘心于世俗，总是渴望世俗之上的快乐，并能借其消除我俗世的烦恼。"

每个人的文字灵感，是与天地神通的。张文志从写作中得到一种温馨，一种慰藉。她曾说，我们向往远方，到达远方，"但我们也清楚，我们并不能融入远方"。其实，处处青山处处家，诗和远方，就在文志你的身边。

《法华经》中说得好："或以欢喜心，歌呗颂佛德，乃至一小音，皆已成佛道。"在张文志的这些文字里，我们看到她的心灵澄澈之后的满身清凉。

张文志还很年轻，她为人妻为人母，同时也为人女为人媳。她经营着安宁和温馨，这是需要大智慧和大胸怀的。尽管环境曾经压抑，生活仍然沉重，一日三餐柴米油盐，小儿哭大儿闹……但文志珍惜每一次难得的旅行，辽远新疆、七彩云南、长白冰城、内蒙古草原，她的文章都让我看到一个个移动的亮点，在文字营造的意境和氛围里，她是潇洒的，是逍遥的。

读万卷书，行万里路。文志风华正茂，能将读书、行路、写作三者有机结合起来，虽然劳累，但她是精彩的。正如她这本集子中的美文，行文是流畅的，文字是旖旎的，品格是高尚的。人生如旅，生命如寄，文志，但愿你的散文能成为永恒，好运和幸福也将伴随你终身。

是为序。

自序 ／ 自己的远方

贾梦玮老师在一次讲课时说到一句话："人一边被俗世同化，一边又与俗世斗争。"这真的是说到我的心坎。我诚实地承认我是世俗的人，享受俗世的快乐，也承担俗世的烦恼。但是我的内心又不甘心于世俗，总是渴望世俗之上的快乐，并能借其消除我俗世的烦恼。

于是我信奉受海德格尔启发的荷尔德林的诗句，"人，诗意地栖居于大地之上"。在年轻的时候就对此奉如至理名言，以一次次的远行来寻找平淡、琐屑中的诗意。可是这些诗意又是如昙花一现，只在我青春的浪花里浮了一层白沫，却并不能在我日渐增长的年岁里增添多少抵御的气力。它们更如我的一场滋味美妙的梦，梦醒时却发现自己已然坠入"数米计薪，日以挫其志气，仰视天而不知其高，俯视地而不知其厚，虽觉如梦，虽视如盲，虽勤动其四体而心不灵"的尴尬之中。

再回首荷尔德林，才悟得"诗意"之前，尚有"劬劳功烈"，尚有"当生命充满艰辛，人或许会仰天倾诉，我就欲如此这般"。

我当然不愿"如此这般"，禁锢的灵魂比束缚的四肢更急于逃脱。我亦想如从前年轻时一般逃离罢，逃到诗和远方。可是一阵狼奔豕突之后，狼狈地发现，当初可以拥有的"远方"，是因为有人替你在负重前行，而现在自己也已成为那个替人负重的人，才深悟生活远比想象更加苟且。

这种苟且在日积月累的苦闷和艰难中，让人日益感觉需要对远方的好奇与向往来消解。但更令人痛苦的是，我是如此寻常、平庸的人，我需要那"五斗米"养家糊口，供房供车，赡老养小。诗和远方撑不起这个担子，时长日久，对其的渴望，甚至也变成了心里沉甸甸的担子。

怀着恐惧和不安在这个世界行走，不愿完全屈服于世俗，又无力摆脱世俗，既付不起为了世俗的成功而须付出的自尊代价，又承担不了脱离世俗的沉重后果。即使寻求"诗和远方"，我也离不了柴米油盐的日常捆绑。

我思考如何在夹缝中寻找一种平衡，寻找自己的远方，在"劳绩"之余仍拥有清新的诗意。荷尔德林亦说，"我们的双眼总会在生命中发现"，那么在刻板和碎片的生活中，我能发现什么？他说："花是美的，因为花在阳光下绽放。"

我看窗前的文竹，它从几寸高的嫩枝，在我忽略的时光里长到两尺有余，开枝散叶，葱茏蓬勃，在风里招摇。我根本不知道它是何时长成这般，在我的窗前日夜舞蹈。但我诧异并欢喜它的舞蹈，它在我充满油烟气息的房子外添了一分清新。走出家门，灰扑扑的水泥路上，积水盛装了雨后初霁的蓝天白云的倒影，蓝和白里带了泥土的色彩和气息。仰头，天蓝得纯正，云白得无瑕，天和地之间用水相连，用泥土区分。远方的山影，越过小区重重叠叠的房子，把自己送到你眼前。虽是一小块的剪影，却丝毫不难想象它连绵的气势，以及它包纳的四季颜色，它就在这么狭窄的一溜里，呈现春的娇嫩、夏的稳重、秋的斑斓、冬的简洁。

只要我愿意，稍稍地多瞥一眼，就还能发现小区道旁郁郁葱葱的樟树在春雨里撒下满地红叶和黑籽，杜英亦如是，它们仿佛一对难兄难弟，把其他树木秋天的故事在春天里讲述。只要我能稍稍地放慢脚步，就能发现树梢机警的鹩哥、灌木底下潜伏的鹁鸟、小区门口从容的麻雀。如果我的脚步惊动了它们，鹩哥会毫不犹豫地展翅飞到屋顶的边角，居高临下环顾四周；鹁鸟会贴着地面窜入灌木深处；麻雀则不声不响飞到一旁。我还见到过久违的蝙蝠，像精灵似的在黑暗中飞过。

"诗意"开始在枯竭的日常中复活，像一滴水滴入沙漠，复活草就可以起死回生般重展枝叶。生命机械的存在开始萌发出阳光、雨露和不可阻挡的鲜红与翠绿。

当然，我也去远方，在积累起能够支撑一场旅行的物质资本后，奔赴向往的地方。远方的陌生感，能让人保持一点鲜活的好奇与敏锐的感知。可是在远方的人流中，在接触地域特色的新奇山水和独特风物之后，更多的仍是对这一方水土里的人的触摸。他们和我又有什么不同呢？他们在生活中的摸爬滚打，他们对周遭的习惯与对远方的向往，与我又有什么不同呢？

当我在禾木，这块被称为神的自留地的地方，看到牵马小姑娘的早熟与老练，听到租马人对自己的租金被克扣的不满时，我看到的是一个在案前伏首忙碌的自己。劳作的形式并不一样，但其本质又有何差别？

我在享受远方带给我的萌动诗意之外，也体味了远方的日常、远方的烟火。人的劳绩，在这大地之上，并无不同。

回来，再看窗前的文竹、路旁的树木、门前的风景，也染上远方的色调。我非常清楚它们不是远方，但是苍穹之下，云亦是四处飘游，风依然是空气的流淌，树是绿的，花是多彩的，鸟在飞翔或鸣叫，却又是相似的。远方是我内心预设的诗境，明知它烟火的气息深厚，我仍对它拥有渴望的诗意，而生活的周遭，是我无法逃避的俗境，但我亦在其中酝酿着诗心。

我徜徉在熟悉的一切之中，季节交替，日月轮换，俯仰之间，窥察到万物不动声色的生长变迁。在时空里，生命的产生和消亡，是一首诗歌的吟唱和终止，拥有一条河流的长度，一片土地的方圆。它们在阳光和风雨里，呈现无人企及的光辉。

我读到荷尔德林的另一句话："只要良善纯真尚与心灵同在，人就会不再尤怨地用神性度测自身。"我开始尝试伸出双手，去触及熟悉的和陌生的一切，去触及诗性和智慧，诉求其照耀我新的人生。

目录
Contents

第一辑 远方的烟火

第三辑　万物的光辉

第一辑

远方的烟火

人们感觉开阔的日子明朗，伴着景象，
当绿草展现在平原的远方，
黄昏的光线尚未趋入朦胧，
白日的闪亮已化作温柔的微光。
世界的深处常常显现，不可接近，
人的意义，充满怀疑，劳思伤神，
灿烂的大自然照亮了他的日子，
而远处驻立疑虑中黑暗的问题。

——荷尔德林《眺望》

云南：第一次的远方

去云南已是十多年前的事了，那时，因为刚好轮到学校三年一次的休假这么一个福利，因为路线刚好排到云南，还因为我们几乎都没有去过那么远的地方，所以高三组的十六七个人，以见过世面的、年龄最大的老陈为队长，带着一点盲目和向往就这么愉快地出发了。

荡漾的春城

六月初，高考结束，身心俱松，简直是怀着春心踏上春城昆明的飞机，期待与繁花来一场热烈的邂逅。

春城的天气既不比台州热，也不见得更冷，天空似乎随着海拔的升高而变近了，紫外线也强了许多。但是天的蓝里夹了别的色彩，仿佛满城的花都倒映在上面，幻化出七色的迷彩。

中巴从机场一路急驰，我们许多人还沉浸在第一次坐飞机的兴奋和第一次抵达如此遥远的地方的小小的惶恐中，窗外的景色就如同一条条线条交杂的色带，抖动着，迅速地向后飘去，让我们对这个城市只有一个模糊的印象。

然而当身体降落到世博园的时候，我们才对春城的"春"有了深刻的理解。百花烂漫说的不就是如此吗？

导游还是絮絮叨叨地介绍，世博园，占地约218公顷，植被……我们的心魂早已被勾走，不由自主地跑向那些勾人的花精，一改平时讲台上端庄严肃的模样，现在就如讲台下那些等待下课铃响冲向食堂的蠢蠢欲动的学生。

导游是个年轻姑娘，此时如同坐在讲台上，拿着喇叭板着脸在吼："先等我讲完注意事项——再走！"大家嘻嘻哈哈吐着舌头，堪堪地收住了不安分的脚步，催促她"快讲，快讲"。

等她话音一落，除了已经结婚的老陈和Mrs.章尚能保持稳重，我们如花蝴蝶一般飞走了。

那些花如浪一般铺张开，我们急不可待地扑进去，像鱼跃入大海。

深紫、浅紫、粉紫、紫红、粉红、大红、橙红、玫红、桃红、鹅黄、嫩黄、靛青、天蓝、粉白、雪白……我们几乎把一辈子能想起的色彩都摆了出来，可是还不够。光那些叶的绿就让人应接不暇了，第一次见识到花的叶竟可以绿得千变万化：深浅、老嫩、冷暖、轻重不同，托得那团团簇簇，一处又一处，远似泼墨写意，近似工笔细描，怎一个姹紫嫣红了得呀。

我们不断地用有限的一点植物知识去识辨，可是除了薰衣草、玫瑰、郁金香、康乃馨、剑兰、鸢尾花、百合等在花店常见的品种，我们实在所知有限，那时还没有智能手机，更没有现在那种能拍照识别花朵品种的软件。这实在是一种遗憾。所幸年轻，遗憾几秒也就过去了，扑在花上，嗅嗅摸摸，像勤劳的蜜蜂，心里也是满足的。

不久，花丛这里那里的娇羞情兮，托腮凝思，回眸一笑，翩然起舞，让笑声从花的这瓣飞到那瓣，荡漾在园子上空，像花香交集着浮到了半空——我们觉得自己也是花丛中明媚的一朵。

照相机"咔嚓"声四处响起，带不走这些花，那就把它们连同自己的身影一同带走。妇女之友阿亮同志，不仅给我们拍，还指导我们摆姿势，我们十个女同胞，在他的示范下，一会儿去薰衣草旁来一个侧影特写，一会儿去水边抚着菖蒲临水自照，一会儿作宝钗扑蝶，一会儿作湘云醉卧，一下是世博四美，一下又成了八大花仙……

平时的女汉子也露出了似水柔情，娇小温柔的也有了飒爽英气，微胖而五官精致的犹如杨贵妃再世，同样微胖但相貌平平的则爽朗生动，连自称老孺人的阿王也没了平日的严厉，嘴角眉梢都是含春的笑意。我们甚至在表演的黑种人面前，和着他们手鼓的节奏跳起舞来。

那一年，我们中除了三十出头的Mrs.章和阿王，其余的七八个都是毕业没几年的女孩子，青春还未燃尽，激情尚有余温。离了严肃规矩的三尺讲台，自我被鲜花诱惑，纷纷绽放出异彩。那些照片，回去后看看，说是搔首弄姿毫不为过，但至今都被我们当作今生美好的怀念之一。

远方让人脱离了原有的束缚，在一片陌生里找到另一个自己。春城，花香荡漾，我们的心和青春也跟着荡漾。

石林的回声

去石林时，我们根本不知道它是什么。老狄和小徐还大大咧咧争相说:"石林山水甲天下。"被我们一齐嗤笑:"是桂林山水甲天下,书读了都还给老师了!"只有教地理的阿胡慢吞吞地背书:"是喀斯特地貌,世界地质公园……"我们问:"怎么样的?"她就不好意思了:我也没见过。于是导游不动声色地小小得意了一把,缓缓道来。

当她说到阿诗玛时,我们才稍稍挽回一点颜面,我们忙说这是电影,里面还有一个阿黑哥。可老狄这家伙又不合时宜地说:"阿诗玛是香烟!"真不晓得他是故意的还是无意的,反正我们刚鼓起的皮球又被他戳破了。导游宽厚地笑笑说,对,阿诗玛香烟是我们云南产的。阿狄在我们的白眼里得意地说:我就说不止一个阿诗玛嘛。然后又厚脸皮地对导游说:我不知道也很正常嘛,隔行如隔山嘛,你解方程肯定不如我,这下连司机都忍不住笑了。可是关于石林,我们仍无从想象。现在想来,乡下的孩子到了成年,仍拘囿于小地方的一角,是真的没有见识的。

车子一路荡漾着笑声驶到了石林。下了车,一块一块、一堆一堆、一簇一簇的石头突兀地出现,像巨大的石笋从大地向天空凶猛地生长。如此沧桑,如此刚硬,猛地把我们从春城的百花烂漫、芬芳温柔里拽出,让人不由呆了一呆。

这些经过几亿年风化的巨石,身上处处留着只有时间才能赋予的痕迹。亿万年雨水流过,从上到下,嵌出了一条条淡淡的直线,又像被巨斧砍斫、撞击后,石头身上泛出的灰白的斫痕。而它们身上的横纹,几近整齐,深入巨石的内心,是被时光的弦勒出的裂痕。很多都勒得很有分寸,很有比例,看上去,它们如同无数披着各色灰袍的智者,袖着双手,从容奔赴在时间苍茫的长河里,从远古长途跋涉到此，在宽广的天地间，沉默如金。但它们浅竖深横里，是无尽的沧桑、无穷的阅历，是对宇宙变迁的无声应和与见证，衬得身上那些鲜红、翠绿的石刻题词似魔幻电影中的特效。

我们在"莲花峰""剑峰池""千钧一发"等景点中间穿梭，这些深露于大地的石块，俯视着脚下来往的人们，以其巨大，以其多姿，让我们惊叹，心生敬畏。但自然能以神奇的方式彰显人类的单薄，也能以平易的面貌宽厚人类的浅薄。

走到阿诗玛的石峰，美丽而忧伤的传说，让我们对眼前的石峰又有了别样的亲切感。我们不约而同都想起了台州的石夫人传说。阿诗玛反抗财主，对爱情忠贞不渝，直至化为石峰，成为回声神，呼应着每一个呼喊她的人。石夫人，是渔民的妻子，丈夫出海，风暴之后再没有回来，她背着孩子站在山顶，一直站成了一座悲伤得让人感动的山峰。相距千里，她们并不相识，但是关于爱情、关于忠贞，她们彼此之间应该也有共鸣吧，或者说在人间应有无数共鸣吧。

边上的一位大哥在朋友的怂恿下，咳了一声，吼出来："阿诗玛，阿黑哥我回来了！"吼完，不由用手捂了捂脸，有些不好意思。挽着他手的女伴娇羞地捂着嘴笑了，我们都笑了起来，配合地给他热烈的掌声。石林的上空，似乎真回荡着"阿诗玛，阿黑哥我回来了"的声音，经久不息。

传说里的遗憾，被现实的人们以这样的方式圆满。我们看着石峰，仿佛阿诗玛其实早已和她的阿黑哥双宿双飞，留下的石峰，只是后人无限的寄念。拍照的店家最善于抓住商机，吆喝着推出阿诗玛和阿黑哥的情侣服装，不少情侣纷纷租来穿上留影。沿湖的半圈都站满了来自全国各地的阿诗玛和阿黑哥，仿佛是一场彝族的集体婚礼。

我和C也禁不住诱惑，各自租了一套阿诗玛的衣服穿上拍照。灰扑扑的石峰，碧粼粼的水波，映得两个玫红的身影像石峰间盛开的花朵。小林开玩笑说："回去找到你的阿黑哥再来一次。"

车子离开了，巨大的石峰在视野里不断变小，直到消失，仿佛时间的回声在宇宙深处逐渐消失。但石林上空的另一个声音却仍在我们心头回荡："阿诗玛，阿黑哥我回来了。"那是我们对爱情的向往。

没有段誉的大理

知道大理，源于金庸的《天龙八部》，加上后来的电视剧渲染，有了段誉的大理便充满了神秘的魅力。

踏上大理的街头，远观，刻着"大理"字样的城楼大气、古朴、宏伟，矗立在蓝天下，有雄镇一方的霸气，似乎在讲述千百年的辉煌历史；走近，在风雨中浸渍过的城砖斑驳、沧桑，岁月模糊了它们原本的面目，使之蒙上了深深浅浅的灰迹。

那时，我们是真不懂，可能也不曾想懂，不懂它的过去，也不懂它的当下，凭着小说影视剧里得来的零星知识，东张西望，四处闲逛，评论着这个古老城市里因旅游业而产生的尚不浓郁的商业气息。现在想来，这是怎样的无礼和轻慢，犹如不识一位渊博的长者，反而在其面前百般卖弄。

而那时，只有纯粹的开心，一种离了原有的束缚，无拘束的开心。我在城楼前雀跃：段誉，我来了。阿许笑我，他已有那么多妹妹，不差你一个。话虽如此，她还是不顾旁人眼光，很配合地和我比画了一下"六脉神剑"的招式。

大家走散了，我和阿许慢吞吞地乱逛，和别人去买玉买银器不同，我们是欢天喜地去买小吃。吃了什么，已忘了，只记得两个人两手满满，不顾忌形象地边走边吃。有时会在街边的小店门口，一边吃，一边看匠人打制银饰，看着他做出精美的镯子，问我们要不要。我们惶恐地说不要，就看看可以吗？他也不恼火，吸着烟继续忙碌。

连看了几家，有人招呼的，没人招呼的，都不介意我们张望、窥探。阿许终是熬不住，买了一个银镯给母亲，买了一个银锁给外甥女，一个小饰品给朋友。我想了一圈，也不知道该不该买，就没买。只在一家店前，看到拳头大小的南瓜，从没见过，感觉煞是可爱，买了好几个。

等东西吃得差不多了，也到集合的时候了。在车上一聊，买了银饰的大半，没买的小半，老陈说这里的银饰用的可能不是925纯银，我不太懂，但听他这么一说，就没了未买的遗憾。

离开这座古城，我们就如同逛了一回集市一般，兴高采烈。同是金庸迷的阿徐说怎么不找人扮演个段誉和游客们拍拍照呢？老陈驳他：不要弄巧成拙，那是拉低档次。我才猛然意识到大理这样一个旅游城市，它热闹却还称不上市侩，它开放却也固守，骨子里应该有历史文化名城千百年沉淀下来的宁静、平和的大气和底蕴的。

在我们抵达崇圣寺三塔时，这种感受更为强烈。

三座塔，一高两低，主塔千寻塔高近70米，后两座小塔高42

米。向上走，只觉得塔是在宏大的背景下突兀出现的，高远无边的蓝天，没有一朵云；苍山，没有一丝雾气；高悬的金乌，挥洒下灼目的光辉，高耸的白塔发出了金黄的光芒。走向塔，仿佛走向佛光，无端地就让人敬畏了。我们并不信佛，但如果说在大理城，我们享受的是世俗的快乐，来到这里，我们真切感受到的是自然的大气和佛性的照拂。

雄伟的寺院飞檐斗拱，雕栏画栋，黄色的琉璃瓦照映着塔势，掩映在绿影婆娑里，在苍茫的山脉前刻画出曾经的皇家寺院的辉煌景象，书写着佛家的深刻教义。

信徒们在殿前焚香叩拜，虔诚祈祷。我回身看三塔，在绿树簇拥下，向天空伸展，笔挺、硬朗、细细的塔尖，仿佛是记录历史的大笔，记下南诏，记下大理，记下这一片土地的盛衰哀荣。

向下走，到了潭边，绿树、塔影、白云、蓝天都被盛放在一潭碧水中，平静、幽远，不言不语中，抚平人的心性。这潭不是李煜的"一江春水"，而是大理王朝世代的"无根之水"吧，多位大理王于此出家，他们脱离世俗，脱离权欲，在此感悟了什么呢？

也许人总是在壮观面前感到自己的渺小，在宁静面前觉察自己的波动，在自然面前被深深折服吧。

当乘上洱海的"杜鹃号"，驶向洱海深处时，远处的苍山依旧连绵高耸，崇圣寺三塔依旧挺立于天地间，像为人间的俗民撑起佛性的天空。

而洱海以点苍山为屏，以玉案山为衬，是嵌在其中的明珠。一刚一柔，是天地的平衡，它把崇圣寺绵厚的皇家气象和虔诚的香火，吸纳了，也稀释了，用广阔湖面的万千粼光折射出另一种力量，映衬着人性。

我们在船上扶着栏杆，有风拂面，是一种不同于在大理时的安宁与美好。

不设防的丽江

到达丽江，已是午后两三点。与大理的浑厚、大气不同，丽江没有城墙，虽然自古是丝绸之路和茶马古道的中转站，却更像一个坐落于山野的繁华的巨大村落，石头路被人的鞋履磨得光滑，可是光滑里又添了历经风雨后的坑坑点点，在阳光里也盛了水汽。丽江就在水汽里浮现：幽深通达的街巷，古色陈旧的房屋，雕满花鸟禽兽的门窗栏杆。房前屋后处处可见的娇红嫩绿，与路同行的条条清水……都带着富足的乡野气息，笑容可掬地等人来。入口狭窄，街巷悠长，丽江就像一个装满故事的神秘口袋，一抖，人就跌了进去。

导游说这是拍过电视剧的院子，那是著名的某某大院，她说丽江的酒吧有名，可我们当中去见识酒吧的大概就一两个，她说丽江的民风彪悍，在陌生的地方，我们就保留了顾忌，在不惹人讨厌的范围内，好奇地探头探脑。

终于被带进了一个院子参观，急匆匆地跟着行走。只知道是依着山势建造的房子，见过岁月的木扉掩了一个小小的院落，整洁芬芳，具体却不知要看什么。在房子里绕行，才明白它的"波折"。最后在一个砌着矮墙的平台停下，这平台看着像过道，又像露天的阳台。导游说这是摄影胜地，大家在这里自行拍照。

原来如此，在多数人的行程中，拍照是多么重要的事项，我们该称赞她的体贴。

转身向外，可以眺望远处的山脉，可以俯瞰整个古城。连墙接栋的屋子铺满眼前，层层叠叠、纵横交错的黑色屋脊，像一湖密密麻麻的黑鲤浮在水面，荡起的涟漪一直绵延到远处。远处是丽江新城，雪白的高楼围了一道堤坝，阻止了鱼群的曼延。堤外是起伏的雪山——玉龙雪山。山巅白雪覆盖，接着高旷的天空，和飘荡的白云应和，牵着人的心也沿着这黑色的线上了天，亦高亦远。于是整个古城就成了一幅灵动的画，山墨洇染，壮阔写意，浓淡交替，层次分明。在略微西斜的阳光下，静谧祥和，温润如玉。观之越久，越觉得与天地对语亦如是。于是，人在镜头前，身后万般妙景不仅入镜亦入了心，不由自主地摆出了闲适的姿态，拍出如在自家庭院闲坐一般的效果。

拍的人多，不容多作停留，但照片定格的一刹，似乎大家的心和丽江的悠远灵魂连在了一起，人人都是满意又满足。

出了院子，走向古城中心的四方街。据说四方街以彩石铺地，清水洗街，日中为席，薄暮涤场。已经三点多了，我们好奇暮色来临之前的四方街是什么模样。

人多了起来，广场上更甚。我们跟着导游看"走马转角楼"，看交错的巷道，看古老的水车吱呀地车水，水绕着广场行走，与丽江的每一条街肌肤相亲。我们置身其中，恍惚置身江南小桥流水的小镇。

音乐不知何时响起，广场上的人们开始跳舞，先是穿着少数民族服饰的大妈、姑娘们和着节奏拍手、踢腿、旋转。鲜艳的服饰在旋转中像彩带飘过。她们热情地招手，开始大家都很矜持，不肯下场。但随着围观的人越来越多，终有人参加进去，在善意的笑声中笨拙地舞动四肢。可是并不难看、突兀，大约本地舞者的热情足以冲淡他们的尴尬。他们坚持跳了一会，于是旁观的人不用招呼，三三两两结伴地加入，队伍变长了。音乐是不需要语言的交流，有人找到了闸门，就揭开大家羞涩的面纱，真实的内心和天性被释放出来。

越来越多的人加入，大家已顾不上伙伴了，手搭着前面人的肩膀，跟着队伍一起转圈，你伸左手我伸右手，你踢出左腿我踢出右腿，都没有关系，兴奋掩盖了一切不协调。

当跳到手拉手，向着中心斜踢腿时，才发现左右牵着的都是陌生人，都挂着开心的笑脸，专注地跟着节奏，努力保持与动作一致。队伍已经形成了一个巨大的圆圈，有人退出，有更多人加入。

我们都早扔了羞怯，个个咯咯笑得大声而不自知。瞥见老狄还在圈外观望，我一把把他扯了进来，挽着他的手臂就跳。后边的姑娘也不恼突然加塞，很自然牵上他的手跟上来。厚脸皮的老狄竟也红了脸，可一圈下来，他已挥洒自如，还把边上一个不相识的男孩也拉进来，大声命令"跳"，那男孩子竟然乖乖地跟着跳了，刚才的女孩已不知去向，我们竟都没有留意。

每个人都在笑，还有许多人和我们一样尖叫，圈外的人也一样笑着、叫着、喝彩着。陌生的界限已经模糊，只有一起跳舞的伙伴。

不知转了多少圈，大汗淋漓，晕头转向，有点熬不住了，从跳舞的队伍中退了出来。一退出来，队伍就向前了，自己好像就冷静下来了，可是激情还在，心还是热乎乎地怦怦跳着，看着每一张脸还是很亲切。同时也惊讶刚才那么奔放的人是自己吗？事后想想，那一刻对所有人都放下防备，包括老是对我们强调安全，不要和陌生人说话的老陈，跳得也很放肆。

也许在丽江这座不设防的城里，在可以点燃心灵的音乐声里，我们都无须设防了。这是在云南，我第一次的远行里，最快乐、最怀念的地方。

在那遥远的地方

飞机和仲夏的夜晚同时降落，比浙江天黑的时间迟了好几个小时，这就是时空的遥远。打量着仍然明亮耀眼的乌鲁木齐，没有七剑、没有香香公主，只有车如流水、马如龙，一副普通的城市模样，还有《在那遥远的地方》歌声悠扬。我深吸一口气：在这遥远的地方，虽然没有我的好姑娘，但是相信陌生的远方总会有意外的惊喜。

天山侠客梦

七剑在天山，冰川天女在天山，《书剑恩仇录》也在天山，我想都没有想，就认定天山是侠客的"奥林匹斯山"，不是杜撰的地方，也不是千古文人的侠客梦中的空想之地。天山山脉横跨中亚腹地，行经2500公里，有1700多公里完全真实地坐落在我们的新疆，等着我去相会。

车从乌鲁木齐出发，奔驰在高速上，两边的荒漠滩里，蒙着尘土的绿意挣扎着显露了出来，经常是一脸倦态。左边是空旷的天际，右边是绿色渐远渐浓，与我们并驾齐驱。不知是不是那山的苍绿色渗漏了下来，路上断断续续、斑斑点点的草木相伴，淡漠宁静。倒是强烈的日光冲淡了苍凉，显出一种掺着温柔的剽悍。导游说这是天山，这一路我们沿着天山的支脉往北走。

我既喜又惊。喜的是，梦寐以求一见的天山，近在眼前；惊的是，期盼约会白马，却来了青蛙。我们若即若离地瞅着彼此，爱就爱个轰轰烈烈，恨也恨得撕心裂肺，这样近不近、远不远、不干脆、不痛快。阳光下山体绿得过于厚重，少了些生气，绵长木讷，既没有冰雪覆盖，也不够郁郁葱葱，与梁羽生、金庸笔下的天山差得太远。山下草色昏暗，路两边的沙地上，满是为植草而埋的芦苇，稀疏的植被让苍莽的天地更显雄壮悲苦，这是赤裸裸的艰难。没有策马奔腾的狂欢，没有哈萨克歌声的浪漫。我被真实击中，一时不知所措，只瞪着它一直走，走了一天，似乎怎么都到不了尽头。脑子千转百兜，渐渐清醒，天山，它不是孤零零的一座奇峰，它是连绵的山脉，不是江南水城的后生，是边塞历尽风沙的大汉。如此绵延不断的执着不足以打动人吗？我反省自己先入为主的鄙陋，心为之一松。

放眼远眺，才发现千里天山，在湛蓝的天穹下，平旷的原野上，孤独、凝重，像一个岁月雕刻的高人在慈悲地注视着一切。那就是武侠的气质，博大、雄厚、仁爱。所以那么多的武侠小说杜撰了无数的地点，梁、金两位大师都不曾遗漏掉天山。而我只是它浅薄的弟子，什么都不懂，只想着除暴安良、快意恩仇，做着一场侠义心肠、儿女情长的春秋大梦。

路上，遇到了一群野马，说是一群其实也就是几匹，比平时见到的马要矮小粗壮些，黄沙一样的肤色，四蹄都接近黑色，不怕车也不怕人，任你相机咔嚓，它们淡定食草，偶尔抬抬头打个响鼻，从容优雅，真是美丽的生灵。若在草原上飞奔，必定如风般快速空灵。因为这场美丽的邂逅，大家都激动了很久。我在马前，披上红色的纱巾，摆出江湖儿女的姿态，和这些精灵们合了个影：它们将是我梦里仗剑走天涯的忠实伴侣。

天山还没有到头，在颠簸的车上，我已被睡神召唤，与杨云骢、飞红巾、霍青桐、冰川天女、陈家洛一起讲述那些似曾相识的故事，背负长剑，手挽缰绳，放马天山南北，书写英雄侠客梦。

感谢天山，让我做了一路的侠客梦，上演了一部自己的传奇。

女娲补天炼石处

五彩湾，应该是一个长满缤纷鲜花的河湾。目光所及之处，真的有条河流过，但却与鲜花无关，而是雅丹地貌奉献的奇迹。我们到达时，离太阳下山还有一小时左右，泛红的阳光，骑在起伏的山坡上，红光顺着山脊流淌。大片大片的红像陈酿一样撒泼，但是在光的阴影处却是紫的、绿的、蓝的、发黑的、泛白的，色彩夹杂，界限不清。再仔细看，向光的红里，岩石又有自己的特色，红多些少些，深些浅些，就有不同的图画；黄在亮光下发白，在阴影里显黑，光线丰富了颜色。以红黄为主色调，相间叠加起来，如彩带游走穿梭在山体之间，在光线变幻中逐渐灿烂而暧昧。夕阳像神奇的魔法师，目光像魔法师手上的魔法棒，所及之处调色板四处挥洒，明暗帮衬着山岩上松垮垮的砂石呈现出一种难以言说的炫丽。无数人想抓住这变幻的瞬间，追逐着光线拼命挽留。我向下走，黄沙般的山岩体表，有细细碎碎的紫，深浅不一，有模模糊糊的绿意，但最多的仍是红和黄，像彩漆涂抹后的斑驳剥落。放眼望去，杂花生树般的色彩如暮春三月的江南，绚烂交错，界限难分，如江南采莲时人入莲塘。无声无息的山体生动形象，一点一滴的色彩都在对话，我也想说些什么。于是请同行的朋友帮我拍张照片，好让自己永远与这一瞬间的色彩融合为一体，黑色的长发，红色的纱巾，如长河的一颗飞沙，扬起在晚风中，恍惚间飘然似仙。

这变化不定的地方让我觉得惊奇而熟悉，我毫不吝惜我的激动和赞美，激动于色的每一次换装，赞美光的每一分美丽。盘古开天辟地时必定特别钟情于此，所以才不借一草一木、一禽一兽，却动人心魄。也许当初女娲便在此处炼石补天，这五彩斑斓的山野，留存着女娲随手拣用过的补天之石，《红楼梦》中的通灵宝玉仅此中一块而已。

夕阳越来越红，天空有一种灰蓝的通透，五彩湾渐渐笼罩在即将到来的黑暗中，慢慢地和天空在远处开始交融，似乎它们原本就是一体的。天地空旷寂寥，人群开始散去，星星点点，散落在原野之上，如女娲用柳条甩出的小泥点。

水流过的地方

车在走，经过火焰山、魔鬼城、克拉玛依，都是黄沙赤土。不知过了多久，终于看到水，"上善若水"，水是最神奇的存在。水边上就是绿，我不知道这是否就是所谓的绿洲，这色调立刻引来一种生命涌动的喜悦，这是生命给人的最原始的张力。水从远方流来，一派水草丰美的景象。水面不是很宽广，有时细得像小溪流，有时宽些，也只能算条小河，但草木抓住了时机拼命生长，长成了一大片一大片的草原，长成了时疏时密、高一丛低一蓬的林子。草原上散落着些民居，平顶土房或砖房，院子大大的、空荡荡的，时而走来几头牛或羊，甚至还有车子，偶尔人影闪动，飞洒出一些生活的气息。

有一处，水特别宽，树也特别高大，分列在两岸，郁郁葱葱的，像江南的田野。底下，浅浅的绿漂向远方，水在草中不时冒出个潭或坑，星星点点，像沼泽。水面波光粼粼，映着蓝天白云，树也倒映到里面凑热闹。有牛羊会来打扰一下，甩着尾巴，踩着小步，喝点水，再摇摇头走开。不是风吹草低见牛羊的影像，但同样如牧歌般宁静柔和，时光仿佛停了千年。

我们一直沿着这水前行，有时它小到几乎断了流，只留下稀疏的草色和满是风尘的树叶，干巴巴、灰蒙蒙，总让人觉得叶子上都长着皱纹，带着愁苦和憔悴。可它们活着。等到绕个弯，水多了点，就蓬蓬勃勃成一地的生机，一路和水缠绵成带着风霜的美丽家园。

第二天，在路上看到柳树，我地理方位感极差，看着一株株"膀大腰圆"的大柳树，想起了左宗棠进疆时的悲壮，就问是不是左公柳？得到的答复当然不是，左公柳在平凉一带。可是有什么不同吗？我看着它们，江南如丝的杨柳，带雨拂烟中，娉婷婀娜，嫁接不起眼前高大坚强的柳树，三三两两，带着西出阳关的惆怅，带着壮士一去不复还的决绝。临水自照早已成为遥远的绝响，面对沙土，狂风吹过，虽然有柔情，也无处诉说，站立成倔强。

这是去喀纳斯的路上，车在山间盘绕，水在细细地流动，清澈的秉性来自冰川，是神赐的礼物。它在满山满坡的绿里，娇小纤细，但是它像绳子一样，捆起壮硕的山和原野，随身携带，奔向远方。

我知道，水流过的地方，就有生命，就有奇迹。这里的水柔中带刚，养育出一方同样性格的草木，更是养育了一方同样性格的儿女。

喀纳斯的湖水

据说喀纳斯的水一年四季颜色都不同。我们来时，喀纳斯的水像牛奶，掺杂着淡淡的青草味，泛着微微的绿。这么大的盆，怕是天下的牛奶都倒进去了吧。

天被云覆盖，显得有些灰，与远处墨绿的山色际线分明，近处的山绿得不均匀，林木葱葱，岩石裸露。喀纳斯的水从山群里曲折铺开，色差对比明显，像从天上而来，色泽鲜亮却不干脆，像是吸附了四周山上的绿意，却没有调配得当，便上桌了，白得不透彻，绿得有些浮，如同熬了很久但佐料不丰的汤，浓郁里又带些轻薄。

爬到高处，向四下望，喀纳斯湖就是一条修身的大纱裙，娴雅贴身，气质不凡。大家都在说着水怪，可我觉得这么温柔的湖里，冒出的应该只有仙女，就穿着湖水色的长裙。

湖水在山底的草原辟开了一条路，像衣带飘向山外，悠远绵长，让人遐想。

另一边是起伏的山，延伸的草原，山阻挡了人的视线，草沿着山坡爬升，在山腰和山顶长成树，山顶像戴着深绿的帽，山腰东一块西一丛的也是深绿，夹着绿草往下伸，高高低低的，层次分明，仿佛还留着草原百花盛开时节的热闹。那气息一直流进山脚的小小村落里，为数不多的木屋上开始升起了久违的炊烟，像江南春天里的树木，和安静的山水融为一体，是一幅最美的风景画。因为喀纳斯的水色，我特别向往新疆的马奶子酒、羊奶，所以去了山下的蒙古族人家。坐在木屋里的毯子上，壁上是成吉思汗像、长弓、弯刀、鹿角，充满蒙古族特色和原野气息。听着呼麦、长调、马头琴、蒙语歌，喝着马奶子酒，吃着炒青稞，我努力让自己假装沉浸在其中，但一小时不到的时间能体会到什么呢？像沾在野兽光滑皮毛上的水珠，轻轻一抬头，就没有了。我们认真而热烈地鼓掌，怀着好奇，问了好多的问题，但仍感觉到一种来自内心最深处的隔阂，不仅仅因为语言、生活方式的差异，更是当下的一种通病——浮躁。行色匆匆，我们能带走或留下什么？对于他们来说，这样的人来人去再也没有任何新鲜感了，但我依然真诚地感谢他们，我不加入那些他们一次挣多少钱的讨论，宁愿为这美丽的喀纳斯湖和可能正在经历改变的人们在自己心里留一些温情和宁静。相信牛奶般的喀纳斯湖水流过的地方，生长的是美好。

禾木的爱情

在贾登峪吃晚餐，看到一张巨幅照片，照的是禾木。禾木，意为神的自留地。在夕照里，金黄的叶子，发亮的流水，质朴的木屋，袅袅的炊烟，美丽、宁谧、祥和，令人怦然心动。同行的老师说它散发着爱情的味道，我们全体对它一见钟情。

第二天，我们迫不及待地去追寻我们的"爱情"。一下车，阳光强烈，刺目；尘土飞扬，迷眼。山谷里错落的木屋前摆满了新疆随处可见的玉石、玛瑙此类东西，天南地北口音的小贩不断吆喝，满鼻的商业味、油烟味、牲畜粪便的气味，在高温中发酵，让人喘不过气来，哪里还有爱情味？失望挂在所有人的脸上。难道神遗弃了自己这块自留地，剩下一片喧嚣，让人们去折腾？

山坡上有一块很大的空地，据说是成吉思汗出征欧洲的点将台。我们骑马上去，放眼远眺，山下的人和屋子都小了，烈日下的山谷沉浸在忙碌喧哗中，但你听不见。也许高处的空旷，让人感受到了平静，看着山下经历岁月洗礼的木屋，外疏内密地分布着，山色苍莽模糊了它们的颜色，山脚树木掩映着一条河，溅着白沫，绕过村庄，穿过树林，流向远方。

时光的炊烟依旧袅娜，亘古的风从山谷这头吹向那头，太阳的目光从温柔到热情，人们来来往往，陌生又熟悉。就这般定格成永远的风景，保留着爱情的味道和不舍的想念——多好！

因为距离，有些人、事都变得分外美好，走近了，了解了，涌起的反倒是怅然若失。我骑马下山，重新投入世俗的味道。帮我牵马的蒙古族小姑娘才读初一，黝黑的脸上泛着两朵健康的红晕，有着不符年龄的早熟、疲倦和严肃，这让我生生地压下了许多话。当我下马时，她已经准备下一单生意了。

我看那些牵马的人，除了一个上了年纪的，没人穿蒙古族传统服装，基本都穿着T恤衫、牛仔裤。我知道，马是他们自家养的，由景区统一管理，客人骑一趟五十元，不知他们到底能挣多少。但最多也就三个月，大雪封山，与世隔绝，那时的禾木会真正属于他们吧。突然觉得，对于他们，我们也是远方的陌生人，隔了那么远的空间，骤然相遇，现实与浪漫的衔接出了点差错，谁都会有些措手不及。

离开的车上，同行的一位老师因商业化对禾木的冲击和改变而痛心疾首，纯洁的禾木已经被污染，禾木的神灵气息已经奄奄一息，即将消失殆尽。这是一个沉重的话题，禾木不是个例，就像我们去过的所有地方一样，形在这，神却远行。可又能向谁追究？

是的，我们从远方来，或者说我们来到这遥远的地方，向往的是自己的想象，想知道的是他们与我们的不同，想看到的是原生态。可是根本的，他们与我们的又有什么不同？央视原主持人和晶从小生活在新疆，她在《兵团记忆》中说："人和人，本没有太多的不同，乐山爱水，安居乐业，复杂的，都是身外之物而已！"况且我们又有什么权利去要求他们保持纯洁？新疆作家李娟说："要我保持纯洁的人，他们已经不纯洁了。"眼前的毡房、木屋，瞧着是诗意，可真长年累月地生活其中，"子非鱼，安知鱼之乐"，我非其人，安知其人之乐苦？

也许就像爱情和婚姻并不能等同，对于禾木，我想着的是爱情，见了却是婚姻，爱情可以任由想象、憧憬，婚姻却真实而琐碎。

我们向往远方，到达远方。但我们也清楚，我们并不能融入远方。若能在我们耽于俗世的日子里，掀起一点诗情画意，便没有白来，便足以心存感激。

我们的东北

哈牡高速

也许九月并不是去东北的最佳时节。北国，总是在千里冰封、万里雪飘的时候去才够味。但是去了才发现秋日的东北也别有一番豪情风味。相较之下，江南的田野就实在太过精致了，甚至都显得有点小气了。

车奔驰在哈牡高速上，视野毫无遮拦，两旁的稻田在秋日的阳光里被烧成丰收的海，无边无际，稻浪滔天，冲击人的眼球，激荡人的心神。

到处是庄稼，到处是丰收的气息。从来没有见过这种架式的辽阔、广袤，还有开天辟地的豪迈，吓得习惯了豆腐块水田的江南人一声惊呼。

没有密密麻麻的房子，村庄淹没在道路的远方，红色、蓝色顶的铁皮屋在金色里开成娇艳的花。炊烟升起，飘散在原野上，再远处，碧绿起伏的群山映着天际，像一幅色彩鲜明的写意风景画。每户人家或大或小的院落里挂满了苞米——是的，东北人管它叫苞米，我们是叫玉米。前者粗犷，后者雅致。一串一溜的，洋溢着富足，这富足里大概也正在酝酿着许许多多的"乡村爱情故事"吧。

这么大的地盘，这么多的稻子、苞米，怎么收得完呢？看稻子沉甸甸地低着头，盼着呢——真叫人着急。小时候，我家的一亩三分田就让全家忙得够呛了。更糟的是，万一来了场雨，一年的收成就要到泥水里找了。

东北的朋友听着，然后善意地笑了，说九月的东北几乎不下雨；又用手指指车的另一边：人在忙，收割机也正忙着呢。

可我还是觉得东北的人对收获太漫不经心了，一路走来，有几块地上有人或机器在忙？

趴在车窗上，好不容易又看到有人在路边一片瓜地里走动，听不见声音，只见他们三三两两地坐着，谈笑着，然后手不紧不慢地动着，把熟透的瓜果拢成一堆，朋友说这是做种用的才留到现在。还有一个男人躺在边上玉米地的阴影里，眯着眼吸口烟，然后睁眼看着烟雾缓缓飘起，消散在玉米秸秆轻轻晃动的影子中，有一种难以言说的悠闲自得，像他们的日子。在这广袤天地生长、生活的人们，也许都已经习惯了这样的从容自若吧。春播秋收，我们没能看到他们辛勤的耕耘，但大地慷慨的回报应是他们坚实的底气吧。

这片神奇的黑土地啊！

车过了，我看不见他们了。午后的阳光仍冒着热气，天空很高很蓝，托着丝丝的云。远处山色的变化刚刚起步，近处的庄稼在风的轻抚下泛着微浪。画面定格在这里：空旷、宁静、祥和，有一种人与自然合一的自在。

我突然为自己刚才的忧心忡忡感到好笑了：从没听过东北有苞米、稻子烂在田地里呀！

大美长白山

长白山景区门口书有"大美长白山"，字体雄壮有力。其大其美一语概之，这对我很有吸引力。

进山，一路的参天大树，坐车就像游一条树的长河。清晨的阳光偶尔透过枝叶滚落下来，觉得自己成了一只穿梭在丛林中的蚂蚁。

不知不觉，路边的树由绿而黄，从阔叶到针叶，从挺拔的白桦到弯曲的岳桦，最后只剩下黑灰的山体矗立在蓝天碧穹下，无语的苍凉。

同行很多人把岳桦当成了白桦，但我知道它不是：长白山凌厉的山风早把它吹成了永远挺身向上的模样。

车在山道上蜿蜒，单一的灰褐一直伴着我们上山。不是春夏，看不到山花烂漫的盛景。只有这沉默的色彩和灰蓝的天际，还有山下凝重的绿色，在视野中延伸，在远处浑然一体。站在山顶，情不自禁张开双臂，宁愿此刻是一只苍鹰，融入这一片无边的广阔中。眼是空的，心是满的。

天池在无数人的围观中，淡然安详，纷纷扰扰的水怪传闻和成千上万道目光都没有打破它的宁静。是因为水总能以最大的力量容纳一切吗？你碧绿的水里隐藏了多少不为人知的故事呢？

天上竟然还存留了一弯冷月，阳光正酣，它却徘徊不肯离去。透着一股凉意，冷冷地看着山顶热闹来回的人。千百年里，有多少个"我"来，又有多少个"我"去了？在时间的荒野里，变者"曾不能以一瞬"，不变者却无穷尽也。

车沿原路下来，心还停在山顶和那轮冷月静默对视。

晚上，就住在山脚下的温泉宾馆。一帮人饭后顺路溜达，没有路灯，月光照着，不是很明朗。周围黑黢黢的，山比白日里看起来还要高大，边上林子像蛰伏的怪兽，不时传出些轻轻的沙沙的声响，人的脚步清晰可闻。

夜色也掩藏了身份和年龄，大家随意地开着玩笑，都一把年纪了还搞着恶作剧。最后有人玩了一把大的，突然吼了一声："那边有老虎——"惹得大家一阵惊叫。胆小的撒腿就跑，胆大的在后面起哄。一会儿回过神来，不由全都哈哈大笑。

这时人和这天地一般自由。

枕着翻滚的流水，一夜好眠。

早上，在长白山瀑布的轰鸣声中醒来。推开窗，在两旁灰褐的山体中间，一条白帘垂直正下。走近，它气势汹汹地冲下，声如雷鸣，汇成一条不大却水流湍急的溪流，翻着滚滚白浪雄赳赳、气昂昂，大步流星地向远方走去，连头也不曾一回。

半路，边上的岩石被硫黄熏得色彩斑斓，温泉翻腾的热气在阳光下迷蒙如仙境，把溪流衬得像天河一样雄壮。

到了谷底森林，它却又在层层密密的树林中穿行，一路狂欢，汇成洞天瀑布，在令人意想不到的岩石裂缝中呼啸而下，水流撞击着脚下黑色的岩石，有壮士杀身成仁般的决绝气势。

可是，小天池却静坐在长白山脚，掩在五彩树丛中，如闺中女子一般娴静温婉。还有，绿渊潭，是费了一些曲折才见到的，突然如一颗明珠一样出现在你下方，环抱在翠山绿树中，潭底沉浮的游鱼、枯枝、淤泥都清楚可见，越发显得它明艳清澈。边上瀑布从几块巨石上飞泻下来，平添了一分英气，与小天池相得益彰，如《雪山飞狐》里的苗若兰和袁紫衣。

或者，自然深谙刚柔相济的法则，在粗犷的白水河边，配上秀丽的小天池和绿渊潭，如英雄、美人相知相惜，怎么看都是一部精彩的传奇。

感受历史

我们去了长春。

长春有伪满皇宫博物院，当然我不敢恭维它是一座宫殿，和北京的紫禁城比，它算什么，充其量是一座牢笼，囚住一个末代皇帝最后无望的挣扎和一个王朝荡然无存的尊严。

从正门进去，沿着以往的痕迹努力探寻：这里有溥仪处理政务的场所，有花园、假山、游泳池、跑马场、书画库……有他和皇后婉容的居处辑熙楼，有"福贵人"的同德殿……有他用过的家具、器皿，有他的蜡像……在这里，他也只能是一座蜡像吧。

每一个皇朝的颠覆都自有它不堪的理由，末代皇帝的称谓无论如何都会蒙上一层悲剧色彩。伪满洲国不是大清的延续，是大清遗老仅存的一丝幻想，最后它只能消失在历史不可悖逆的洪流里。

尘埃里的血泪、屈辱，还有一个民族对衰亡的抗争自救，都浓缩在东北沦陷史陈列馆。走进东北沦陷史陈列馆真的不需要解说员。

进去，抗战烈士的鲜血，东北人民的苦难，日军毫无人道的残酷行径，以及中华民族不屈不挠的抗争就在眼前一点点铺开。那些生锈的刑具,那些触目惊心的数字,那些照片,那些年轻的面孔,那些凄惨的景象,那些滴血的刺刀和侵略者无耻的大笑……让我战栗、窒息、泪流满面。

当看到赵一曼写给孩子那封充满母爱的信时,我再也忍不住失声痛哭,他们不是神不是圣,他们只是鲜活的生命,他们也有心中最柔软的一块处所。我们看到的是在家和国之间,烈士的抉择;看到的是即使是面对最残暴的压迫,勇者都会崛起,以生、以血抗击,博取我们这个多难的民族最后的胜利。

含着泪,跟跟跄跄地走完,不敢看,不忍看。纵使时间狂暴如飓风,也卷不走这段腥风血雨的真实啊。

我们的东北,淌着千万中华英魂血泪的一段抗战历史,我们不仇恨,但必须铭记!

在长春上空,我努力地探头再看了一眼这片神奇的土地,不说再见!东北,以后我还会再来!

圣·索菲亚教堂

圣·索菲亚教堂始建于1907年,于1932年建成,清水红砖,巍峨壮美又不失精致细腻,暗红的砖凝重得像历史风干的血。

走近它,看着它与周围的建筑不融合、不冲突,有一点遗世独立的骄傲。没觉得它很高,但站在它面前,觉得自己很渺小。据说它的墙是四辆大卡车也推不倒,最厚的地方达1.5米。因为这,它才幸存至今,静默地看着来往的人、来往的事。

触摸它,不是用手,我怕手触到它的躯干,感受的只是冰冷——它应该是温热鲜活的。绕着它走，看到有人在他沉重的大门前留影，黑色的门，白色的衫，像一幅黑白剪纸。不知为什么，我老觉得自己要抬头才能看清它。广场上音乐响起，把它包裹在里面。我刹那恍惚，不知自己身在何处。我看着教堂也在旋转，阳光照在它的玻璃上，是一张温暖的脸。我也想跳舞了，放轻脚步，轻了又轻，努力和着它的节拍，悄然无声，怦然心动。

背后漆成暗绿色的排水管，像一条深深的伤痕，一下子提醒我，它又是怎样的沧桑。不管它多么俊伟、多么精妙，岁月总有办法在它身上刻下痕迹。它以沉默承受了一切，我凝视着它，涌起一股莫名的感动。

里面有灯亮起，黄色的灯增添了一些生活的气息，百年前教堂的神父是否也是这样在黄昏中拉亮电灯，开始他们在异国他乡的夜晚？

绕着走了一圈，夕阳是黄的，教堂边上所有的房子都是黄的，光影相映，有一种柔和、不讲道理的明亮。教堂慢慢隐身在渐渐来临的昏暗中，犹如在人们记忆中逐渐褪色的那段历史。

今日周遭的俗世生活与教堂承载的过去并无任何不和谐，这不能不令人感慨。

我再回头看了一下，夜幕下的圣·索菲亚教堂静默、凝重，像一声沉重的叹息。

松花江边

去松花江边，远远的，令我们惊叹的是那天空，落日的余晖映满整个天边，明晃晃的。不是金黄的刺目，是柔和鲜亮的鹅蛋黄，与哈尔滨的房子一样的颜色，像一位不谙布局的画家用大笔随手抹出的一道不成形的风景，凌乱壮阔。

江是安静的，水波淡淡，不细看还发现不了那一圈圈纤细的涟漪。对岸的船开过来，没有汽笛，没有浪花，像轻功极高的楚留香，不动声色的踏浪而来。不远处的铁路大桥高耸在江面——百年的大桥啊，丝毫不减它的威严雄壮，它跨过松花江，走向远方，承载了两个民族的辛酸血泪：有多少中国的冤魂葬身在这枕木下，有多少中华民族的屈辱随之来随之去；但它却又是"二战"时无数犹太人的逃生之路、希望之路。一死一生间，这大桥和这松花江水都见证过。

如今我们来，看到的只是一江缓缓流动的安静的水，一座融入了历史的沉重而不语的桥，在渐渐暗下的天空中，像一个巨大的感叹号！

中央大街和风情小镇

早已消失了的俄国人的岁月，留下一条据说是由8万多块造价不菲的面包石铺就的中央大街。街面厚重、踏实，和两旁轻快闪烁的灯光对比鲜明。

可以再走三百年的中央大街——我不明白当年的俄国人为何花这么巨大的价钱修筑这样的一条路。难道只是他们一贯的工作态度？

百年之后，不知道有多少俄罗斯姑娘、小伙循着他们祖先的足迹再次踏上这片土地。俄罗斯风情小镇虽然保存着俄式的小屋、庭院，但没有生活的气息，也没有俄罗斯人，那些停留在墙上、定格在照片中的人和事只诉说着曾经的岁月。

在小镇舞台上，我见到了真实的俄罗斯人：几个高挑的姑娘，真的美丽动人；但伴舞的不是小伙，是"老伙"，那男子怎么看都得有四十岁。他们在台上认真地跳着、唱着、笑着，展现俄罗斯民族特有的热情奔放；一下台、一转身脸上却并没有什么快乐。不知道他们一天跳几场、挣多少钱，但是为生计奔波在异国他乡的舞台总是带点落寞的吧。

后来我们在路边的长椅上，碰见了其中一个唱歌的姑娘。同行的朋友问她能否合影，她点头说OK，然后用手示意合影要10元人民币。我注意她手上拿着一本学汉语的书，她大大方方地靠在椅背上与人合影，接过钱时也不卑不亢地用英语说thank you。

走出小镇大门，又想起那条中央大街，顿时觉得被历史敲了一下头。

我们在清晨离开。哈尔滨醒得很彻底，阳光打在黄色的建筑群上，整个城市灿烂得有些不真实。没有看到冰城的风采，有些遗憾；但是在这个城市里让我感受到了历史，这便是很大的收获了。

再见，哈尔滨！

在三亚，面朝大海

儿子一直羡慕说他好朋友去了海南，他也想去。我告诉他得以自己的表现攒积分，每次有好的表现就可以得分，一分值一元钱，攒到3600分，就够他去三亚的旅费了。他"攒"了近一年半时间，我们也终于熬过了买房买车后最难的一段日子，积攒下了一笔钱。

这是他的第一次远行，他早早地和幼儿园的老师同学宣告自己要去海南了，要去三亚了，表情和语气透露的是抑制不住的喜悦和期待。

其实我又何尝不是呢，早一个月前我就把一头及腰的直发烫了个大波浪，咬牙买了两条热带风情的长裙（可能以后再也不会穿了），还有一顶大草帽，然后早早地收拾在行李箱里，等待出发的日子。在出发前一天，还去涂了个鲜红的指甲。

3月10日晚上的飞机，儿子和外甥第一次坐飞机的兴奋过后，很快就睡着了，到了三亚已是深夜，入住旅馆已是凌晨一点多。无暇细看，只觉海浪声音依稀可闻，但视线之中却是漆黑一片，远方一隅的霓虹附缀在黑幕上闪烁，像在天上挂了一幅镶钻的图画，心也跟着闪亮。

抓紧时间，一切就简，入睡后，梦都是蓝的。

晨曦被海风送来。利落地起床、洗漱，孩子还睡着，就捧杯开水坐在阳台上。昨晚隐在黑暗里的一切都清晰起来。

隔一条马路，就是金色的沙滩，沙滩上疏密有致地种了些椰子和棕榈，视线跳过它们，就落到了海水上。

清冽冷蓝的水，像一块刚跌入沙滩的玻璃片，清澈透明，有蓝莹莹的光芒。风越过海面，穿过椰树，穿过沙滩，拂开金黄的阳光，来到我面前，清清爽爽，温凉适宜。

这是带酒味的风，易让人迷醉，穿着碎花的吊带长裙，盘腿坐在椅子上，不想动作，不想思考，觉得所有的努力和等待就是为了这一刻慵懒的享受。我倚靠在椅子上，想不起"翻滚着蔚蓝色的波浪，和闪耀着娇美的容光"到底是谁的诗句，就又迷糊地睡了过去。

再醒来，太阳半高，表妹一家也起来了，叫醒儿子，洗漱，涂防晒霜，出门，寻早饭。

吃完就在街上闲逛，一人捧一个椰子，路旁的小贩热情地吆喝，推荐各种吃食、游泳用品，路边大大小小的饭馆沿着街道一字排开，水箱里展览着各色鱼、虾、蟹，小孩子好奇地趴着看，也无人呵斥。似乎和家里的海鲜排档、路边摊并无多大区别。

我们自在极了，趿着拖鞋，像逛集市一样走走停停，东张西望。

回到旅馆已经快上午十点了，估摸着海水温度比较合适了，于是表妹夫和孩子们换上泳衣，和我们一起去沙滩。

海水清澈见底，让人无法估测它的深浅。我、表妹和她婆婆三个人都在水边站着，一边闲聊，一边关注在水里的两个孩子，表妹夫像鱼一样地游来游去，不时和孩子在水里嬉闹一下。七岁的儿子和四岁的外甥虽都不会游泳，但都一人套一个泳圈，勇敢地扑腾。

海的颜色从远到近逐渐变浅，像颜料滴在水里，一圈一圈向外漫延，越来越浅。沙滩和路中间夹着如茵绿草，这草坪绵延开，像另一片连绵的沙滩，许多新人在拍婚纱照，白色、粉色、红色、紫色……婚纱飘飞，满眼幸福。倚在椰子树下，看着他们，在心底背诵海子的《面朝大海，春暖花开》，"陌生人，我也为你祝福/愿你有一个灿烂的前程/愿你有情人终成眷属/愿你在尘世获得幸福"。觉得自己也是那个幸福的人了。

一晃就到了中午，找个面馆吃午饭。吃完，睡觉，等太阳偏西，出来吹吹风溜达溜达，再去边上饭馆解决一下晚饭，就是一天过去了。

表妹夫是个"旅游达人"，一天下来，方圆十里都熟悉了，顺带着把接下来的伙食都安排妥当。我一向偷懒，有人安排不用自己动脑就好，去什么地儿，吃什么东西，都不在意。

于是白天就是闲逛，想入水，就把自己扔进碧波里，想玩沙，还可以把自己埋在沙子里，或者干脆就躺在阳台上朝着大海，喝茶，读书。喝不喝，读不读都不要紧，要紧的是可以无限制地懒散着，放空着，只期待丰盛的晚餐。

晚上吃烧烤，向旅馆前台打听了地方，慢悠悠地晃过去。

一街密密麻麻的烧烤摊，到处烟熏火燎。我们点好菜坐着等时，看边上形形色色的人们，拖家带口，都是一脸放松，大人们喝着啤酒，吃着烧烤，小孩子好奇地东张西望；听天南地北的口音，男人们吹着牛皮，女人们管教着孩子，孩子吵吵闹闹。

懒洋洋地靠着椅背，看边上有人弹着吉他唱歌。唱者声音嘶哑，周边烟火撩人，香气四溢，天空上四散的星星像木炭燃烧弹出的火星，又像老板手中撒出的辣椒粉。坐久了，我被辣椒粉呛得喷嚏连连，人都有点晕乎乎，白日的悠闲、诗意被这烟火熏得满是世俗的喧嚣，可是我无法烦恼，反而自觉地融入。也许，三亚就是这么一个把世俗和诗意杂糅得天衣无缝的地方，任何人来都愿意肆意地徜徉其中。

吃完，捧了椰子，捧了菠萝蜜，一路香甜回来，就又一个夜晚过去了。

当阳光再次点燃海面，我捧了杯茶，读诗，坐在阳台，抬眼"白浪逐沙滩"，低头白纸写满黑字，俯仰自由，心无杂念，读的都是自己的风景。觉得时间都恍惚了，突然记不起这是自己到三亚的第几个清晨。整个人是空的，似被新雨洗过的空山，整个人又是满的，空山中树木葱茏，繁花团簇。就这样看着阳光从椰林的一边游移到了另一边，等着晚饭来临。

表妹夫租了商务车，寻到一处食堂一般的饭店，据说是当地著名的特色店。饭菜可口，可吃了什么却已忘了，只觉得装潢朴素，充满留白的设计，无由地让人心生亲切。

接下来的一天，仍是表妹夫带孩子出去。我们在房间里窝着，坐在阳台上，窗下是一个院子，停了车子，也摆了摊子，看人来人往，车进车出，看人们一板一眼地讨价还价，有成交也有不成交。看孩子们穿着背心、裤衩跑来跑去，被父母吆喝，居民或是游客也不是特别区分得出，洋溢着日常的欢喜。

有时海浪淹没了嘈杂的人声，有时鼎沸的人声又掩盖了海浪声。不断有人从沙滩上跑回来，又有更多的人跑向沙滩。树荫下躺满了裸露的胳膊大腿，海里浸泡了更多黑乎乎的脑袋，随着浪涌动，一漾一漾的，体现什么叫"随波逐流"。

这一日的太阳大约也被海水荡晕了，搞不清什么时候染了一海的绯红，就自顾自地跳到海里泡澡去了。

我们趁海水彻底淹没红日之前，驱车到了我完全不知何地的一个菜场，购买今晚的饭菜食材。

菜场陈旧、昏暗，却生意兴隆，游客和居民混在一处。或者说没有区分，只有生活的人们，在疲惫的一天结束之前，满足自己口腹的快乐——这是真正的生活气息。表妹夫内行地挑挑拣拣，讨价还价，三句两句就和老板聊得熟络，似乎就是他们的老顾客。在嘈杂的买卖声中，我清晰地嗅出三亚"面朝大海"之外的"粮食和蔬菜"的味道。

我们花了300多元，买了海胆、鱼、虾、竹蛏等一堆见过没见过的海鲜，拎到菜场边上一条曲折小巷里面一间小店加工。小店竟然也生意火爆，客人们也是和我们一样自己带了食材来加工的。

当菜上桌，我们所有人都只顾吃了，无暇其他。吃完，满桌狼藉，我觉得三亚人的餐桌就在我们的胃里被带走了。

回来，就去了沙滩消食。空中有一片轻薄朦胧的云气缭绕，像昨晚烧烤升腾的烟雾，月亮开始圆润，像今晚的海胆蒸蛋。我察觉自己的庸俗，可是抑制不住的欢乐和满足，让我轻易地忽视了自己的庸俗。黄色的沙滩在海水的浸润下成了灰褐色，衬得浪花像雪一样团团翻滚。月亮在水心游荡，浪推送出一层层的光，风来来去去地扯了光的波折，天广海阔间，世界明亮又含糊。于是我忍不住念"春江潮水连海平，海上明月共潮生"，也念"海上涛头一线来，楼前指顾雪成堆"……

就这样靠在椰子树干上，面朝大海，听着人声，听着涛声，听着三亚的烟火气，也听着三亚的诗意，旁若无人地昏沉沉地睡去。

味道重庆

一

重庆，印象中就是满城台阶，处处曲折，不能骑自行车的一个山城。在飞机上看报纸，翻到的是重庆"记忆山城"吊脚楼雕塑被网友评为全国十大最丑雕塑之一，并由此引发的一场关于城市雕塑美丑的大讨论。我把报纸上的照片颠来倒去地看了好几遍，说实话真没觉得它丑，反倒觉得这才是我想象中的重庆——半壁临江半壁山，木柱颤巍巍地支在崖壁上，吊脚之味不言而喻。这报道让我见到重庆的心迫切起来。

下飞机，夜幕已降，看不清山城风采，但是竟然有密密麻麻的车子在并不宽的公路上井然有序地行进。我不知道没有自行车的重庆却可以有如此多的汽车，不由为自己的无知哑然失笑。可光看窗外也实在觉不出它与其他城市的区别。

主人盛情，一定要带我们去重庆最好的火锅食府之一吃饭。来重庆不吃火锅好像有点说不过去，但嘴上不说，心底多少是有点畏惧它的麻辣威名的。

可主人确实善解人意，为自己和能吃辣的朋友叫了地道重庆口味的火锅底，为我们点的是清汤锅底，佐料自加，并笑言重庆的火锅也是与时俱进的。菜让我们自己点，主人多点鹅肠、鸭肠、猪肠、鸭血、猪血之类的东西，我们却只点蔬菜、淡水鱼虾。

看主人把那些个鹅肠吃得津津有味，我们只是蔬菜鱼虾，颇有点泾渭分明的架势，彼此都觉得好笑。主人一再劝说吃点鹅肠什么的，我们"嗯嗯"应着，真正下筷的却没几个。我试着尝了一下，勉强咽下，没第二筷了——大概要配上麻辣才会够味吧，心里有点拂却主人美意的愧疚。主人倒不介怀，大笑说："你们是不习惯，这才是重庆真正传统的火锅菜……"我们奇怪：怎么重庆火锅就吃这些？

"重庆湿气重，不吃辣不行。但这火锅是怎么来的呢？它是重庆码头以前的'棒棒'工人、纤夫们发明的。动物内脏，以前的重庆人也是不吃的，都在屠宰场一扔了事，'棒棒'们生活苦，没东西吃，看到了觉得可惜，拿回来清洗干净，杂乱地放进一锅煮，竟然还很好吃……久了，就传开了，而且成了现在重庆火锅必不可少的主菜。"

肠啊、血啊，我们不吃了，但是对主人的豁达、好客、爽朗是深怀敬意的，或许重庆人的性格亦如重庆火锅一般麻辣豪爽吧。

后来不知怎么谈到了"回锅汤底"，一开始我们是极力避开，免得主人尴尬。然而他们却主动拈起话头，并说这是很深的误解。"回锅汤底，我们叫它'老油'——重庆人吃火锅，传统就是上锅油做下锅用的，认为这样味道更醇厚，习俗而已，不了解的外地游客才误会为故意坑人。山顶有家火锅店，就专打'老油'招牌，生意火得不得了，订座都要提前一个星期才行……只有老重庆人才懂得这才是正宗的重庆吃法！"

我们连连点头，因为这"冤情"我们台州也有过。台州大多寺庙都有道菜叫"素鸡"，大名鼎鼎的国清寺自然也有。有游客不明就里，回去大肆宣扬说国清寺和尚不吃素，一时招来不少非议。真是冤哉枉哉，台州人都晓得这"素鸡"其实就是豆腐干而已。

主人笑着点评说这就是外人难以了解的地域特色风物了，重庆和台州还是很有渊源的。说得在座都哈哈大笑。

吃完饭，主人带我们到江滨走走，那里是重庆的新区。两岸高楼里的灯光像繁星一样闪烁，天空变得很低，宽阔江面的波光里分不清是星光还是灯光。已经晚上十点多了，江滨路上没什么人，安静得有些寂寞，和着璀璨的灯光，显现出夜色中城市的一派低调的奢华。看着它——依水，却没有水的柔性，而是充满大江大河的汹涌开阔和磅礴大气，洋溢着刚性的气魄，有一种让人必须仰视的逼迫感。

回下榻的宾馆，发现车一直在爬坡。到了，又觉奇怪：从右边出去，怎么从左边回来？一问，才知道是绕着整座山转了一圈呢。

第二天，驱车绕了半个重庆，看到了高楼以外的旧房，看到了洪崖洞，蓦然明白了"记忆山城"的雕塑展现的就是巴渝传统的吊脚楼，而那正是重庆真实的过去。而现在的重庆多的是桥，桥把山城撑成一张起伏的网，四通八达，抚平了高度的落差。

到了重庆的人民广场，始建于1951年的重庆大礼堂古典恢宏，2004年开放的重庆中国三峡博物馆却是内涵深邃的现代风格，大礼堂有山的雄浑，博物馆含水的灵性，两者同在人民广场的中轴线上，隔着牌坊对望，像在进行一场时空的对话，历史、未来、人文、生活……都在这无声的对视中蔓延。

晚上是去巴渝文化馆参加"清气——朱宣咸中国画、版画小品展"。在充满历史韵味和文化气息的小楼里，重庆文化名人云集，朱老先生虽已仙逝，但是从来宾中不难看出重庆人对其人的尊敬，对其画的赞赏。爱屋及乌，连带我们也受到分外热情的招待。

画展尾声，我们正要乘车离开，朱老先生的夫人却蹒跚地追出来，连声问："老家来的人在哪里？老家来的人在哪里？"我们赶紧下车，老人紧紧握着我们的手不放，又把我们拉了回去，含着泪喋喋地述说着，仿佛要把朱老先生未来得及表达的一辈子的桑梓之情都压缩在这些语言里。离乡日久，老人已改了乡音，但满头的白发在灯光里闪着的似乎也是一片热切的乡情，让人动容。

从画展回来，我们惊喜地在宾馆后面发现一个小小的院子，竟然是宋庆龄在重庆的故居，可惜挂着"维修免进"的牌子。从宾馆楼上向下看，下面仍有许多陈旧低矮的房子挤在一起，宋庆龄故居融在其中并不起眼。也许经历了共同的风风雨雨，历史和生活已化为一体了——这是重庆的老区。

重庆有繁华一新的新区，也有喧嚣沧桑的老区，一老一新之间，是这个城市前进的步伐吧。

二

我们去大足宝顶山看石刻。宝顶山摩崖石刻造像前后历经70多年建造，开创于南宋淳熙至淳祐年间，马蹄形的大佛湾是其石刻艺术的精华所在，长约500米，造像以山形取势，有近万尊大小不一、形态各异的佛像。

佛经的故事我并不熟知,大佛湾的佛像很多我也分不清具体是什么,讲解员讲了,也是这耳朵进那耳朵出的,况且步履匆匆,根本来不及细看、细品,只是对古代工匠精湛绝伦的艺术创造和洋溢着智慧的科学运用充满了深深的敬意。如圆觉洞,竟是古代工匠一锤一凿开出来的,洞口上方凿出一方天窗,既解决了照亮,光线又刚好打到佛前的菩萨身上,设计真巧。更奇妙的是,它的排水管竟是一条长卧壁上的龙、一位老僧高举的钵盂和他镂空的手臂,龙吐水,钵盂水满沿臂流到洞脚水沟——着实让人惊叹。洞内塑像,镂空花冠、璎珞细珠、衣袂飘飘、个个栩栩如生,端庄典雅,姿丰神逸,目光柔和安详,微笑浅浅,令人望而忘忧。一开始我怀疑是木雕,悄悄摸了一下边上的香案,的确是石头的冰凉。又如文殊菩萨,手臂悬空支出,却手托千斤宝塔,但是古人自有妙法,他们刻出宽袖袈裟披肩挂肋垂下,不动声色地化解了这千斤重压——科学又艺术。

石刻有宏大生动的,如释迦牟尼涅槃圣迹的卧佛像横贯整个山湾,令人惊叹;也有精细灵动的,如猫鼠图,鼠之胡须、猫之细毫皆清晰可见,不由人心生爱怜。

宝顶山石刻的"报父母恩重经变相",在佛家的道场中融入了儒家孝道,难怪有人说大足石刻是以佛教内容为主,却融佛、儒、道思想为一体。造像从母亲十月怀胎到养育成人,再到如何报亲恩,用十组逼真的画面再现了这些过程,让我们既有为人父母养儿不易的悲喜,又有为人子女难报父母恩的愧疚。赞叹大足石刻的艺术性之余,又多了一分额外的认识。

回到入口,再看赵智凤的造像,高大、坚毅,做大步前迈状。

《列子》中有愚公移山，最后是愚公感动上天，神仙移走了两座大山，而赵智凤呢？耗尽毕生精力，费尽心力，苦心经营七十余年，设计、构造了这块艺术的瑰宝，融入了他超度苦难、救治时弊的宏图大愿，融入了艺术家的博大胸襟、非凡造诣和科学的精细，高雅的情趣。他不是愚公，他就是神。

我不是佛教徒，但我愿双手合十，向他致以最真挚的膜拜。

三

宝顶山石刻巧夺天工，那么天坑三桥就是鬼斧神工了。

天坑三桥是亚洲最大的天生桥群，平行跨在羊水河峡谷上。我想当然地以为我们会从桥上走过，站在桥上看风景。谁知竟然是乘电梯下到谷底，电梯贴着笔直的崖壁下降，恍惚觉得是在下万丈深渊。着陆了，又发现真到谷底还要沿着第一座天龙桥下的一条长长的小道下去。小道经人工修缮、加宽，并筑有扶手。在桥底仰望，只觉这桥高大威猛，如泰山压顶；向下俯瞰，山势陡峭，道路崎岖。天龙桥高200米，跨度300米，下山其实就是在它的桥洞里盘旋。洞壁上有无数的窝穴、溶孔等流水的痕迹，惹得人浮想联翩，更妙的是右壁上一块岩石如一只惟妙惟肖的大象正举步缓行，据说三桥皆有神兽守护，它就是天龙桥的守护神了。下到一半，就能看到天龙桥的另一个桥洞。两个桥洞像双生子一样相伴左右，左洞直爽，右洞婉约，让厚重的桥身也生动了起来。底下就是《满城尽带黄金甲》的唯一外景拍摄地——唐代的天福官驿。驿站背后就是一道千仞直壁，高峻险峭，一望心惊，自有一种神秘、危险的气息，和电影中的刺客从天而降的架势十分吻合。而驿站在细雨中，昏暗、破旧，泛着历史的余光，与山一色，融到一片林森木秀、山青岭翠中，时光也凝重了。

第二座是青龙桥，桥高350米，宽150米，是世界喀斯特地貌的天生桥中最高的，拱孔高旷，洞壁高直，从上到下一气呵成，有王者的霸气。洞壁上崩塌断面清晰，呈平行分布，演示了天生桥的形成和演化。过后回首，一座山峰像雄鹰盘踞桥头，这便是青龙桥的守护神了。

黑龙总给人邪恶、阴森之感，未靠近黑龙桥，就感受到了它的暗黑气场。它没有前两桥的高阔开朗，是三者中桥面最宽的，拱洞幽深曲折，雨天更显暗沉，就连它的守护神黑猩猩也龇牙咧嘴的不讨人喜欢。但是进去后才发现其自有动人之处。洞壁左侧，有轻泉如雾如幻，名曰"雾泉"；有水似细珠串串相连，曰"珍珠泉"；有一波三折、余韵不绝的"三迭泉"。它们如黑暗中的明珠，一下子照亮了我们的双眼，黑龙桥顿时活色生香。赶紧自我检讨：人不可貌相，石桥亦不可貌相啊！

自然是最神奇的造物主，它大刀阔斧地建造了粗犷雄壮的天生桥，却又打造了精美细致的武隆芙蓉洞，洞中层层叠叠的石花，成排成队的石笋，靠岩壁上渗漏的水滴一滴一滴历千年万年而成，种类繁多，几乎包括了钟乳石所有的沉积类型。壮观如巨幕飞瀑，神奇如犬牙晶花池、生命之源、千年一吻、石花之王、珊瑚瑶池等，或辉煌炫目，或华丽精巧，或灿烂缤纷，或玲珑剔透，让人目不暇接，美不胜收，一言难尽，只余下怦怦跳动的心，拼命地赞叹！

四

小时候读《红岩》就知道了渣滓洞、白公馆，来到重庆不能不去。白公馆在维修，不对外开放，于是就去渣滓洞。

没想到渣滓洞竟是众山环绕中如此僻静的一个处所，而且也小得出乎意料。我明白偏僻才更好隐蔽，但是这么小，没有壁垒森森，岗哨重重，就两幢小楼、一个门室、一个天井组成一个如殷实农家般的小小院落，撤去刺刀、哨兵、电网后，它显得安静软弱了，几乎可以让人以为囚徒们随时能够越墙逃遁。而事实是1949年11月，重庆解放前夕，200多人冲出了牢房，却没能冲出敌人的枪炮，惨死在这小小的院落内，只有15人脱险逃生。

在对着门的小楼里还留有折磨他们的刑具，摆放着叙述他们生平故事的资料。在旁边的二层小楼的一个个格子间里，认识了他们，有名无名的、有家无家的、有遗书手迹或什么都没留下的……积满灰尘的楼板，破碎的被絮，低矮狭小的空间，看到的比书里描写的更不堪，让人不忍细看。但是这里还有他们从未放弃的事业，镣铐可以桎梏他们的身体，却无法困住他们思想的自由和革命的理想。

我走得很慢，很想把每个人、每个名字刻入自己的脑海。很多人不断拍照，拍墙上资料的也有，到此一游留念的也有，但我无法允许自己用相机的咔嚓声去打扰最后置身于此的英烈们的灵魂。在二楼，一对白发的夫妇，目不转睛地盯着什么，老太太的眼泪滴在楼板上，化成一个个黝黑的痕迹，老头扶着她，静默不语——这是最后一个房间，近二十个房间参观下来，到这里的人已寥寥无几，我在门口站了一下，也悄悄地退了出来。无暇去想他们是什么人，但真诚的缅怀和无声的崇敬，并不会比高声的歌颂掉分量吧。

下山，去磁器口古镇，从极幽静的地方突然踏入热闹的海洋，来不及反应，就被洪流夹进了人海，熙熙攘攘、摩肩接踵说的就是这番景象了吧。艰难地前进，黄种人、黑种人、白种人……世界各地的人都在挤。林立的店铺里有无数的诱惑：好吃的、好玩的、好看的、常见的、稀奇古怪的、想得到的、想不到的……琳琅满目，好像全世界的好东西都在这里了，眼睛忙不过来，转得生痛，肚子里装满了天南地北的美食，腰也弯不下，只好腆着肚子顶着人走，唯恐挨着挤着，就要吐出来。灼热的气息让人莫名地热情高涨，从这店出来，又钻进那店，进进出出比蜜蜂还忙。不知道自己要买什么，也没想买什么，就是这种氛围让你舍不得错过。食物的五味夹杂着人声、汗味在有限的空隙中弥漫发酵，整条街都似飘在空中。走久了，晕乎乎的，不知道身在何处，只晓得像一条小鱼一样随着人流沉浮，乐不思归。

等回过神来，已经到了集合时间了，于是又在激流中拼搏，时而险滩，时而飞瀑，没有一处平静，只有奋勇前进，一刻的停留，就会被卷回原地。好不容易到了出口，大汗淋漓，长舒一口气，抬头就望见了渣滓洞所在的歌乐山，苍山叠翠，林木森森，冷静地注视着这里的繁华、喧嚣，历史和现实像无法想象的两个世界　一对望、共存。

车从磁器口出发，我们要离开了。一路上，我看到它在令人意想不到的地方绿化，在路边的山壁上雕刻，因山制宜，借水造势，

有一种不言不说的文化底气。这座西南重镇，经历沧桑，任岁月冲

刷，以山之刚强，水之灵动，迈着大步，快速前行。

　　重庆，愿你的味道会更好。

倾听草原

草原的歌声

车在西乌珠穆沁草原奔驰，公路如出弦的箭笔直地射向无尽的天际，和草原一起拦截住了天地，仿佛再往前，就会带我们到天上去了；可真到了那条天际线，车又向下开走，它不弯，只是如哈达般起伏着飘向未知的远方，让我们在风中穿行。天空，一直在前方，很近，很远，纯粹透明，云朵像可望而不可即的精灵。在无边的草原上、起伏的群山上，投下各种各样的身影，应和着被放逐的绿色，时近时远，忽深忽浅，画了一幅空灵、大气的苍茫写意。而漫无边际的绿色，就像恢宏的交响乐在眼前铺展开来。

路两旁，三三两两的蒙古包扎在细细的水流边上，真像"白莲花"一般临水自照；牛羊成群地飞向身后，如同成把的珍珠撒落，有时瞧着草里静卧着的牛羊，细看却是石头；有时明明是石头，近了却发现是牛羊。岁月会把荒野雕成独有的风景，这些牛羊，它们的血肉也早已融入野地，千百年来，和草原共变迁、同成长，已是刻入草原一草一木的特质。隔着像穿越魔幻之门的车窗玻璃，似乎伸手就可穿过这层障碍，触及诗一般画一样的世界，可冰冷坚硬的感觉又提醒你，虽近在咫尺，仍遥不可及。车仍在奔驰，像穿梭在永不变更的梦里，模糊了真实与虚幻的界限。草原成了浮在空中的海洋，我们乘舟惬意地徜徉。

终于真的站上了草原的土地，远处的毡房和牛羊像是画在草原绿色的背景上，了无声息。不，不是没有一点声响，而是它的静默里蕴藏了一首最悠远古老的民歌。云躲到更远的山上了，阳光全力以赴地一倾而下，明亮却并不强烈，每棵草都像孕育了无数的水晶一样沉默闪亮。微风荡漾，源源不断地吹着衣袂，吹得我的魂灵都要飞上长生天了。天，高远辽阔，山，连绵不绝，广阔无垠的大地啊，把我囊裹了进去，像抚慰一只羔羊，像滋养一株牧草，像酝酿一片云母。时空模糊了，像在另一个星球眺望着自己，安安静静地站着、清清冽冽地流淌着，就走过了亿万年。四下苍莽，所有的所有都离你很远，张开双臂，反过来想把这苍天野地搂入怀中，把自己的心胸也撑成一片无限宽广的天地。然后歌声从心底响起，不可抑制地冲出喉咙，漫向四方。

那些我听不懂的语言里似乎含有一种无法言说的悲伤，即使是欢乐的调子，可那些急促的词句，那么迫不及待地从喉咙喷涌出来，急切地叙说什么；慢些唱啊，配上悠扬的马头琴，打开我的泪腺，打开无数人的泪腺。不懂他们唱什么，但缓慢而沉重，那声音是和天边的天地相和的，是无尽寂寞中宣泄的孤独；长调来了，词很少，腔却很长，高亢、悠长、绵远，每一个声腔都像一把小尖刀一样冲击着耳膜，冲击着心灵，它是广阔大地上渺小人类响亮的存在；呼麦来了，低沉、悲怆，不像是由喉咙紧缩唱出的，倒像从胸腔流出，高低相应，是牧人在空阔草原上孤单的慰藉，还是原来一个人的身体里就住着另一个自己，在寂静无人时悄悄出来，对影共酌，让悠远的生命在时间的隧道里慢慢凝练。

最后的狼嚎

在锡盟蒙古汗城景区内牧民的毡房里，我们围坐在花毡上，谈论着草原与狼的过往。我们从"大灰狼"讲到《狼图腾》，从《野性的呼唤》讲到蒙古的铁骑，从狼的繁衍讲到二十世纪五六十年代人们对狼的围猎，从狼的性格讲到民族的性格……每个人拼尽全力地搜刮肚子里关于狼，关于草原，关于蒙古民族的所有知识和见解。那些生灵的声音在我们心里呼啸，我们自己也在寻找一个出口。讲着讲着，我突然迷茫了，草原与狼、号称"马背上的民族"却以狼为图腾的蒙古人与狼的情谊互惠互利了世世代代，而人和狼又是什么时候产生了隔阂，萌生了怨恨，以至于要把狼赶尽杀绝呢？难道只是农耕文明对游牧文明的胜利？还是人的自大、无知、短视、愚昧？

狼群在人们枪弹的逼迫下被迫离开它们曾纵横千百年的故土时，怕已不只是哀伤，更是疼痛和决绝了吧。在草原无垠的坦荡上，想象最后一只狼，在苍茫夜空中对月嚎叫时会想些什么；想象它在无望、无畏的挣扎抗争中会想些什么；在人类强大的武力中四处奔突躲避时会想些什么——那凄凉几乎要淹没了整个草原大地。然后，它拖着痛苦、恐惧乃至仇恨，走出人们的视线，留给世界一个孤傲、悲愤、不屈的身影。

这样的战争，分不清孰胜孰负，上天并没有设下一个度让彼此很好地把握，当仇恨燃起时，一切就脱出控制。到后来，所有的理由都已混淆，变得次要，剩下的是欲望在燃烧。狼，最终的不是人的对手！可真的举起胜利的旗帜时，人才发现，失去对手的原野，并不如想象的完美，代替的是另一种荒芜。

草原亘古地承载着悲喜。儒家说"求同存异"，世界因求同而和谐，因存异而精彩。人为地结束、取代一种千百年的存在，是否合理？即使我们有一万个理由，那么狼是否也可以有一个理由生存下去？我们是否正犯下一种生灵对另一种生灵亵渎的罪过？这世界已有太多的生灵为人的随心所欲献出了所有。如果，我是一只狼，我想我也宁愿在一个没有人的地方，倔强地生存，以尊严对抗误解和杀戮，绝不放弃生命的野性和自由的天性！

想起黄永玉这个可爱又豁达的老头，他在自己的《无愁河上的浪荡汉子》一书中说："时日曷丧，我心甘情愿地承认自己不是东西而挺胸走进火葬场。下辈子我投胎变鸭子变猪，它变人，他吃我。"这样的众生平等，怕没有几个人能说得出。也因着还有人说出这样的话，希望千百年后被放逐的不是我们自己。

夜幕降临，白天所有的一切都隐入黑暗。在草原漆黑的夜中，我们只看得到眼前灯光照亮的一点，伸手刚触及那份沉甸甸的黑，就怕被吞没，原来我们如此胆怯，原来我们知之甚少，对于狼，隔着层层迷雾，我们只会搬弄有限的一点书本知识去试图触摸它们奔跑的灵魂，而必须惭愧地接受它们对我们的不屑。

那达慕的号角

蒙古汗城的篝火燃起，照亮了尺寸方圆，热情的节奏在旋转，点亮了每个人心中的火焰，动起来，跳起来，谁也不是谁，谁又都是谁，最真的自己、最真的笑容在火光中绽放。

天南地北的人手拉着手，不断加入和退出，大圈转，小圈转，节奏并不统一，但大家尽力合拍，大声地笑、尖叫，把体内原始的、蠢蠢欲动的妖魔都释放了出来。圈子散了，就自己跳，努力跳出最好的自己。头顶繁星闪耀，周遭大地宁静，草原稀释了人间一切的烦恼。

第二天一早，天蓝得水汪汪，每株草上都挂着晶莹的水珠，夜将天和地一起浇了个通透，一切神清气爽。

那达慕的号角响起，骑士们排成一行，在欢呼中，绝尘而去。马蹄沉重急促地击打着地面，像草原有力的心跳，由近而远，由远而近，马是属于草原的精灵，它让人变得强大而自信。那个真实而遥远的帝国，千军万马在号角中驰骋时，扬起的尘土必是遮天蔽日，发出的呼喊声必定惊天动地。数风流，俱往已，但是这草原的静谧里仍带着金戈铁马的壮阔烙印，成吉思汗的后裔们仍在骏马的飞驰中骄傲地扬起手，那是草原健儿才有的速度。简短的赛马结束，第一名是一位年届六十的老人，草原的阳光使他的脸镀上了一层赭石色，层层叠叠的皱纹像阿斯哈图几亿年的冰石林那样粗犷、深刻。他骄傲地向我们挥手，我们用掌声向他致敬。

摔跤的汉子出场了，穿着传统的牛皮铆钉马甲和笼裤，有两位脖子上套着彩绸条做的"景嘎"，那是搏克比赛冠军才有的荣誉。

他们有着鹰一样的眼神，使出熊一样的力气，运用狼一样的智慧，抓、勾、摔、腾跳、挪动……壮阔的山水赋予他们矫健的身姿、宽广的胸怀，经寒冬风霜，历沧桑寂寞，抵猛兽凶禽，长成了草原的雄鹰。没有人把这当作是一个供游人观赏的小小游戏，站在场上就是为了荣誉而战，没有假摔，没有假打。汗水在僵持中渗入草里，铆钉划破了手臂，鲜血滴入土里，喘着粗气，头抵着头，肩顶着肩，双臂用力，不断地拉扯，重心下沉，用脚巧妙地勾、绊，谁都不愿也不会轻易地被对手摁倒，输也要输得光荣。输了就在边上观看，赢的继续下一轮的战斗。一位精瘦的年轻人击败了一位套着"景嘎"的壮汉，站起身，两人友好地相互鞠一下躬，赢的没有得意，输的也不尴尬，挂着汗水，也不察看手臂上淌血的伤口，相互笑笑，一起到边上休息。这情景让人莫名的感动。

那精壮的年轻人一番苦战，好不容易胜了那位戴"景嘎"的公牛般的壮汉，现在面对的是另一位戴着"景嘎"的更强大的对手。人们在呐喊，助威，高亢的音乐冲向云霄，像激烈的战歌飘荡在草原。结果不出意料，戴"景嘎"的是最后的胜利者，他赢得了奖品，但每个人都把真诚而热烈的掌声送给了每一位勇士。

结束后，空荡荡的那达慕场地，仿佛整个草原都因此沉寂了。夕阳带着红光照耀，天和地蒙上了一层妖娆的对比色，可嘹亮的号角似乎仍响在草原的深处，恪守着民族的传统！

"大召寺"无量的佛音

"大召寺"是藏传佛教寺庙，虽有部分殿宇已被损坏，但仍是内蒙古目前保存最完整、影响最广的寺院之一。寺里各种彩塑、金铜造像、唐卡、经卷、法器等文物琳琅满目，一触及就是几百年的历史。尤其是被称为大召"三绝"的银佛、龙雕、壁画，银佛是用

1.5吨纯银打铸而成，外镀金粉，3米多高；两边金色木雕蟠龙，高达十米，气势威武，形象如生；中间悬挂着康熙御赐、用整块檀木镂空雕成的八盏珍珠宫灯，在灰暗的大殿里带着一种岁月侵蚀的暗沉与漠然，沉默地俯视着我们。不变的是那些用天然矿石描绘而成的唐卡壁画，明艳如昔。还有那尊通体由一块缅甸白玉雕刻而成的玉佛，"穿"着由千百万颗钻石和红宝石镶嵌而成的袈裟，可谓价值连城。

走进大殿，四壁是美丽的唐卡，廊柱上挂满了经幡，檀香盈鼻。礼佛的信徒端坐着静听喇嘛的念诵——低沉、绵长的赞佛声，柔和、悠扬，曲词似循环反复，一唱三叹，在大殿里空灵地回旋。不食人间烟火，却又不拒凡间的温暖，如清风拂面，如甘露润喉，像观音净瓶中的柳枝轻轻拂平心中的涟漪，像白莲在心头悄然绽放，一切烦恼在远去，所有苦难在消除，放慢脚步，用手轻轻转动着经轮，沐浴在佛音中，一片自在光明，身心清净恬远，有种不真实的存在感。

我不是佛教徒，但"梵音海潮音，胜彼世间音"，我珍惜这一刻的宁静和喜悦。

《法华经》说："成以欢喜心，歌呗颂佛德，乃至一小音，皆已成佛道！"从大殿走出，心澄之清，满身清凉，再见那尊玉佛时，虽知道为无价之宝，但心已平缓不少，不自觉地接受了大召寺无尽奢华的正当性；玉佛在红黄蓝为主调的斑斓法座上泛着柔和的白光，佛相内敛、凝重、温和，似含无穷慈悲，而众生的念、嗔、痴念皆已入其法眼。

俗人俗念不断，俗眼只看到金镀银镶的佛像，富可敌国的珍宝，也许是我们在世俗中沉浸太久了，早已同化，全以金钱利益来衡量所见所闻，正如《小王子》写道，人们只会对"价值十万法郎的房子"，才会惊叫"多漂亮的房子啊"，而对那红砖砌成，窗边有天竺葵，屋顶有鸽子的房子毫无感觉。周身漫延着欲望的气息，习惯势利凉薄，得失惶惶。所以，站在这里，看到的是金银珠宝熠熠发光。若有心，站上一站，静一会儿，听一听这佛音。也许能感受一下这通透、空灵，思考一下利来名往背后的道理。我的心封闭太久了，稍稍张开，吹进了一缕清风。

突然觉得大召寺就应享有这般的尊贵，帝王恩赐的不是一座寺庙，而是千万人几百年来未曾变过的虔诚。即使在现在，仍有无数的信徒在真诚地信仰和膜拜，还有比这更大的奢华和恩赐吗？也许最奢华的外在就是源于最质朴的内在。

青冢的高度

青冢，传说入秋后塞外草枯黄而独此冢一片青葱——正有些孤零零地俯视周围的开阔，七月的阳光还无法显现它与周边的不同，但泛旧草树带着些苦涩的暗沉，仿佛积淀了无数的寂寞。这里埋葬着一个汉族的女子，一个匈奴的阏氏——王昭君。这个"丰容靓饰，光明汉宫，顾景裴回，竦动左右"的美丽女子，十九岁出塞，二十岁左右成婚为宁胡阏氏，三十五岁离世。她的墓碑上刻有"一身归朔漠，数代靖兵戎；若以功名论，几与卫霍同"的对联，但如果撇开那些动人的光环和豪壮的言语，还原其为一个简单的女子，今日，我以同样一个女子的心情站在此处，听到的是她内心

深处涌起的哀愁:"……高山峨峨,河水泱泱。父兮母兮,进阻且
长。乌呼哀哉。忧心恻伤。"(王昭君《怨词》)。这是她在万人赞
颂背后难掩的一抹荒凉:从此鸿雁南断,故土无望,生死异乡,未
来叵测……在繁星映天的深夜,她会想起什么呢?当呼韩邪单于辞
世后,她上书汉帝南归被拒时,她会想些什么呢?在草原策马驰骋
时,在匈奴人民笑脸相迎时,她又会想些什么呢?也许历史不需要
在意这个女子在想些什么,只是她凄哀的离歌一直在我心头萦绕,
带出我满腔哀思,让我很想为她出塞的眼泪抹上一点点暖色,为她
凄楚的琵琶声里添一些温婉的浪漫,为她异国他乡的日子里加一点
圆满,再注视她的背影消失在时间的无涯。

　　穿过笔直、宽阔的通道,经过高大的石碑、牌坊、雕像,处处
彰显后人对昭君的颂扬和怀念。从右边的小道上到顶上,前面是整
洁、崭新的广场、博物馆,仿古的匈奴大帐、昭君故居,后面是依
然芜杂的土地、树丛、房屋——青冢像站在一个矛盾交替的边界。
而远处,遥遥相对的阴山,一直绵延到视线之外,如同一个群体面
对着一个孤单。我从左边的小道绕下来,刚好一圈。这条路像哈达
一样凝固在青冢上,尘封着一个美丽的传奇。在门口回首,远处长
天碧蓝,白云悠悠,青冢在苍穹下尤其高大,有一种不得不由人仰
视的逼迫感。我站在它的面前,明显感受到了自己的渺小。

　　我亦惭愧于自己的渺小和狭隘。我问自己,在历史的洪流里,
个人如此不堪一击,那么什么才是重要的?是这个柔弱的女子,她
在粗犷的草原上,迎风冒雪,把柔弱的蒲柳扎根成挺拔的白杨,
给这片草原带的和平和安宁,最终以个人的渺小成就了历史的
宏大。

我突然明白，青冢的高大是源于任何一个担起家国大义的人，不管男女、不管老少，当她（他）的血肉最后融入这方土地时，必然凝聚成的一座丰碑。不管里面是否真的埋着那位令人敬仰的女子，一望无际的草原赋予青冢的高度，就是后人赋予王昭君的历史高度。

井冈红旗

怀着朝圣的心去井冈山。车还没有进入山区，一面硕大的红旗雕塑树立在路口，整个雕塑厚重大气，提醒着每一个人：这里是红色革命圣地。

到山脚，才发现它真大，"巍巍井冈，苍山似海"；上了山，又发现它真美，满山苍翠，花香鸟语；到了山中，更发现它别有洞天，五龙潭如隐士高人深居山中，不露声色，却充满惊喜。

五龙潭是瀑布群，在陡然跌落的绝壁之下，又连续飞下四级断崖，层层跌宕，像一架巨大的水梯架在峡谷上，或色如碧玉，或势如锁龙，或美同珍珠，或声似鼓击，或形如仙女，一瀑一潭，一潭一景，一景一境，赏耳目，悦心神。

碧玉潭上青龙瀑，坐落在峡谷顶端，三面危崖如削，绿苔满壁，70米崖壁中白练凌空飞泻而下；潭若翡翠，清澈晶莹。人站在潭边，阳光尚被隔离在山峰之外，幽深迷蒙，便觉这水气势更盛。巨大的水雾腾空而起，不依不饶地扑上来，像下着一场缠绵的细雨。往下是锁龙潭，掩映在杜鹃林中，水势不大，水声喑哑，如龙困浅潭挣扎的呜咽。我们来的个是杜鹃时节，否则满山映红，锁龙潭上的黄龙瀑布怕是别添一番娇媚神色吧。珍珠潭又不同，它的赤龙瀑从30多米高的陡崖上飞下，水花散作无数水珠，尽落玉潭，水声清脆悦耳。击鼓潭上，巨石挡道，黑龙瀑夺路而来，水狼流急，直击深潭，声如擂鼓。

最有名的要数仙女潭了，它是最后一条"龙"——白龙瀑，又名仙女瀑。瀑布的水沿着黑色山石流下，在出水口有块发髻状的石头把水分成两股，如纤手拂发；苍石下，水又合二为一，曲身婀娜而泻，如长裙涉水，翩然起舞，颇有水中生仙子之味。潭边摆有藤椅一把，也有不少人在此处拍照呢，很是自得其乐。

从课本上知道了朱德的扁担、井冈翠竹、八角楼上，却独没有五潭五瀑的如画风景。

第二天，我们踏上了黄洋界，当年根据地的革命史，才开始在我们眼前展开。井冈翠竹仍然坚挺，壕沟不再战斗却铭记了战斗，红军造币厂、哨口遗址、纪念碑上都刻着先人的足迹。挑粮小道蜿蜒而下，消失在丛林深处。我们的红军以钢铁般的信念将这荒野里的小道，踩成了新中国的康庄大道。

当年激战的哨口，早已林木葱郁。远眺，群山起伏延绵，山色雄浑；俯视，山势险峻，云雾缭绕。风过树梢，寒意丝丝，凝神细听，呐喊声、厮杀声、枪鸣炮响的声音似乎仍在这片土地上回荡，井冈山的一草一木都在诉说当年在这里阻击围剿的英烈们惊心动魄的战斗。八角楼上毛泽东的身影，博物馆里用过油灯、砚台等，挑粮的歇脚处朱德仍倚着扁担，都重新融入了那绘有动人场面的井冈山会师巨型油画上，让一代又一代的人们瞻仰。没有井冈山就没有中国的今天，井冈的红旗染红了整个中华大地。

黄山的雨

去黄山，是期待枕松涛，看日出，可从索道上山不久，乌云就开始排兵列阵，来了几点通报，还没意识到会发生什么，雨就像飞刀一样猛轰过来，连撑伞都来不及。风也大，在松林里穿啸，呼呼作响，顿时四下云气茫茫，加上两旁林木郁郁，如同身处孤岛。此时，恰好走到黑虎松，不知是天昏雨急，还是松林茂密的缘故，觉得周边的松树全是墨一样的颜色，沉重得如头顶的天，萦绕着一股森森然的气息。有人猛喝一声："老虎来了！"竟吓得一行人惊叫连连，等反应过来，还有几个暗自庆幸是一群人上黄山，不是武松单个过景阳冈。于是裹紧雨衣，紧跟大部队一步也不敢落下。

拼命走，逃命一般。整座山笼罩在云雾之中，十米之外皆模糊，什么奇松异石都淹没在茫茫水汽里，雨里雾里前行，不像游山，像误入迷境，在深山老林里兜兜转转。雨水汇成大大小小的水流，哗哗地冲刷平整的石板台阶，鞋袜无处可躲，只好顺潮流湿个透，和着雨声走一步咯吱一声，不到百米，雨换了个风格，雨线细了些，可更密，飞箭如蝗一般扑在雨伞、雨衣上，风不小，伞被刮得东倒西歪，可怜几块钱的雨衣，扯来扯去还是难以蔽体不说，还破了几处，顾左顾不得右，盖上遮不了下，脸上雨水嗒嗒滴下，睁不开眼，迈一步抹一把，头发湿了，上衣湿了，不多久，裤子也湿了。这雨如箭般无孔不入，射得你无处可躲，就是穿了雨衣再打了雨伞双保险，也得湿得一塌糊涂。好不容易到了北海宾馆，大家一窝蜂地挤进去，大堂、楼梯、餐厅……只要能站人的地方，全是密密麻麻像沙丁鱼一样排着，像所有人都挤上了一辆末班车。在人群中竟然还有一只狗、两只鸡，呵，干脆是挪亚方舟了。

屋外雨潺潺，水像小溪一样流下四野，屋内滴水成渊，雨衣、雨伞上的水也形成了一小股一小股的水流向门外。人群明显松了口气，都当是一场奇遇，为了安慰宾馆服务员，把她们小吃部的零食买了大半，无论相熟不相熟，都天南地北地聊开了。雨仍是凶猛地落着，丝毫没有减弱，不知怎么让我想起张爱玲《倾城之恋》里众人避难的大饭店来。

过了大半个小时，雨势才有些收住，赶紧往外走，一探头，它又给你一个下马威，噼里啪啦一阵恶打，飞快地缩回来，当先锋的几个还是中了招，真不知哪里得罪它了。几分钟后，又小了，试探地出去，还好，大家连忙从湿闷的屋里出来。走不几步，雨伞上的声音又大起来，又响又脆，吓人一跳，正打算再次撤退，雨又没了；再走，雨又来了；反复几次，人心惶惶。干脆收了伞，决心来场洗礼，一滴水击中额头，啪嗒一声，心一颤，却再无下文了。仔细看，不是雨，是风吹树叶落下的水，是走在树下的待遇。放心了，放心了，雀跃地向前，万般期待它小下去，细下去，直到不再有。

等到了飞来石，争相拍照时，才发现雨不知什么时候停了。来得迅猛突然，走得却悄无声息，天还灰着，山顶的风一阵大过一阵，看着看着就担心它把飞来石吹到山下去，薄薄的雾气又缠绕上来，它要腾云驾雾再飞一次？等雾再浓一些，它就缥缈在朦朦胧胧之中，俯视苍生，颇有些仙风道骨。想象晴日，无边苍穹衬着它，孤独、骄傲，可望而不可即。现在，它隐着，笑着，亲切温和，似乎等我们转身它才会安心离去。

走了不少路，有些出汗，大家纷纷开始脱雨衣、收雨伞了，它恶作剧般地拍打几下，又只能穿好，可它又跑了。内行的老师看云识天气，说云层都向西走了，应该不会下雨。很多人就脱了雨衣，我咬咬牙决定一穿到底。

爬百步云梯没事，到了莲花亭没事，爬到莲花峰顶上，雨又来了，轻飘飘几缕裹挟着大风，就成了漫天雨丝。抬头看天，云层的确往西赶路，可就有那么一大团，刚好在顶上看到我们，开个不大不小的玩笑。风掀起雨衣，掀翻雨伞，雨密密层层牛毛一样附上身，半干的衣服上又布满了针眼。真是无可奈何，无话可说，心一横：随它去吧。

风吹得雨衣猎猎作响，站在峰顶，就像站在漂浮的岛上，云海波涛翻滚，巨浪随时汹涌而至，看不到天，也看不到岸，孤零零地在这方寸天地里徘徊，如同被放置在一个灰蒙蒙的玻璃罩里，感受到外面潜在的危险，却逃不掉。干脆不管不顾地坐下去，虽非"行至水穷处"，但"坐看云起时"的心情是一样的啊。看着浓浓浅浅、厚厚薄薄的云时而追逐厮杀，时而密语交融，时亲厚，时疏离，时旁观，时参与，上演一场货真价实的风云变幻的大戏。雾随着风打转，水汽真切地在眼前飞舞，好像有一个地方在不断制造着，然后用风车喷扬而出，飞去一批又涌来一批，没完没了。

坐了十多分钟，感觉像在无边的海上漂流了一个世纪——是云卷云舒、天地浩渺中，人混淆了时空吧。这场出其不意的雨和满天漫山变幻无常的云雾把黄山嶙峋的山石、峥嵘的奇松都藏在了重重幕后，不能看透。虽是"只坐守，方山看云"，遗憾雾里看花，黄山人间佳山水，但是"云海波澜峰作岛，天风来去雨飞花"的妙趣也安慰了我不虚此行。

晚宿天都峰，开窗入云迎松涛，半夜雨又来拜访，淅沥沥地不知下了多久，关上窗，风过万壑，浮在云端，只合人间天上，一夜好眠。第二天一大早，天放晴了，起来看日出，身后天空晴朗高远，半个月亮悬在山峰上，定格成千百年的风景，眼前云海沉沉浮在半山腰，云天相汇处，一丝红边露出，给天空划了一道模糊的界线。它一点一点积攒力量，一点一点挣扎着爬上来，一丝、一弦、一边、半边、大半边……最后一跃而出——轮如血红日的刹那光华璀璨了整个天地，亮得人不能呼吸。天空成了绚丽的锦缎，云由黑到灰到酱红到紫红到朱红，成了堆满视野的成团的柔软得不能再柔软的红纱，人世间还有更奢华的殿堂吗？我们在霞光里涂成满身金色地回到宾馆，迎客松正明媚地含笑以待，黄山的雨恍如前世。

古人云黄山"峰奇石奇松更奇，云飞水飞山亦飞"，因着昨天那场奇雨带来的水石云雾、半山江海，我只领会了一半，不过留些相思，期待下次也是不错的。

我在桥上看上海

上海应该算是中国城市的名片，小资的代名词，是对小城市人的一种诱惑，是我浪漫梦想的一个承载：等有钱了，和心爱的人去上海，在外滩喝咖啡。

一梦十年，钱不是问题的时候，时间成了问题。他比我去得早，但两次都是公干，都是一个人；我来了，也是公干，一个人，心里真有小小的遗憾。更遗憾的是，行程安排得很紧，幻想住上两天，现在却连在上海街头走上20分钟的时间也没有。

车从虹桥站出来，在高架上绕，头上是飞机起起落落，桥下出租车排成了缤纷长队——不是一个气派能概括。我们像放在冷冻箱里的海鲜一样，被车拉着在上海的马路上飞奔。

到了城里，在文字里很熟悉的上海，在视线里显得陌生。满眼是房子，除了房子还是房子。高楼林立，天空被割成了各种各样的几何方块。偶尔跳入几栋两层小楼，还吓我一跳：上海还允许这样的奢侈？

车在楼房夹出的道路上辗转前行，到了会议地点汤恩伯公馆。一踏上方石块铺成的地面，柏油路、水泥路就隔在外了，如仲夏中吹来一股凉风，一块块凹凸的石头透出一点老上海的味道来。过去的汤恩伯公馆应该是有层次有地位的，但如今被四周高楼挤得局促，不得不接受着俯瞰，就多了一分尴尬。

楼在，却物是人非。楼梯扶手弧线依然优美，但台阶的地砖已经破损。我们假装是当年身着旗袍的上海名媛款步而下，在大堂翩翩起舞，如同在拍一部怀旧的老电影。

还没回过味，车就把我们拉向浦东，在楼群里穿梭着到了杨浦大桥。

车在桥上游走，我在桥上看上海。桥很高，允许我的视线可以有那么一点撒野。

从桥上远眺，高楼变远了，不再割裂天空，一簇一簇地矗立着，构成这个城市钢筋水泥丛林的顶端。这片丛林有参天大树，有纤细小树，有芜杂灌木，层次丰富，充实多彩；连黄浦江边的东方明珠、金茂大厦也纤秀了不少。

车带着远远近近、形形色色、新新旧旧、大大小小、高高低低的楼房移动，好像在形状各异的积木中穿行。

阳光很好，桥边房子比桥高不了多少，窗口里不时飘出晾晒的衣被。几乎所有的房子都在阳台上延伸出一个床架大小的铁架子，有的是整齐地焊上几根同样的铁棍，有的则是潦草地搭上几根竹子，晒着衣裤被褥，像彩旗一样招摇。这让我大跌眼镜。上海的优雅精致呢？难道是狭窄的空间狭隘了上海人？

已在上海住了十几年的朋友说，很多人觉得上海人小气，这其实完全可以理解的，那么大的城市，上下班路上可能就要花几个小时；而且"上海米贵，居大不易"——无论时间还是金钱，不精打细算，日子就难过呐。

原来还有这番道理，上海变得血肉丰满起来。以前在我梦里它只是格调，现在在我眼里它是生活。

晚上，坐游轮游黄浦江。灯光璀璨，繁星失色。想起白天在杨浦大桥上看到的挤挤挨挨的各个银行大楼，密密麻麻的高层住宅，还有安然处于其中的五六层高的小楼小区以及那些在阳台上飘着的衣被——繁华与生活都簇拥在这一片闪烁的灯光当中。寸土寸金的上海、气派雅致的上海，耀眼繁华掩盖不了生活的本色。

城市是为了更好的生活——上海再大、再繁华，也是人们栖身的一个家，没有普通人的柴米油盐，上海只是一片浮华。

第二天早上，从东到西，我在桥上再一次看着这个城市，试图触摸到它。朋友说不在上海住两年，你无法了解上海。

的确，任何一个地方，都有它自身的历史、人文血脉，不融入就不了解。上海在美酒咖啡之外，还有它的尘世俗念。我无法在此生活两年，但我感觉到了上海的真实。

再繁华绚烂的城，也是人的城、生活的城，生于斯，长于斯，或只是客居于斯，都不妨碍一个人对一方土地的真诚热爱！

晚上，回到我的小城，恍然懂得我十年的梦，其实也在我的小城！

西塘的夜

迫近西塘，已是薄暮轻笼，转眼西塘就入夜了。

十二月是旅游淡季，烟雨长廊里难得见到几个游人，只有代代相传的水乡人，静坐在房前屋后，躲着寒风，整理着一天的思绪，享受着自然的恩赐，准备走入安宁的水乡梦里。夜，真静！我仿佛自己处于人烟稀少的大漠，静得如同一枝风干了的水莲，静静地立于一池秋风里；河水黑油油的，像世纪老人静坐庭院沐浴阳光般安详。我们立在秀水桥头，烟笼长廊，细柳低垂，寒风起落，悄无声息，红红的灯笼一路伴着我的视线走向水天的尽头，不由让我想起了玉环群山深处经冬的柿子，点燃着思念。

一步一步，小心地走着，怕惊醒了什么，其实还很早，才六点半多一点。也许对一对陌生的人儿来说，这里的安静，让他们无法自得，远离尘嚣，远离劳作，远离亲人，远离乡土。突然的安静让心灵很难一步到位地适应，适应这西塘的夜。我们以前去过乌镇，那里洒落着快活的气息，与安静有着一定的距离，我以为西塘也如此，但西塘让我惊颤。静，这是一种直直穿刺过心灵的静，那一路远去的红灯笼仿佛要将我的躯体带走了，只留下一段纯洁的灵魂，也只有这一小截干净的灵魂才配留在这里。刚刚走过的小弄堂，闪现在我心海中，长长的、细细的、暗暗的小弄堂，让我踏入了时光隧道，一切外在的生命戛然而止，一切声音都成了远去的记忆，一切浮躁直上了九万里。我张开双手，想拥抱这夜，静静地享受，深深地品味，轻轻地告别，我走在了"回家"的路上，绿草如茵，群莺乱飞；浮尘里的名来利往随风而逝，化为宁静的西塘上空那点点星光；生活中的油米柴盐伴水而遁，成为安静的西塘下边那脉脉流水。

走过送子来凤桥，泊着一群小舟。游船，但它们安静得仿佛熟睡了。精致的售票处和码头是明证。买了两张印制精致的船票，船七点开，我扶她上了船。

小舟牵着潺潺的水声前行，寒风送来阵阵落叶的气息，泥土的芬芳，蓝印花布做的船帘随风而舞，船夫立于船尾有节奏地摆动着橹，我听到了橹划破水面的声音，起起落落，高高低低。水声，橹声，和着蓝印花布飞舞在空中的"烈烈"声构成一曲天籁。我们静静地随舟而漂流，游在梦般的西塘，夹岸高高挑起的红灯笼，让西塘的夜羞成美丽的少女，晕红了脸，恬静地笑着，玉齿微露，细唇微启，眉开眼笑。这倒让我想起了刚刚走过的西湖。西湖的现代与西塘的朴素迥异。现代化的灯光设计，大型音乐喷泉，巨大的湖底隧道，大大小小的公园；当然西湖的文化积淀是深不可测的。西湖随处可见的灯光让人不由加快了节奏，湖边大道不由让人联想起如织的游人，现代化游艇扼杀了"棹将移而藻挂，船欲动而萍开"的情趣。西塘活在自然朴素的水乡情怀里，而西湖则活在中华文化的传承里。

舟行在西塘的水道上，夹岸带着残叶的柳树，慢慢揖手后退；一侧的烟雨长廊，安睡在我们的脚边；屋瓦粉檐的民居，听着潺潺水声休憩。如行在画里，两岸的景色目不暇接，如行山阴道上。

特别是过桥洞时，是桥动，还是心动？或许慧能会说："仁者心动。"如果时光让我如西塘般安宁，而西塘如我一般老去，那是多好啊！她提醒我不要太自私。西塘的静只有生活着才能见其真正的神韵，西塘也只有生活着才会有夜的静。

西塘的夜，是一种超越现代工业文明的自然之寂静，是一种跨越人类心灵史的生命之安静，是一种具有极强穿透力的生活之宁静，是一种顶寒风依然如德般馨香的恬静！

风在塘栖

四月的风挟着轻寒从桥上吹过，运河的水在桥下泛着涟漪应和。漕运来往的船只溅出的水花淹没在厚重的光阴里，只有风从古到今不曾停歇。

一

桥上的人来了又去，一拨一拨，这座京杭大运河上独一无二的七孔桥——广济桥，正如江南的不沉之舟，承托了人们不停来往的脚步，也承载了他们点滴的过往和当下。历史的河流冲刷了时光，侵蚀了岸埠，它却仍坚挺在运河之上。它带着沧桑从唐风宋雨里走来，走过元明清的朝代变迁，走过抗战的烽火，走过时代的风霜，挺立至今，挺出塘栖的风骨来。

久远的故事已无从考证，一些逸闻旧事仍流传在塘栖人的口中，塘栖文化促进会的胡建伟老师带着我们在水北街上慢慢行走，把它们缓缓地打开。

一个生平不可考的男子，据说是抗战时塘栖一个什么会的会长，在日寇的逼迫下，百般周旋，保住了塘栖所有女子的名节与安全，因此在水北街的慰安妇所里，唯独没有塘栖的。这个姓名不详的人，如今已无从知晓他的音容风貌，只想象他是怎样艰难地在夹缝中为父老乡亲，为国为家为抗战，做一点力所能及的有用之事。我们无法要求战争时期的普通人如何崇高，但至少生死、情义之间，他不曾忘了根本。或许他无力为国家抛头颅洒热血，只能为生养自己的这方水土尽一点绵薄之力，并无从计较为之付出的尊严和财富、漠视和辱骂等代价。历史也无从考证对他的公平与否，回归理性评判，是非功过并不可以简单一刀切下，在时代的重压下，人性的挣扎与复杂才是真实，塘栖人在水一样的顺变里仍有桥石一样的风骨。

站在桥上，风夹着雨丝钻入伞下，运河像飞天舒展的广袖，从两侧从容远去，在时间的褶皱里又抖落一个人物——二十世纪九十年代的一位塘栖官员，他留下了现在的水北街，力排众议，费尽波折，挖了一条"新运河"作为绕道的水路，保存下了已不符合时代需求的广济桥。一时的经济利益和不可估量的历史价值，塘栖人都做出了明智的选择。听着似乎是一个平淡的故事，可是坚持"逆流而上"的风险对身处漩涡的个人而言不可谓不巨大。桥将替后人，替历史记住他。

下桥，站在熙熙攘攘的人群中回望，长虹卧波一般的广济桥，在烟雨里沉默，和桥石缝隙中倔强生长的剑叶凤尾蕨一起倒映在水面，静默地记录了、见证了曾经发生的一切，留给我们的是对塘栖风骨一个新的认识。

二

水北街上的十几家老字号，生意兴隆，日夜流淌的京杭大运河丰满了塘栖的血肉，漕运的实用功能繁华了塘栖，给它带来乾隆六下江南三到塘栖的荣光，高大的乾隆御碑更是刻下了塘栖曾有的辉煌。而这条千余米的小街上，如今又岂止一个御碑在展现塘栖的风采。风雅的塘栖人，沿街设立了方志馆、谷仓博物馆、文化促进会等文化场馆，用文化记录塘栖，宣传塘栖。除了专门的文体中心，还利用街角拐弯的空置房屋，成立社区图书馆、书吧、社区志愿者服务中心、外来务工人员之家等，把文化延伸到每一个角落，把人文情怀衍射到每一个走过的人身上；亦如河西塘等村落的农村文化大礼堂，是最基层的文化基地、最根本的文化基石，也是塘栖力求建立的文化地标、精神家园，在耕读书香、孝悌礼仪的传统里嵌入新时代的农村特色。

塘栖人注重文化，弘扬传统，把工作种植在泥土里，开发了许多芬芳的花。这个弹丸之镇，竟有清水丝绵制作技艺国家级非遗1项，水乡木船制造技艺、茧圆与蚕桑生产习俗等省级非遗4项，县市级非遗27项，其他各类非遗800多项，让人瞠目之余不由惊叹佩服！同行的塘栖文体中心主任孙晓云，年纪轻轻，却对塘栖的文化发展了如指掌，讲起塘栖的点滴如数家珍，对塘栖非遗项目和非遗传人的介绍更是信手拈来。她带领我们到塘北村，整个村在各家的小楼上挂着分工明确的"缫丝""抖丝""织士布"等旗帜，当缫丝传人合作默契地烧起土灶，用爪篱一样的工具缫丝时；当一群阿婆熟练地剥丌煮熟的蚕茧，抖出小兜、大兜时；当一位中年妇女用木织机熟练地织出美丽的土布时，我们被深深地折服了，仿佛中华数千年传统农耕生活的画卷就此展开。褪去生存压力后的缫丝织布的行为，体现的是塘栖人对传统的重视、保护和复兴，他们化世俗为风雅，把最本质的东西赋予新的内涵，把千百年前的古风留存至今，吹遍塘栖的天空。

就是在外的游子，诗人叶坪先生，虽年逾古稀，却仍在为家乡的文化事业奔走，言谈之间流露的亦是塘栖人骨子里的自豪和固有的风骨、雅致。

三

我们走到三条半弄。这是因水成街的塘栖曾经的72条半弄里仅存的硕果。一条沈家弄，一条郁家弄，一条半的太史第弄，约7000平方米的明清建筑，层层叠叠，典雅幽深。门面虽不起眼，内部却别有洞天。三四百年光阴的烟熏黑了砖墙，折旧了木柱。行走在窄窄的巷弄里，登登的足音回荡，紧掩的门扉关住的故事决不轻易外泄，我们只在时间的痕迹上做些微地窥探。屋与屋交界的墙根，"修厥堂墙界""开泰元墙界"的字样，在岁月里沉淀出一种清清楚楚、明明白白，是塘栖人低调内敛品格之外的一份清白公正和智慧。

临河的廊檐下，一群老人坐在美人靠上，有轻声闲聊，也有沉默不语。一位古稀的老者抱着一只小小的西施犬，像抱着一个小小的孩子。面对我们，小狗露出和孩子一样好奇而羞怯的神情，偷偷地看你一眼，又埋入老人的怀里。老人用手轻抚着它的脑袋，温和而宠溺地笑着。

有一个男子在廊檐下摆摊，无非是十块三双的袜子之类，雨天生意清淡，也不见他急躁，坐着摆弄手机，只等"愿者上钩"，也是自得的。

出了廊檐，在一家饭店的后门，一只小小的花猫似乎把尾巴绕在嘴里，像把辫子衔在嘴里踩着轻盈舞步的少女一般，向我们奔来。同行的韩小惠老师惊呼："看，它嘴里衔着鸡脖子。"我仔细一看，既不是尾巴也不是鸡脖，而是一段长长的鸭脖，于是说："是鸭脖。""它偷吃——哈，偷吃还这么不慌不忙？""胆够大！"小猫斜睨了我们一眼，节奏不改地向边上的草地迈去。饭店边上的门开了，出来一个黑衣服的女人，我们说小猫偷吃。她抬头看了一下，笑着说："真的哦。"也不见她急，不见她骂，笑眯眯地看着那小坏蛋窜入草丛，才去敲饭店的后门，说："鸭脖看好喽，小猫偷吃了。"饭店里也没人出来，只有一个声音不紧不慢地响起："好嘞，知道了，谢谢啊！"

我们对视一眼，不禁莞尔，明白这小偷是缘何胆大了。这是我们看到的塘栖最有趣温馨的风景了吧。

在街上，又碰见一只黄色的小猫，我们看它，它也看我们。韩老师弯腰摸它，它很享受地在她手心蹭着脑袋。我们要走了，它绕着我们走了一圈，有些不舍，却只目送我们离开，很有欣然相见、淡然相别的气度。让人不由感慨，是怎样温和质朴的民风才熏陶出如此温文可爱的生灵呢。

后来又遇见一只腊肠狗，没有链子，脑袋上顶着主人贴的半张疏通下水道的小广告，在川流的人群中很醒目。主人也不大管它，只偶尔回头看看。这大概又是塘栖人不动声色的幽默与机智了。

四

我们上船，在丁山湖上游荡。时间似乎落在湖里了，带着水汽，走得缓慢而悠闲。风贴着湖面吹来，雨是细的，风把它拉得更长，一丝丝的像塘栖人缫出的蚕丝抖在了水里，织出一片一片湖水绿的绸来。所以丁山湖上的水波与别处是不同的，它没有鱼鳞状的片片甲甲，不波光粼粼，不波浪起伏，不水花飞溅。它沉稳，风起云涌落在眼里也只是一个笑脸；它深邃，世事变迁也只是亘古长河里的一个节点；最主要的是它柔软，它是丝绸在微风里的轻轻抖动起伏——只能是微风，或者说它的一处波纹就是一匹丝绸，它就是由一匹一匹的丝绸连起的湖。

船如一把利剪，悄无声息地把它裁开，裁出的华裳一展，就美丽了无数诗句。

湖也是有岸的，岸边的水草应着湖的节拍，招摇、生长；水湄的杨柳垂在岸边的屋旁，如浣纱的少女；屋前房后满满的枇杷，正在骄傲地展示金色的果实。数百年前曾作为唐宋皇室的贡品，塘栖的枇杷是应该骄傲的，就是现在，它仍然是闻名遐迩的名果，慕名者纷至沓来。

水岸上的人家，一色的粉墙黛瓦，每家每户屋旁都有一个小小的埠头，拴着一只或两只漆黑、陈旧的小木船，船桨横在一旁，有些慵懒，又有些期待的模样。船旁偶尔竟有鱼儿跃起，跌入水里的瞬间就模糊了时光。

"逐水草而居，是我们先人数万年前的生活，它传存在我们的基因里，流淌在我们的血液里。"丁山湖的水是一面镜子，"我们在其中看到古老得让人忧伤的农耕生活的清晰影子"。拴船的木桩苍老而硬朗，它曾拴住湖上人家多少不曾被外人所知的美好日子啊。

有白鹭飞起，惊鸿一瞥，翩然远去；有灰鹭继而高翔，盘旋半空，灵动自在，与湖上散淡的时间相映成趣。

人在船里，愉悦弥漫全身，只想船慢些，好把丁山湖的风情细细地一层一层地剥开，品尝个够。

一条栈道沿着湖岸而建，与水岸人家相依相贴。塘栖人总是有办法在开辟新天地的同时，也从不忘记留住旧物什，然后在旧的日脚里打造出新的风情。

到了超山的梅园，一切蓦地有了一个极致的旁白。埋葬一代大师吴昌硕的"十里梅花香雪海"里，有五大古梅占其二的唐梅、宋梅的古韵，有六瓣梅的稀有珍奇，有一路石刻的诗文，有大师的遗风……梅的风景里是梅的风骨、风雅、风情，这何尝又不是塘栖人千百年来积淀而成的风骨、风雅与风情呢？

冬日洞头

　　阳光洗得天空纯净，蓝得滴出水，把远处的海也浅浅地染了一圈，还发着光，离岛屿越近，光就越强，渐渐地形成了一片纯金荡漾在我们的视野里。

　　在纯蓝和浮金中间，岛屿像巨大的碧玉漂浮着，笼罩在纯粹的光影里，像罩在一个透明的水晶瓶子里。

　　进岛，就牵起了弯弯绕绕的路。路旁新新旧旧的屋子背山面海，一丛一簇的红和绿不时露在屋后墙角，出其不意地让人眼前一亮；小小的院落里晒着花花绿绿的日子，绳上、竹篾上，排着海边人家才有的收获；黄狗懒洋洋地趴着，母鸡若有若无地咯咯几声，然后不慌不忙地迈着碎步进出；有几个上了年纪的人穿着粗布衣服，在地头忙碌，看见人来了，直了身子，支着锄头，含笑着注视着我们，大约早已习惯了外人的闯入。我们挥手致意，他们也挥手，阳光照在古铜色的脸上，像浓墨重彩的画。无声的语言在这一挥之间流动，我们接着走路，他们继续锄地。宁静流淌在冬日洞头的角角落落，仿佛阳光也洗去了声音，汇入脚下那一片无时不在金光闪烁的海中。

　　下榻的渔家小院，石垒的矮墙，圈出一个宽敞的院子，墙外密密麻麻的房子依次露着后脑门，从半山排到海边。海边又林列了数不清的船桅船帆，堤坝再大笔一挥，坝外就是无边无际的天地。

搬张老凳，靠门坐着。风从海上来，经过那些鳞次栉比的屋顶，穿过屋前门后密匝匝的绿树枯枝，匍匐着爬上布满枯草的山坡，最后攀上那垛不足一米的矮墙，来到我面前。一路的波折，耗损了它的全力，吹到面上，只剩下淡淡的凉意，太阳那么直白热烈，一晒，它就消散了。

仰首，就看到院子一角坎上的一株三角梅，凭空不声不响地伸着枝丫，开得那么娇那么艳，犹如种在蔚蓝色大地上的神物，渲染出洞头冬日的色彩，镌刻着时光深处的安宁，不曾青涩，不会老去。眯着眼，感觉自己像只打盹的老狗，什么也不想，什么也不做，时间那么缓慢轻和，坐着细数它的脚步，简单从容，这是冬日里莫大的幸福。

夜晚在落日的目光中缓缓降临，风随之积聚了力量，像狂野的兽在门外呼啸。隔着玻璃向外望去，黑暗中只有山下灯火分外明亮，映得天海繁星交汇。可八点钟不到，那些灯一盏一盏熄灭，等着风把它们带走另挂到天上。拥着被子看天空，万物在寒风里静止，洞头在星光里入眠。

早晨在阳光里醒来，风已消失。开窗，映入眼帘的那是无边的天海，金光闪烁，一如昨日，仿佛时光脱落，黑夜和风声只是臆想的存在。

早餐是白粥、鸡蛋、包子、榨菜，那么家常，让人以为昨晚的满桌海味也是一种错觉。所以我们像在家一样自在，院中有一株长满了果子的金橘，谁也没有想过去问主人一声，就伸手摘了吃。黄狗在一旁急得乱转，犹豫着抗议还是不抗议。主人出来，返屋拿了一碗水出来，连声说洗洗再吃，洗洗再吃。我们立马意识到自己的随意，说权当卖给我们了，钱由你算。他连连摆手，用不标准的普通话说，自家种的怎么能收钱，没有那个道理，好吃就多吃点，不好吃，我就去街上买一点。

金橘很酸，吃它完全是出于好玩，看主人认真，我们赶紧都住了手，他却拿了盆子，挑色黄个大的一个一个摘下，洗好，摆在桌上，直说再吃再吃。我们推辞不过，就再拈了吃，他挑的比我们乱摘的好吃多了，就一边谢他一边夸他。他乐呵呵地笑着，淳朴宽厚，一如冬日暖阳。

午后，去被誉为"气吞吴越三千里""名贯东南第一楼"的望海楼。望海楼矗立在洞头最高峰烟墩山山顶，登楼纵目，天高远，海缥缈，既有"会当凌绝顶"的豪情，又不失"沧海一粟"的悟叹。

望海楼里展示了洞头的民风民俗，陈列了许多名家字画，楼外诸多诗词碑廊、亭台，记录了洞头的历史、人文印迹。可是我一时难以把这样悠久、雄壮的望海楼与先前朴素无华的渔家小院联系起来。

徘徊在望海楼周边，仰视高耸的楼阁，俯瞰山下层层叠叠的房屋，有见过年头的石屋，也有崭新林立的高楼，旧村落与新城区各占一隅，相安无事。

我想洞头开发的3000多年历史里，在大与小、新与旧之间，在洞头人宁静的背后，必有一番不易察觉的波澜壮阔、惊心动魄停留在岁月的深处，借助望海楼的气势予以铭记。

望海楼后是一条长长的栈道，仅1米来宽。道旁树木错杂，浓荫蔽日，隔了尘嚣，留了光阴，一经踏入，人生就从广大跌入逼仄，然后如同在爱丽丝的兔子洞里行进，走向未知的方向。

四下无声，阳光透过枝叶有限的缝隙漏下点点细碎的光斑，证明我们还处在熟悉的世界。栈道的木板上积了厚厚的落叶，却并不枯黄——不知是什么叶子，竟是如縠纱一般轻轻团着的淡绿，褪了青春的鲜润，却交迭出繁华过后的恬淡、安然，踩一脚，便是"沙沙"的轻响，像若有若无的叹息。不安消失了，我们在这未知的路上渐入佳境，仿佛踏的不是落叶，是诗歌里缓缓延展的画卷。

风在道外窥视，带起头顶枝叶微响，但并无寒意，我们一步一步向下，有点寂寞，却不孤独，山顶逡巡的落日的目光更加温柔，引诱着我们慢一点，更慢一点，静一些，更静一些，不因时光流逝而脚步匆匆，不因俗事俗世而愁绪萦怀。

走到山下，路口一块石头上题着"白马古道"，我们在不知不觉中经过这条千年古道，似从一个世界穿梭到另一个世界。

满眼石头屋子的小村就在古道下，占据了整个山凹，一条潺潺的小溪穿村而过。溪水清洌，溪边尚有三两村妇在洗碗，溅起的笑语声和水花一同很快又扑回溪里，而海在村口不远的地方静静地守候。

有鸡在踱着方步，有狗支着耳朵蹑手蹑脚地跟在人后，你若回头，它就停下来，仰起头，侧着脸，目光温顺羞怯。每座屋子都装有石窗，微红的石料经历了海风的侵蚀和时光的洗礼，表面都有浅浅的坑洼，上面的花样颇多，却不花哨，人寿字纹、万字纹和回字纹居多，偶有花卉、吉兽。窗后是静谧的日常，不时有斑白的发丝飘过，叮当几声，是锅碗瓢盆的轻语。木门开着，陈旧的木色是古旧石屋的自然标贴，饭香是新鲜的，绵绵不绝地溢出，弥漫了整个村落，似乎日子也从里面流出来，带着淡香沉淀出十足的烟火味。两个小小的孩子，穿着玫红和碎花的外套，蹒跚着爬上门槛坐好，像在灰暗的横木上开出两朵活泼鲜嫩的花，与屋角伸出的一枝三角梅相映成趣。我们在她们无声而好奇的注视中离去。身后，村子也将在逐渐降临的黑暗中亮起自己的灯火。此时在岛屿的另一边，我们下榻的小村里，人们亦结束了一日的生计，又开始迎接祥和的夜的来临了吧。洞头人的日子就在这般的安宁中循环周始罢。

旅门

回望玉门

玉门，这座立于唐诗巅峰上的心灵之门，张扬着盛大的李唐风骨；但更多的是闺中思妇的眼泪，白发娘亲的守望，稚子家兄的期盼；更有白发将军征夫的浊泪，达达的马蹄，金戈铁马；还有让眼睛疲惫的如黄河之水的大漠，追风而上的大漠孤烟。那门啊，撼动无数唐人的玉门！

玉门本应是人间天上相传的美好之门，有金玉之声，温润之至。但那里却流淌着乡愁无际，充斥着还乡热泪。听着那一声轻一声重的梅花落，望着如霜的月夜下闪着寒光的黄沙，更有高一声低一声的梆声，"一夜征人尽望乡"。那，故乡呢？杂花生树的春天里，落日楼头，望着如离愁般疯长的春草，想起了玉门，想起了那曾经的眼神，忆起春天的某一早上，灞桥岸边的柳丝如梦长的时候，高楼上那一层又一层的思念，如今却深陷其中，不能自制。玉门再也不是一个梦想中美好的如同玉砌的门，却是心中一道永远也无法开启，又不想合上的门，门里门外填满了相思。

剪不断的声声思忆，记不起的枯草大雪，想不尽的家兄父老，只有年年望玉门，盼玉门生烟，温润生锈的心，透给心一缕春色的阳光。家门好久好久没有打开了，那扇时时开着的小门，如一声低泣，在春风秋雨中呢喃。只有在梦中这道门才被打开过，但那达达的马蹄踏碎了一切的一切，有多少美梦在马蹄声中、在如雷的呐喊声中化为乌有。幽梦难逢，飞鸿音绝，声声思念，萦绕心上。字字千金的家书，还能打开我们的心门吗？那道与玉门相似的温润之门。小小如城的心会被一如圣旨的家书打开吗？还有能否打开两鬓如大漠月光下寒沙的老父那道心门？担心，又无奈？

玉门那一头，如潮的牵挂越过无边的相思林，能否到达那春光明媚的江南！天天望了又望的东方，是否会响起故乡的声音；笔直的大漠孤烟不可能带我回家，只好记起童年天天呼吸的炊烟；千里冰封，在记忆里再也找不到可以放置的地方，秋尽草未凋的江南，怎能有如此的大雪。哎，休息吧，入梦吧！或许梦会开启另一道门，越过玉门，直达家门。

门里门外的亲人们，一起走在玉门和家门的路上！承载着多少的情感，唐诗宋词就有它生生不息的灵魂、思念，还有心折骨惊的相思！

凝望雁门

《天龙八部》中雁门一战在每一个江湖人士心中架构了一环又一环的迷茫，而在唐诗中却被"诗鬼"李贺表达得惊天地，泣鬼神。"黑云压城城欲摧，甲光向日金鳞开。角声满天秋色里，塞上燕脂凝夜紫。半卷红旗临易水，霜重鼓寒声不起。报君黄金台上意，提携玉龙为君死。"这里点点星星是千年的豪情，和武侠小说中有着一并的"救人于厄，振人不赡，仁者有乎！不既信，不倍言，义者有取焉""不爱其躯，赴士之厄困。既已存亡死生矣，而不矜其能，羞伐其德"的精神本质。

"天下九塞，雁门为首。"雄关依山傍险，高踞勾注山上。东西两翼，山峦起伏。山脊长城，其势蜿蜒，东走平型关、紫荆关、倒马关，直抵幽燕，连接瀚海大漠；西去轩岗口、宁武关、偏头关，至黄河边。进入了中华文化的血液。"黯兮惨悴，风悲日曛。蓬断草枯，凛若霜晨。"天生的雄壮与伟岸，为千年的壮情而直入云霄。

大漠的孤烟下，滚滚的尘土，依依的人流，直扑沙场。在刀与戈的交织中，点燃一堆又一堆的热血；在飞扬的战袍和马嘶里，化成了一个又一个漂泊万里的孤魂。那北雁南飞的队伍中不知能否带上那孤魂，越过万水千山，听过黄河的雷响，目阅泰山的伟岸，直达春来江水绿如蓝的江南，把那种豪气细诉于江东的父老。雁门啊，雁门，让雁儿都寒心的门啊，人何以堪？更哪堪生与死的交织，时间和空间的失衡，历史与未来的重叠。

折戟沉沙后，雁门依然面对着千年的大漠，细细诉说着过去、现在、将来。杨家的绝代英灵站在这座鸟飞过而寒心的雁门，面对着异族铁骑，前赴后继；背对着宋朝大军，节节败退。他们以男子汉的胸膛，以血捍卫了一个民族的存在方式，用男儿的热泪书写了一个又一个让人心惊的军人的风骨，他们还一眼又一眼地深情回望着中原故土，忠孝难两全啊。

雁门总与战争相伴，而战争则与荣辱相依，而荣辱又常常与男人相随，而每一个男人身后都有一堆女人，还有每一个男人心中最柔软的地方，往往是千里之外的家乡、恋人；对功名利禄只是一时的冲动，当他们回首人生，那最柔软的地方时时如囊中锥，刺痛着威武强悍战士的目光。

眺望剑门

　　剑门，天下之雄也。而入剑门之雄者，陆游也。当这位在中国大地上处处都播种希望的中国诗人，带着如老杜般的苦心，祖逊式的热心，在细雨中一步又一步地进入剑门，神秀的造化为诗人提供了一个浩大的背景，诗人对着这样的地势赞道"剑门天设险，北乡控函秦"。天下的雄奇，一夫当关，万夫莫开。得蜀者必先得剑门，故云：打下剑门关，等于得四川。不由想起李白《蜀道难》的"难于上青天"，天下的雄奇又能如何？可"存亡终在人"啊。无论如何坚固的"马其诺防线"，都要被突破。骑在那头诗性的毛驴上的陆放翁，面对这表里山河，想起水深火热中的"十里荷花，三秋桂子"的江南，想起沈氏园的飞花，想起壮志难酬，这一切都不在于物，而在于人，"虽曰天命，岂非人事哉！"

　　细雨悠然地下着，却把诗人的心带回了春波桥下；那座沈氏园，那位曾经的爱人。在如炬的眼神下诗人失去了方寸，以牺牲自己一生的幸福来换取了母亲的那一声赞同，社会的主流价值体系的一声干涸的叫好，但却使自己一生沉入了另一个女人的眼泪之中，而她还要再去与一个男人生活，无论是陆游还是唐婉都是不幸的。这爱叫人无法消受，更无法让人心安，更无助于他的建功立业，也许可以用另一种眼光来看立言吧。纵然有这一切，那没有爱情的人生是无光的，是黯淡的，就如生长深海的水草，永无天日。他的不幸当然对于我们是幸运的，因为我们可以读一读那几首诗、几阕词。然而陆游却不行，他是当事者，他必须让自己心爱的女人一生幸福，难道就没有另一种方式了吗？

走在沈园的亭台楼阁中，仰望着放翁祠，几阕词。可谁能想起那位唐婉的一生苦楚，放翁穿过骨髓的悲凉？

惊鸿仙子般的唐婉，凝视着春草池塘，回忆起当日的信誓旦旦，那片片泛起黄晕的信笺。莺莺燕燕、花花草草的江南，再也没有了双双起飞的蝶儿；落日桥头更多的是无法向黄昏的凄清，点点滴滴的往事伴着，星星点点的微波，纵有许多情，更与何人说；放纸鸢的小孩子们，把他们的希望放飞在早春的草香里，而她的心却随着风筝去流浪了，哪儿才是安置之所？

剑门关下的陆游，能否也来一个千娇百媚，为唐婉再美丽一次。雄壮的陆放翁，是有此心，却无此意？

仰望虎门

林则徐一路走过万水千山，贬去了伊犁。从此虎门只留下风雨飘摇的一声长叹。大清朝再也无法走得太远，心不甘情不愿地退出了历史。虎门的那阵阵硝烟也淡退了，但为中国人民的抗争树起了一座丰碑。

走在如画的山河里，他也许想不明白太多的问题，也许他想得很明白了。他明白要留住大清，就要学习西方先进的工艺；要发展就必须要了解世界，和世界交流；作为一个官员，能做的就是造福一方的百姓，到了伊犁我能为百姓做一些实事就好了，一个人无法承受这样的生命之重，难道这样的放逐就会让我感到生命之轻吗？更有明明如月的心，那愿在虎门，那愿在民族这块热土上奉献的心。望着这一路的山山水水，不由想起了离家时的那句诗"苟利国家生死以，岂因祸福避趋之"。可是，又为什么？

虎门一事，为中国人民出了一口气，让他看到中国尚有可为之人，亦尚有可为之力。后战事开启，虎门以它的虎气让异族无法攻入。然广东战败，却要归咎前任，远谪伊犁。也许他会坦然一笑，因为有那一句诗，只要在我们的土地上为民分忧、为民出力、为民工作，这就是生命的意义，不在乎得到多少的功名。正如魏源所挽："品望重当朝，犹忆追陪瞻雅范；褒荣垂史乘，徒殷景仰吊遗徽。"人民永远是最公正的，会给你以足够的地位。相信未来人们的眼睛吧。

虎门彰显着大清朝无法进入世界的轨迹，远在北京的道光皇帝一直不明白，与我们交战的人是谁、在何方、叫什么名；而且他天天看的奏折有99%是假的，可能只有上奏者的署名才是真的，面对这样的现实，主战的林则徐其实内心也是很痛苦的；"代天行道"的皇帝盲人般带着一个偌大的清朝在世界的潮流中航行，而一个高级官员林则徐难道就能认清航向，扶正航道？大清帝国是无奈的，林则徐亦如是，但他"知不可为而为之"的精神还是不断地让人动容。

虎门是一座让人用充满阳光的心灵去思考的地方，时时仰望，时时思考，会让我们更明白：我们的林则徐先生，他孤独的眼神永远不会因为自己的委屈而黯然，因为他是一个民族之魂、一个大写的中国人、一个堂堂正正的中国脊梁式的官员！

第二辑

门前的风景

勤劳功烈，然而诗意地，

人栖居在大地上。

我是否可以这般斗胆放言，

那满缀星辰的夜影，

要比称为神明影像的人

更为明澈洁纯？

——荷尔德林《在柔媚的湛蓝中》

皤滩：繁华与苍凉只隔一墙

对于仙居，我最先知道的不是神仙居，不是景星岩，而是皤滩，十多年前去过一次，那份沧桑与恬淡让我魂牵梦绕了这么多年。再去时，皤滩多了一条通幽小径，多了印月湖，多了环镇溪流——皤滩变了，但又没变：在一片稻花香里，呈现出一种自在的、原始的江南小镇状态。不仰人鼻息，不从俗入媚，在乡土气息中跃入那些古旧的房舍，外在的一切浮华与它无关。

一道院墙把里外隔开，一个洞门把你引入进来。

墙外，是现代刺目的阳光；进得门来，阳光似乎就退缩了，退缩到一角，让给那些斑驳了油漆的旧门窗，让给屋檐房角那些积满灰尘的雕刻，让给那些泛着青苔的卵石，还有在门口轻声闲谈、看着来往行人的老人……

你得小心翼翼地走，不能也不忍打破这沉淀了千年的陈旧，要知道这才是历史。

在中国那么多的历史小镇中，皤滩绝不是最为炫目出彩的，它没有乌镇的喧嚣，没有西塘的缠绵，更比不上周庄的精致……但它有一份独有的凝重气质，让你进得来，出不去。

那一垛矮矮的墙，给时空划了一道泾渭分明的线，尘世隔离在外，历史在你眼前铺开……

何氏里学士府，三进院落，大堂、楼阁依旧保留了当年的框架，闹中取静，空荡中处处展现了大户人家的气派。

在庭院天井中，环顾四周，只有发暗的木墙、木门、木窗、木雕、木柱……一股腐蚀的气息把你包围。这里不是谁的故居、谁的院落，这里你无法像一个简单的游客一样进行一次简短的旁观。很多房间锁着，透过格子窗看到的是空空如也，把过往的衰荣都消融在尘埃中，不提及，不翻起。

在这里，你会觉得你就是历史，那些解说、那些图片，隐藏在昏暗的房间里被你视而不见，涌起的是无尽的遐想和感伤。

庭院深深，很多人进来，无声地散开在古宅的角落，仿佛一个转身就掉进了鄱滩特有的时空里。

我走进了古井边上的藏书楼。这幢小楼东西两边都是后花园，墙上有两方格子窗，窗外万木葱茏，生机逼人。这窗应是赏景佳处，在隔与不隔、似隐非隐中映入一窗风景，满怀情致，可以想见在此展卷读书是多么惬意舒心。但如今，荒草侵窗，蛛网遍布，楼上空无一物，积尘满地，徒添一份"人去楼空浮世情，烟消云散红尘梦"的萧条落魄。尽管前窗大开，但依然感觉昏暗，站在房中央，看到阳光打在天井对面的屋壁上，明暗如此分晓，截然两个世界。

下楼后，天井中的汲水器孤零零地立着，用手一提，流出清澈冷冽的水来；楼旁的古井，水满而清，拾级而下就可轻易触及，但我却不敢，因它太坦然，坦然中露出一丝不可侵犯的骄傲，让人心生敬畏：我在此处，不曾离开，任你来去，敬请自便。

边上一道黑门把荒草、杂树、阳光关在外边——何氏的花园不再，学士的荣耀不再，偌大的学士府，只留下这几进院落，静默在皤滩的一隅。

与学士府相比，水埠附近的春花院更能挑起人们对古代市井生活的无穷想象。这座明清中晚期的宅院，因门前有“色赛春花”而得名，当时的规模应该相当大，外、中、内三院厢房有几十间——曾令多少商贾聚散停留，上演无边风月啊。

现在，内院、外院尽毁，那块招牌也不见了，大概只有屋檐下挂着的几盏红灯笼和前院天井的“九连环”鹅卵石图案还在暗示着春花院曾经的盛况吧。

坐在那里的几个中年妇女在忙活着一些小手工，楼下厢房里挂着一些名妓画像，妓院来历、规则的牌子，甚至还挂了一些妓女的名字牌。只是我还是很难把这么阴暗的屋子（二楼的一间房子屋顶好像还塌了一个大洞）和那个纸醉金迷的销金窟联系起来。

那些青楼女子娟秀的面孔早已随着永安溪水隐入历史的云烟，消失在时间的无涯里——悲喜不再。

走到古街尽头（十多年前，那里是皤滩的入口），一条水泥大路把皤滩一下子拽到了一千年后。路旁店铺林立，车声喧闹，四五层高的钢筋水泥楼房俯视着周围，贴着的瓷砖熠熠生辉，着实吓人一跳。但那是小镇繁华热闹的现在，与皤滩无关，那一线把古今断然隔开，让人不由长吁一口气。皤滩以它苍凉的存在，告诉人们，历史在此真实地停留：满街老屋，写有旧时代标语，写有“苏松布”“山珍海错”等字样，挂有“同庆和大药房”“参茸官燕散膏丹”“仙居县邮电局皤滩营业处”的牌子，墙壁石灰剥落，门窗木板沧桑，当年堪当大用的石板柜台颓败不堪……历史在皤滩身上刻下种种印痕，历久而未磨灭。它没有像呐喊了八百年的桐江书院，作为精神象征而回归，被修葺一新，喜气洋洋地站在大路一边；也没有像其他无数的中国小镇，被人为地篡改，面目全非，沦为令人痛心的现代仿古街。

重新走到入口的地方，缤纷的无骨花灯亮起，映在展厅墙上的镜子里，真幻难辨，流光溢彩地透着千年兴盛的一点影子；胡公殿的戏台正被一个剧组借去拍戏，恍恍惚惚地响起了满堂喝彩；陈家祠堂百来个牌位，见证了皤滩望族的兴衰变迁。遥想清朝陈瓒璜，这位终其一生未曾离开皤滩的名士，以其亦儒亦商的生活姿态，广施钱财、积德行善的慈善心肠和轻名利、薄宦业的隐者风采，让贻厚堂（长明堂）在皤滩的历史上留下了光辉的一笔。

都不见了，只剩下这些牌位和匾额静静地注视着横梁上燕子的进进出出。

踏着皤滩龙形街道的鹅卵石，半天时间，就走了一回穿越千年的历程。

出得门，看到门外一群衣着时髦的青年男女，架着长炮一样的相机，嬉笑着在拍照，有一份现世的安稳。皤滩的千年岁月，就这样被关在了身后，纵然回首，却再难触及。

这道矮矮的墙，把皤滩阻挡在现实的另一端，把它前生的繁华和今世的苍凉轻轻隔开，把外在世界的浮华与其内在的淡然轻轻隔开，留给你一个历史的背影，由着人讶然、感怀。

至今我分不清，皤滩之于仙居，历史文化价值和旅游价值哪个更大；但我清楚，它对于我，就是一种纯粹的历史，它在这里，然后我来，相遇并惊喜。

顺着原路出去，那条小道就像一段留白，进时，让你期待、酝酿；出时，让你回味、平息。站在门口，再回头望，斜阳草树中那些宁静的屋舍，冲你自信地嫣然一笑，纯真柔媚，挥手未别，相思已生。

　　我以为，山水之美，时时处处可见；某某节庆，有心即能仿效；只有历史人文是自己独有的，沉淀的风物人情也是别人没有的。只有来了，才能领略；走了，也带着想念。那段故事、那种幽思，游荡在胸怀之中，经久不息。

　　但愿蟠滩能在历史文化价值和更大的旅游价值之间找到一个平衡点，就像那道墙，隔开了，一边是繁华，一边是苍凉，但蟠滩就这样在世人眼里绽放成一朵奇葩！

国清寺的阳光

一

阳光不知何时醒来，驱赶了雾霭，淹没了山林。山林一排一排靠拢，从大片的墨绿到零星的几丛碧绿，都是在寒冷冬日里倔强挺立的平凡生命。天空冰凉的蓝里，隋塔像一支标杆划分了色彩的温度，在光中泛出时间沉淀千百年后才有的温润、厚重。

进入山门，就步入了幽邃，空灵的梵音在我们的目光中来回流淌，携我走向那个深藏幽谷的国清寺。隔着一条溪流，田野历经生长、收获，收获亦是某种意义的死亡，它们也与我一路相伴。

溪流还算开阔，但是水却清浅。包裹着绿苔的鹅卵石在水底默不作声，水也静默，不动声色地流着，没有岁月的一丝皱纹。但，这静默遮挡不住活跃的水草等待阳光降临的招摇，溪鱼半梦半醒之间的喁喁私语，还有几只早起的溪螺正悄悄探出的触角……

溪边的田里，稻秸已经收拾妥当，都被扎成把集中列队在田野中央，像在用一种欢快的方式宣告死亡。整整齐齐的稻茬剩下一种激情燃烧后的平静，一种绚烂之极后的平淡。但有成片的绿意在悄然萌发，像光脑袋上刚冒出的亲切发茬。远处树林的边上，有两畦稻子还没有收割，如碾碎的蛋黄铺陈在山林与田野的交界处，点亮了整个视野，太阳播下的种子发出比它更强烈的光亮。几个农夫（抑或是僧人）正在劳作。

太阳在爬升，把洋溢着生命成熟的喜悦漫溢开。我们越往前走，靠它就越近。路下有几畦青菜、卷心菜，半明半暗地露着脸，蒙了微霜，勃勃生气里显出一层冷意。与散发着丝丝缕缕暖光的稻秸隔溪对视，冷与暖、暗与明、生长的朝气和收获的沉稳奇妙组合，咫尺相依，不虚荣，不失落。如同生命的不同形式在宽容的阳光里交织、轮回，然后"生长它该生长的，收获它应收获的"。

我们在光影斑驳的甬道上继续行走，原来远眺的那两畦稻子，渐渐到了眼前，发现它们竟不是纯粹的蛋黄，而是青黄相接的图画，仍然发绿的叶和已然变黄的穗叠加，是生命丰富的色彩和层次。

稻田的一端，有一座黑色的小屋，安静地坐落在一棵几人合抱的大树底下。小屋周围都沉浸在令人窃喜的光亮中，衬得它越发淡然内敛，如一个戴着斗笠的老僧，打坐入定，浑身散发着朦胧的禅意，让人平和并向往。不知是大树广袤的枝叶赋予它如此的气神，还是建造它的人赋予了它灵性，又或许只如保罗·柯艾略说的"万物皆为一物"。

太阳又升高了一点，隋塔矗立在我右前方的蓝天下，塔下的树群星拱月。它是离天、离光最近的所在。塔身上的草在纯净的蓝里纤毫可见，纤弱又坚强，它们承受过多少的阳光雨露，必定也承受过多少的风雪严霜。

　　阳光漂浮在甬道的树顶，树下是一股流动的水，人是水里三三两两的鱼。有风来，树叶间漏下的光斑，摇曳不定，是光穿过水的透明，是透明里不安分的活泼。

　　我们游过长长的甬道，寺院山墙绵延在光影里，上半截是砖砌的波状墙体，剥落了明黄，在灰旧里把所有时光都沉淀到下半截整齐的石墙上，碧绿的麦冬沿墙脚排列，以柔软托起坚硬，以生命的鲜活映衬历史的沧桑。墙后"唐一行禅师之塔"隐在树丛中，光落在字上，清晰可见。有藤蔓翻墙而出，有树干挤裂墙面，露出半个枝干张望。

　　墙前是七座佛塔。塔顶和塔基是浸泡过几百年青苔的灰绿，再整洁也掩不了岁月的痕迹，塔身是后筑的，才三十多年，椭圆塔体的白色上覆了半边的浅灰，灰白分明，是时光浸淫不够的表白。七佛，是毗婆尸佛、尸弃佛、毗舍浮佛、惧留孙佛、俱那含牟尼佛、迦叶佛和释迦牟尼佛，是"过去七佛"。佛理讲过去、现在、未来，过去曾是现在，现在曾是未来，现在成为过去，未来亦是现在。

　　天台宗流传海内外，国清寺几经毁建，终是不泯。佛说无常，佛又说不变随缘，四季轮回，时空转换，只有寺院上空的阳光普照，不分古往今来，不分兴亡治乱，唯余慈悲和智慧洒向平等众生。

　　鸟声不知从何处传来，引起的声浪，恍惚间，以为这墙、这塔如一个浪起伏而来，涌成了一片无声的海，一种令人感动的宁静洗涤了尘埃。

再往前，是一个小拐弯。一段修葺齐整的墙，八成新的明黄，亮在参天的大树下，和树顶的光明呼应——太阳已经半高，照到了路左侧的树木，树荫下的空间终于亮堂起来，仿佛给我们满目的幽暗展现了曙光，让思维也开阔起来。

"教观总持"墙前的砖石平台被时光洗得干干净净，墙后的大树、群鸟、阳光和风也显出别样的庄严。天台宗被称为"教观双美"，明蕅益大师说"佛祖之要，教观而已"，"总持者，持诸善法不令漏失，遮诸恶法不令得起"。我并不懂深奥佛理教义，只觉得这堵题着四个大字的墙内外，看得到或看不到的一切，都在构建一个神奇的、安宁的、充满智慧的世界。那么，阳光能帮我把它打开吗？

三

甬道止于丰干桥的这头，桥的另一头立有"一行到此水西流"石碑。两支涧水在桥下汇合，平静无波，时间沉积在水底，有先贤大德的身影，有佛法流传的梵音。阳光，最终落脚在国清寺题有"隋代古刹"的照墙上，光提亮了壁上的明黄，墨黑的大字，泛出远古的幽情。突然觉得，所有的漫长等待和艰苦跋涉，都只是在等待这一刻的光辉。

踏上桥，从此岸走向彼岸。桥下有流水淙淙，桥上有清风徐徐，桥那头有阳光灿烂，山门里的草木枝叶透亮，似乎是光把剩余的力量都放置在这一片地方。

寺门向东而开，不似一般寺院，是应地形，据说也是锁风水，可谓"紫气东来"。但不管是什么，我觉得都比不上冬日天晓，打开斑驳的朱红寺门，迎接满怀阳光时的感动和启悟。门开的那一刹，必定模糊了时空，让人茫然不知所处，而后的光、暖渐渐帮着拉回心神，偈语"我今见闻得受持，愿解如来真实义"也应是符合此情此境吧。

进寺，阳光洒满了院落。雨花殿前的空地上铺满了篾席，寺外田野上的金色谷粒聚集于此，上面谷耙的齿痕隐约可见。看不见一个僧人，殿背阴一侧，有几位画家在作画，用颜料一点一点填出绿树、黛瓦、黄墙、朱红门窗、金色谷粒，调出明暗，把阳光定格到画板上。

一群年老的游客，持香，从篾席中穿过，进入殿中。我跟着他们在寺内兜转，穿堂过廊。枯皱虬曲的隋梅在大雄宝殿左侧的墙后，安静地等候，光在枝头跳跃，一如千年之前。报恩塔前高大的云松，躯干伸展直插云霄，盘根交错的枝杈搭起了一个不可攀登的灵台，托住那个发光发热的火轮。仿佛有一只松鼠把火绑在尾尖，伶俐地四处窜跃，点亮相对低矮的树丛，是庄严的寺院少有的俏皮灵动。

停下来，细读祖师碑亭中的三块碑文，是《天台智者大师赞仰颂碑》《最澄大师天台得法灵迹碑》和《行满座主赠别最澄大师诗碑》，亭上匾额说"法乳千秋"，边上报恩塔上刻有"知恩报恩"。佛理不讲恩怨，讲因缘图报。我置身这存在了无数年的光里，感受自然无边的馈赠和佛法的精深。回身远眺，天空高渺，大树高耸，太阳是亘古的经轮，穿透时空的界限，撒下高山、流水，撒下生命万物，撒下智慧，撒下慈悲。低头，捕捉到有光留在发梢，留在指尖，发亮了，手亮了，日光移到臂上、身上，臂亮了，身体亮了……心中有什么东西轰然打开，抬眼，纵山连绵，隋塔立在天地之间，有风和光穿越了它中间的空洞，那一层层一点点细弱的光，清晰地亮着，是浩瀚中的微芒，也是大境界中的大自在。

光轻抚上我的脸，我呼吸清浅得像云松的默然。有位法师说生命在呼吸之间，寺院大门口为什么要放哼哈二将？一哼一哈就是一呼一吸，迈进佛门，先要读懂生命。此时此处，我的生命在光里。

在光里的还有由罗汉堂、祖师堂、方丈楼和几间僧舍组成的一个小小院子。僧舍前用竹竿搭了简易的晒衣架，晾晒着几件僧服，院子里四五张篾席几乎占了全部空间，上面晒满了谷子。太阳已在半空，院子通亮，谷耙印清晰的谷子显然已被阳光翻炒过，发出干燥、成熟、质朴的生活气息，边上一只空簟箩，随时候命，或收敛或释放这亲切的气息。一只筛子盛满了黄精，内行的人说看这成色，应已经过有三蒸三晒了。

忽略院中的香炉、红烛，这只是个普遍的小院，有人生活，有人安息，日子温和平常——照耀僧人和照耀俗人的是同一个太阳。

四

时近正午，阳光强烈，整个寺院泡在光里。我往回走，在方丈楼的廊前，有几缸荷，经历了夏日的娇艳、璀璨，如今枯萎的叶子，低垂着，泛着灰白的色泽；尚未枯的，张着脸，发着光，努力张扬着生命。院子栏杆里的一缸，五六枝荷叶都挺着，大大小小，高高矮矮，全部向阳而生，边上大树的叶子是成片细碎的节日灯，它们就是锃亮无比的聚光灯，刺得人不由眯眼。可所有的，都不及那两枝月季花。

它们依偎在一起，一高一低地从院子所有花木中脱颖而出，纤细、娇弱，叶子一节一节往上生长，清晰可数，一片一片慢慢舒展，承托阳光，明明白白地亮着，而且越靠近花的地方，叶越小、越亮，似乎每一条叶脉都清楚可见。

花像两只粉红的蝶歇在花茎上，摸不准什么时候就会翩然飞走。也可能只是两团小小的清烟，一阵风，一口气，一个挥手，就倏忽消散了。看久了，又觉得它们更像两个初生的粉嫩婴儿，在闪闪发光，笼罩着朦胧的光晕，在眼前不断放大、放大，仿佛纤弱的茎吸取了世间万物所有的光亮，焕发无限的能量才凝成这两朵举世无双的花，它们就是世界的中心啊。

我的心不知被什么填满，充实和空虚同时袭来，身体在变轻，变成了一片叶，融入花的光晕里。

我不知道它是否就是拈在佛陀手里的那朵花，越过千年时空，凝成今日枝头的两朵月季，立在国清寺祖师堂前，用"最平常，最容易接受的表达方式""引导众生去感悟生命的意义和真谛，引导众生去读懂万物"。我只知道，在阳光的慷慨里，我就是国清寺外土地上的一株稻禾、甬道上的一棵古树、丰干桥下的一块卵石、国清寺中的一只松鼠……我的生命因一缕阳光、一阵清风、一声鸟啼而富足、丰满。

因而，此时此刻，我只想心怀感恩，抚摸大地。

塔院有声

　　阳光里，风牵着路在花枝树梢间跳跃、打转，轻轻的窸窣声如水的浅波在山野的寂静里荡开。

　　天台山佛陇岗的青石路旁，它又在一簇白花的瓣上流连，在竹叶上摇摆，卷过茅草，越过成片不知名的野花，像一只温柔的手轻抚过岗上的一草一木。在草木的低语里，似梵音从耳边淙淙流过。是智颛的说法声？它化在风里，渗入泥土，感化我等俗众？

　　脚下不语的石头，必定也聆听了千百年的佛谕，如打碎了的光阴深嵌在佛陇岗上，缝隙间是沉默的充实。路，延伸向树林看不见的一端，我们踩着青石一步一步走向山岗更高处。彼端，会有什么在等待？

　　风，定是从塔院而来，牵引着我们迈向智慧的所在。每一阵来和去，都是天籁笼罩山间，一点点地刮去人身上的尘埃，一点点地在人心里注入安详平和。

　　走过空寂，路的尽头是一个岔口，视野突然无遮无拦，阳光和煦，天空高远，远山如黛，犹如苦思冥想后棒喝的顿悟开朗。风从浅吟变成合唱，在空旷里跌宕起伏。空中有一股洪流涌入胸中，肉身开始轻灵，灵魂随风飞升。

　　有鸟鸣从路侧的竹林传出，仿佛领路的歌声。我们沿着一堵沉淀了时光的矮墙再向上走，矮墙里面修竹满院，矮墙对面古松参天，夹出窄窄的清幽，把人又带入遐想。竹叶婆娑里，光从天而降，从一片叶跌到另一片叶，一直跌到幽暗的地面，印下一个个闪烁的光斑，充满佛的启示。明明暗暗中，鸟声清脆响亮，风是柔和的缎，那它就是缎上悦目的绣花，彼此交融，发出意味悠长的呼唤。

我在想：天台人，为什么要替智颢选择这里？

塔院的黑瓦、黄墙已经在竹林后隐现。智者塔院，又称"塔头寺"，是天台山上的一座小小寺庙，却是佛教天台宗创始人智颢的肉身塔所在地。智颢圆寂于新昌县石城寺（今新昌大佛寺），遗体被送回天台，后人就在天台山佛陇岗建塔纪念。转入一条甬道，年长的篱笆整齐极了，却允许里面的花木恣意生长。对面，长满绿苔的老石墙后，有树正在探头张望，墙体上匍匐了无数细小的藤叶，正努力地融入墙上的岁月，几片爬山虎的新叶嫩得发亮。有一束光来，打亮了半堵墙和半边路面，甬道里新旧交替，明暗相杂，动静相宜，生命在立体里丰厚。林中的鸟儿适时开嗓，生命在歌声里变得纯粹。

站在塔院门口，我似非我。黄色照壁上"即是灵山"四个大字质朴厚实，是智颢微笑地轻喃：灵山离我们不远。他说"三谛圆融"，这是天台宗的教义，认为一切事物都因缘而起，没有永恒不变的实体，即空谛；一切事物其中无永恒不变的实体，却有如幻如化的相貌，即假谛；这些都不出法性，不待造作而有，即为中谛。如此三谛，换一句简单的话，就是对众生而言，成佛是可能的，且有充分自由选择的权利，凡夫和佛之间并不存在严格的界限，可实现认识的转变。如此，那么我能否理解为，这灵山不只是智者大师的灵山，是塔院众僧的灵山，而是所有来者、所有去者的灵山——"即是灵山"，是智者大师的大德宏愿，是他的慈悲情怀。说法的人已经留在历史的深处，但是他说的法却随着风、随着鸟儿的轻啼，和他生前打坐的说法石一起入定至今。

我们进寺，七八级台阶，却无端感觉很高，门上"真觉讲寺"的匾额低头凝视着每一个入门的人，两边有一副对联："真经宣讲大千界，觉世宏开不二门。"那我们进去，把俗念烦恼留在门外罢。

寺院并不大，弥漫着一种难以言说的肃穆，人立刻变得慎重、恭敬，不敢喧哗，不敢谈笑。小小的四合院，正门上是清末太子太保两江总督曾国荃赠的"释迦再现"的匾额，与"即是灵山"隔门相对。院子正殿供着智者大师的肉身塔，一座翘檐斗拱的六角二层石塔，下层是智者大师的金色坐像。殿壁列天台宗17位祖师画像，画像前面的梁上悬有"东土迦文""谛观圆融""灵山未散""法门锁轮"等匾额，暗淡的光线里，是塔院一代又一代祖师对教义的传承和对时间的执着。

正殿边上，一群修缮塔院的工匠正在安静地忙碌，左边是斋堂，一位上了年纪的僧人在用膳。当他从容地咽下最后一口饭，刷了碗出来时，我正站在门口，确切地说是堵在门口。他亦在门口停顿了一下，对我双手合十，并不计较我的冒失。我赶紧退开半步，回以合十，郑重地如同一个严肃的仪式。他右转，宽大的僧袍带出一丝风，我左转，抬头看到另外的三五工匠停了活计，冲我友善地笑着。有一个还不住地用手指着地面，我收住脚，顺着他的手指看去，脚前几厘米处，一列蚂蚁忙着搬运食物。我抚胸吐气，庆幸自己站得及时，他们轻轻地笑出了声。

我小心地绕过蚁群，绕出了寺院，又站在了"即是灵山"前。回首刚才的小院，一角的树正探身相送。我知道院子四角，是四棵树，两株300年的桂花，一株金桂、一株银桂，还有一株梅花和一株日本禅僧人敬赠的樱花。时值春余夏始，梅樱已逝，桂香未飘，只将丛丛绿荫遮了庭院。风的声音充斥了每一个角落，似乎很近又似乎很远。

风停了，鸟不叫了，四下唯有安静。安静是世间最美好、最纯净的声音。在安静里，渗透了时间，一切被放大，思想失去界限，身心抛去桎梏、进入自由的境界。李书磊在《钟声悠远》一文中说："寺院的本义就是沉思之地，你信不信佛倒在其次，你从红尘的纷扰中走到这里静立默想，然后再从这里回到红尘之中；或许你并没有想清楚你所有的困惑，但思想本身就是一种修炼，就是一种清醒和觉悟。"

往回走，青石路旁，一条被蛛丝捕捉的虫子悬挂在半空，在树荫里跟着风飘荡，没有惶恐挣扎，只是轻微地蠕动，呈现生命的悠闲从容。智颛的法音从天际传来，不遗失、不消散，点化着大千世界。

站在岔口，左下方，是山腰上的高明讲寺，天台山十二古刹之一，据说是大师讲经时，风吹经页飘落之处。寺院依山而建，掩在山峦松林中，黑瓦黄墙森然成片。右前方，是群山留出的豁口，天台县城十万人家跃然入目，高楼大厦鳞次栉比，足见人间烟火繁华。佛与俗隔山而处，塔院正中而居，智者大师找寻的就是这样的一道门扉吗？他一生思索、追寻的终极意义里是否就包含了一种人间关怀？他生前是否就曾立于此处，俯瞰两端，然后智慧地将佛的光辉与人世的阳光连成一片？

　　塔院在安静里，目送来者来，去者去，初心不改，宠辱不惊，风响彻，鸟低鸣，声声道着：一切因缘而生。塔院收容过多少躁动不安的灵魂，就释放过多少更加丰富深厚的内心，来面对俗世的苍茫纷争。

楚门风情

楚门是个小地方，小到不管你在什么旮旯里头，走上十几二十分钟，都能到镇中心，骑车十多分钟，可以绕个一圈。

贯穿楚门东西的南兴街是楚门中心所在，以楚门老车站为界，分南兴东路、南兴西路；纵向的楚柚路也是以此为起点，把楚门分成了东西两边。但楚门人最得意的却是"老街"（楚门东边老区），确切点应叫十字街，分东门（即东大街）、西门（即西大街）、南门（即南大街）、北门（即北大街），在各条巷路中也都十字形分布，纵横交错又四通八达。

老街没有名牌，有的只是老店，随便进去一家可能就是几十年的老店。箍桶、弹棉花、做竹蒸笼、扎灯笼……各种在大街上匿迹的老手艺，都隐藏在这儿，不咸不淡的生意，不仅是糊口，更是坚守。嵌糕、炒面、馄饨、炸肉条、大排面、姜汤面、鲻鱼圆、凉茶……各有各的招牌，老楚门人晓得各家的长处，这次到这里吃鲻鱼圆面，下次到那里吃姜汤面，再多的菜馆、再大的餐店也没法分去这里的生意，时间积累下来，牌子就竖在那里了，迎来送往的不只是一顿饭，还是楚门人的习惯。

而楚门的小吃，最有名的是两户人家，据说都是从中华人民共和国成立前开始传承至今的。一家做饼、麻花之类的点心，下午两三点钟由老太太推着板车来到楚门邮电局前卖，不用吆喝，四五点钟，车空了，回家。逢八月十五中秋，兼做月饼，排队也未必买得着，但十二月歇业。另一家，平时不做，只在十二月做楚门人过年的传统糕点，要七拐八弯才能找到，生意火得不得了，绿豆糕、状元糕、核桃饯、桔红糕、油枣等，十多种小糕点放在各个大筐里，人们抢一样地装袋，稍慢点，可能就要等下一锅。有时出锅，点心还软，店家要凉一下硬一硬，买家不答应，凉到半硬不软的，抓起来就称，结果到家后，什么葫芦形、四角形的，好看的如意、花卉图形全挤压成了"一饼"，但楚门人不计较，他们在意的是这十足的好材料和好味道。腊月廿八九一到，想买也没有了。这两家店没招没牌，有的只是楚门人的口碑，不是老楚门人还找不到地方呢，真正是酒香不怕巷子深。

　　说到巷子，楚门的巷子也是很妙的。进去，走不几步，喧嚣热闹就被挡在外面了，天空变得狭长，时光悠远起来，静寂空寥，只听得跫跫足音在心头回荡。房前屋后的墙脚下，青苔发黑发亮，像海绵一样吸纳了岁月的痕迹。偶尔看到一间挂着"烟酒"字样的小店或"算命测字"的卦摊，里面坐着的都是上了年纪的人，他们脸上挂着惊奇，甚至有一种纵容的笑意，安静地注视着你，你就在这目光里忐忑穿行，暗暗责怪自己打破了这凝滞的光阴。在小巷中逗留久了，似乎就停在此时此处，但有时眼前会突然出现一处两处古朴的建筑，灰雕浮刻，木窗石照壁仍历历可见，虽有损坏，但依然不能掩饰曾经的富贵奢华，大门掩着，而里面沉淀宁静却在无声无息中漫延出来。正当你以为要淹没在这走不出的深深巷陌中时，眼前豁然开朗，一条路和一条河并行，路很热闹，河从容流着，不很宽，水也不甚清澈，当然也不算浑浊，泛着绿意，安安静静的样子。这路就叫环湖路，河是楚门河。路和河一直相依相伴，不离不弃，把整个楚门揽入怀里，不管朝哪里走，沿着路就有河，或深或浅，或宽或窄，滋养着小镇的温婉。

从南塘头出发，向东沿河绕上一圈，路上绝不只有水路相依那么直白，不用留神自有惊喜。南塘头边上就是九曲桥，从我记事开始，它就一直在，青石桥面、桥栏、桥柱雕刻上，流光刻下的印痕清晰可见。整个形状像一把团扇，东有迎辉亭，西有近月亭，桥身曲折对称，中间的小洲是后造的，像一块玉佩从中连着桥和岸。楚门人喜欢这里，晨起看日泛红水流金，夜晚观月如练水如天，无边风月就在一"迎"一"近"中显现。对岸是湖畔花园，红顶白墙，犹如童话世界。现在又新建了南滨花园高层小区，一高一低，相映成趣。转个弯，就能看到东边的楚洲文化城，建于小洲之上，与岸边以一桥相连。洲上杨柳临水，绿树环城，小楼隐于其间，外有花香内有墨色，二十多年前镇办杂志《曲桥》正诞生于此，现在里面日日可见有人在舞文弄墨，悠然自在，如鱼在水。赏心亭、悦目亭分立两旁，真个是应景而名。再走，弯一下就是北边了，东渚桥与交通枢纽北门桥相邻，一个"渚"字便是一种不动声色的古韵，实用和诗意互不妨碍，自有情趣。小渚出水不高，上有仿古亭一座，亭盖两层，六角飞檐，低矮黄杨，环亭而栽，远远望去就像在水上漂浮。向西，不必转弯，就能望见一座圆心岛，小而精巧，盖着一座两层圆顶的亭子，蓝色琉璃瓦映在花红柳绿中，假山的方棱边角冲和了它的圆融，它孤零零地立在水中央，生出一股遗世独立的清高气质。拐个弯，三拱相连、高大气派的文房桥在边上守着呢。四桥四岛，以河为带，如珠拱玉，把楚门安放于中间，串起它的优雅清淡——没有几个小镇是这般设计的吧。

楚门的河上多少桥？不知道。桥边多少亭？也不知道。河流到哪里，桥便修到哪里，亭便建到哪里，大大小小，形形色色，映着绿柳红桃，就是诗里画里江南的小桥流水人家。行至所止，目之所及，不言不语的风景即是不声不响的风情。

若光有水，楚门就过于轻柔了，加上山，才是刚柔并济。楚门的山是俊俏的江南书生，秀气十足地坐落在河边，像羞涩少年伴着心仪的女孩。我最熟知的是丫髻山，从小爬到大，每条路都熟悉。丫髻山，俗称"大山头"，于楚门南侧，遥望如美人梳髻，仁立云端，故而得名。山腰两侧有南山公园、龟山公园，不凿人工，自然清新；新建杜鹃谷、祈梦谷、知青岭，满目崖刻题词，亭台楼阁交错，人文气息浓郁，伴着缓缓的流水，点点滴滴地刻入人心里。山顶上的"神仙"，我想十有八九的楚门人都拜过，始建于清道光年间吕祖殿前有口古朴的许愿井，井壁上青苔蔓生，不少一毛、五毛、一元的硬币在清澈的水底静静地躺着，像楚门人安静的心思在平静的日子里慢慢流淌。而与之相对的是筼岗，上有建于宋代的济理寺。沿着牛角坑水库拾步而上，岗峦重重、林木葱葱中，掩着一座古寺，幽静避世，入境俗念皆忘，心生清凉。

我曾沿着济理寺的后山上去，顺着应家山头一路攀爬，上上落落、兜兜转转一直走到沙门界（路边还有中华人民共和国成立初期立的分界碑），对楚门的山算是有了新的认识，是书生，也是个硬骨头的书生吧，就像楚门人，平和不失刚强，淡定不失激情。

楚门人还聪明，他们把新区建到江滨去，接上跨江的大桥，另有一股豪情壮志，但老区依然宁静、典雅，虽然百年的建筑已然破坏，但那沉积的气息却没有消散，他们说要"人文楚门、宜居楚门"，他们做到了。

杜桥：游走在新与旧之间

知道杜桥是因为它的眼镜，想象它大街小巷满天满地的眼镜厂、眼镜店，就觉得杜桥就是眼镜，眼镜就是杜桥。可来了杜桥，才发现杜桥原来不止有眼镜。

在街上信步闲走，杜桥褪去了小镇的羞涩，呈现小城的风貌，满目的名品店，一些见诸大城市的名牌也赫然竖着招牌。随意推开路边的小店，看着琳琅满目的衣服，随手一拎，竟是"Made in Korea"，忙碌的店主刚从韩国进货回来，嘴上不冷落我们，手上却一刻不停地把衣服拆包、搭配、挂上衣架。一连进了好几家店，都是差不多的情况，即使是"Made in China"，价格也不太便宜，可同样的款式，你又在别家店看不到。我恍然大悟，怪不得同伴老是要从市区跑来买衣服，敢情它走在时尚前列呢。

晃悠悠逛了半个多小时，看街上人来车往，看小城的繁华热闹，看杜桥的蓬勃盎然，有一股不可名状却又蓄势待发的生机充斥在角角落落。这，大概便是杜桥的气息了。正感慨间，同伴的脚步一顿，停在路边一间不起眼的小屋前，门上不起眼的地方写着"朱吕贵泥塑"，一对年逾古稀的老夫妻安然地欢迎我们。进去才发现别有洞天，一屋子的泥塑五彩缤纷、栩栩如生地陈列在眼前，屋子的陈旧灰暗与泥塑的鲜艳明媚挑战着我们的眼球。老人就是朱吕贵，他的泥塑已列入省非遗项目，他不缺钱也不稀罕名声，他发愁的是没有继承人。

　　这条半新半旧的路，像一个陡然的分界，杜桥从光鲜亮丽走到岁月风尘中。从路对面的弄堂走进去，时光仿佛倒退了几十年，停止在历史的某一个点。保存完好的老街像一位年老的长者，在耐心地等待好奇的人们走近。街道狭窄却不逼仄，房屋虽旧，却无颓唐之势。大红的灯笼挂在屋檐下，鲜红的对联贴在泛旧发黑的木板门上，二楼的窗下各色的衣物悠闲地沐浴着阳光，在石灰剥落的墙角总有一两株鲜花在怒放，在露出红色砖头的墙头，不时可以瞟见一两棵树不安分地探出头，随时上演"一枝红杏出墙来"。老街的房子装的都是玻璃窗，可木板壁却夹杂在褪去红漆的斑驳和露出时光本真的木色中矛盾着，似乎在说新的是日子，旧的是过往。

　　许多在外面消失的老手艺人都躲到了这里安闲度日，做秤的，编扫帚的，做扁担、竹椅子的，编竹篮、竹筐的，做团箕、畚斗、背篓、米筛的……这些手艺被完整地留着，是生计，是日积月累的习惯和不曾动摇的坚守。我们从弄堂绕到河边，看打铁的师傅在燃烧的炉火中锻、淬、锤打出铁铲、锄头、菜刀，汗水鼓动着肌肉，定格成真实的油画，看白发的老者用原始的索钻像拉大提琴一样，在竹子上钻孔，嘴里叼着的香烟慢慢地燃出一段长长的灰，就像他身后无数的扁担慢慢地熬白了他的头发，他却怡然自得。理发店的门面可真旧，招牌就是贴在板壁外的一张褪色的纸，上面随随便便地用毛笔写了"理发店"三个字，可它依然神气，这样的老店，剃小孩的满月头肯定是行家里手，这本事对装潢富丽堂皇的时髦美发店的英俊美发师们而言是望尘莫及的。再不济，在老街开个小店，挂上琳琅满目的商品，就是一日的忙碌和生计。

老街安静，一条街、一条河把它拘囿在杜桥的一角，人们在安静里把日子经营得风生水起。

你觉得它旧，它老，可有可无，可它就像入口处那些卖缎被、麻线白鞋、子孙桶、千张纸、金银箔纸的店铺一样，不需要时忽略它们，一遇红白喜事，你就知道原来它如此重要，任你如何的新潮流派，有些东西就是丢不得呀。老街一无所知，就如同它里面的太平井、醴泉，不管你需不需要，它在那里，不动声色地一站就近百年。

从老街拐出来，又是热闹街道，此起彼伏的吆喝，又是另一番景象，菜场、小商品城，把杜桥人的日子浓缩在一起，食物的香味在鼻子尖游荡。在一家糕点店前称了一些小糕点，称完又放上一点添秤送你，是叫卖阿婆的老派做法。

杜桥的热闹散落在老街的日子里，新街的生活中。

但倘若只是如此，未免小看了杜桥。去过杜桥，才明白除了眼镜，杜桥还有其他不少闻名省市甚至全国的招牌，它的机械、工艺品、编织、纺织、绳缆、医化、船舶修造在业界不是赫赫有名就是业绩不俗。四兄绳业，用常人看似不起眼的绳子，从"神四"直至"神十"，一次次为飞船保驾护航。巨丰机械，从20世纪50年代一个由白铁、刻字、钢笔三种行业10名手工业者组成的白铁社，经历近60年的变迁、革新、壮大，成长为一个设备先进、实力雄厚、经营灵活的现代企业，成为一个拥有自营出口权、国内不少汽车、摩托车零部件的定点单位。在世界经济遇冷时，同类企业产品销路走低，巨丰的产品却供不应求。在产品陈列室，各个车型的轮毂一个个像花儿一般开在展台上，有清冷的银光，有鲜嫩的绿、清新的蓝、耀眼的黄……没有一个重色重样,很难相信这些竟是冰冷的轮毂——完全是艺术品嘛。

东海翔自动化的机器,行云流水般地歌唱着,绕成匹匹雪白的布;印染让这些白布充满了生命气息,深层加工重新命名了这些布,遮阳布、防水布、太阳伞布……打包后开始走向全国各地,甚至远销欧美,因为它的奥力芬和色织布是国内仅有的。在东海翔之前,不少杜桥人创立了纺织公司,也倒闭了不少纺织公司,但他们前赴后继,在跌倒后爬起,在失败中总结,在成功中创新,终于在瞬息万变的市场中独树一帜,成为强者。

杜桥人创新又守旧,一边追求新技术新工艺,一边又收藏老物什,继承老手艺,并将之发扬光大。祖传而且民间的临海市天弘精雕工艺厂,以生产佛像为主,大小佛像各具本色。佛像秉承魏时北派风格,色彩明丽多变,委婉流淌,造型生动多变,端庄温雅,衣袂飘飘。或踏浪而来,超世出尘,回望人间的起落转折;或垂眉打坐,一脸慈悲,似解人世间千种风情万般苦难;或粉衣持柳,含笑凝目,明媚可亲,普度众生……在传统的工艺中融入现代的艺术,在传统的审美中融入现代的情趣——杜桥人的生意经里,揉入了艺术的骨血。

可即使如此,仍不是完整的杜桥吧。在杜桥186平方公里的土地上,除了蓬勃的个体民营经济,日益推进的工业化、城市化和新农村建设,还应有独特的人文历史。我担心和许多地方一样,在巨大的商业经济的冲击下,那些先祖的遗产会被摒弃在角落,被人有意无意地遗忘甚至抛弃。幸亏杜桥没有,它有近40处古迹,有10多处已被列入省市重点文物保护单位。

　　玉溪小筑为20世纪40年代富绅李彦兵和申醉吟夫妇所建，历时三年，四合院模式，遵循传统三透屋结构，讲究对称，却又于中式庭院中糅合了西洋建筑元素。主楼墙头是希腊式的柱式构图，用方柱隔成三个半圆形，雕画的图案却是纯中式的双狮争球、松梅蝠鹿等；二楼中间两窗是西式的筒形，左右是方窗；一楼走廊用的是西方的灰空间概念，开放式廊门中间是波浪纹拱门，左右是筒形拱。边上副楼是典型中国建筑，但是在细节处又体现西方元素，如柱头雕的花饰是西方独有的天使……风格兼容、独特令人难忘。尽管已辉煌不再，但气势仍在，曾作为原大汾乡政府的驻所，现主体建筑被李彦兵的后人回购修缮。建筑虽已呈老态，不管如何翻新修缮，也抹不去它身上的岁月沧桑。房子如人，时月积累，眉梢眼角总会留下光阴的痕迹。我们在楼里流连，惊叹于其设计的精巧，匠心的独用。整个建筑和原来主人的遗物、照片、手稿一起，一个家族的变迁，尽在其中。主楼已经修整完毕，附楼因资金问题仍在苦苦挣扎，楼后的院墙坍塌，荒草蔓延，有多少时光的秘密从此穿过？我们感慨那段曾经生活精致、情趣高雅的日子，也为玉溪小筑的现状担忧。主人却很乐观，有钱就修，没钱就停，总要在自己的有生之年完成修复。大概这就是典型的杜桥人吧。

　　玉溪小筑只是时光中的一个侧影，更宏大层面的背影还有好多。清台州水师名将金满故居、林学家林渭访故居，虽有损坏，但原貌尚存。金满纪念馆立有其铜像，供后人瞻仰，墙头林渭访用英文撰写的地址字迹仍然清晰可辨。卢家石牌坊，青石架构，沉稳有力，浮雕纹饰，栩栩如生，"敕建"字样历百年而仍然清清楚楚。溪口涌泉窑址群，虽已掩在青山绿水间，但窑址保存完好，出土的器物富有浓郁的台州地方特色，无言而有力地佐证了台州古代的文明。

再留心地了解一下杜桥，原来它还有那么多保存完好的清代建筑：卢家门楼、马宅戏楼、川南旗杆里，各种民间老桥、老水井……这些一样记录了杜桥的历史，杜桥守候着它们的过去，在满满的商业气息里，保持一份珍贵的历史文化遗产。原来这才是杜桥，有新有旧，有破有立，有发达的商业经济，也留有深厚的人文情怀，从容游走在新旧之间，是这座快速发展的小城镇的独特魅力。

新总是从旧里来的，旧也曾经是新的，新与旧相互依存。杜桥把旧包裹在新里，不排斥、不否定，当作一个内在的核，在时间上延伸，在空间上拓展。新总会沦为旧，新与旧的包容、转换亦是不断的追求、突破，展现的是在新时代中杜桥这个小城市的自信、自强。

浦坝港的风

浦坝港，年轻的大镇，我们来了。

车子开上雄伟的浦坝港大桥，视野坦坦荡荡的，一阵一阵的风无遮无拦地吹来，带着山的硬气、海的大气，还有浦坝港的朝气……

一

仙岩洞，那片绝壁上的洞穴，远远就能看到。山尖嶙峋的岩石被山腰满眼的绿树托着，像一艘在绿海中缓慢航行的船。仙岩洞则如同船舱一般——里面的人正用深邃的目光，悲悯地俯瞰着这片土地。

下过小雨，葱葱郁郁的树林里湿气萦绕，我们拾级而上，湿漉漉的水泥汀台阶上附着了一层灰暗的绿意，石块铺筑的台阶更加苍老。脚踩在枯枝落叶上，窸窣作响。七百多年前的文天祥是否也踏步在这样的声响中，匆匆走上仙岩洞呢？

路上，大大小小的千足虫，或横或竖地攀着台阶的垂直面，有些活着，有些死去，有些断成了几截，有些已经粉碎……混在枯萎的枝叶里，像一场大战后僵卧的千万兵士的尸体，无言而壮烈。

一只细微得肉眼几乎看不见的蚂蚁，举着一片比它大上不知多少倍的昆虫翅膀，蹒跚前进，身后是一群同样微小的伙伴。它们也和数百年前的先贤相遇过吗？文天祥在仙岩洞的平台上竖起抗元募兵三大旗时，是否也深谙自己以蝼蚁之躯、螳臂之力来挡元军铁骑、担家国重任的悲壮？

仙岩洞高数仞，广百亩，可坐千人，上有悬崖前凸如檐，可竖十丈旗。东壁上有八仙过海的浮雕和摩崖石刻，西壁大小空穴密布，壁下有水随潮汐消长。站在洞口，山下花桥的山水、田园、人家已经清晰可见，而远处，岛礁在白雾中起伏，退去波涛的泥涂露出一片无边的苍茫。环视仙岩洞，文天祥伫立洞口远眺的孤独身影已印在仙岩洞的每一个角落，山下花桥镇方前村张和孙父子招募兵勇的呐喊，似乎还在洞壁上回响。明知前路艰辛，南宋王朝败局难挽，却有这样一群义无反顾的人，"苟利国家生死以，岂因祸福避趋之"，站在历史最汹涌的潮头，不屈不挠地抗争，直至血荐轩辕，心照汗青。

仙岩洞本是道家修炼洞府，他们却在此锻铸民族大义，抗日期间刻上石壁的"卫民保国"几个大字，雄浑有力，就是记在千古人心上的赤胆忠心和铮铮铁骨啊。

洞中间是大忠祠，有明清留下的三块碑刻和"忠""节"两块大字匾，祠内正中是文天祥像，两边是誓死追随他的花桥义士杜浒、张和孙、胡文可、吕成像，我不拜佛，但在此却双手合十，不是膜拜，是对先贤的尊敬和祭奠。

天边有淡淡的光冲出云层，雾散去，远处的山海渐趋明朗，千年的海风早已吹走英烈的身影、历史的尘埃，独留下先贤忠烈的忠义传奇，给浦坝港的一草一木、一虫一兽烙上不能遗忘的风骨。

二

"草头木勺"是个诗意的名字，一听就期待一场"金风玉露"的相逢。

但几年前我来时，看到的是一片金黄的沙滩竟接着一片乌黑的泥涂，如同缀满明珠的薄纱上衣下配了一条肮脏的粗麻布裙。我不留情面地嘲笑我的三门人老公：你是没有见过真正的沙滩吗？沿岸搭出的平台，是一家又一家的排档，一到晚上就灯火通明，划拳催菜的吆喝声此起彼伏，油腻的脏水直接被泼到沙滩上。那时，觉得"木勺"还不如改名叫"锅灶"，添着一把柴火，熏着人间烟火，吃喝自在。

可是现在，我简直认不出它了。大排档消失得无影无踪，取而代之的是栈木铺就的平台，褐色的木栏杆，沿着月牙一般的沙滩展开。正在退潮，海浪一下一下轻拍着沙滩，缓缓走远。

夜晚降临，路边的渔家乐灯光亮起，照着墙壁上挂着的各色各样的遮阳帽如花一般绽放。路灯也亮起来了，两个白色的圆球托着顶端的红球，为宁静的夜空点出一份热闹。人并不多，我们沿着栈台缓缓行走，一边是灯火通明的安静，一边是漆黑的海在喧闹。没有月亮，星星也消失在无限的黑幕里，海上没有渔火——夜和海一样黑。只有海浪泛起的白沫，从眼前延向远方，像一团白线，从这边倏地滚到那边。在走向观海平台的路旁，一株合欢开得热烈，银线一样的花丝在灯光下如雪一般润白而晶莹，似以无声的热闹响应海浪的澎湃。

我掏出手机，想录下海涛喧嚣的声响：在这样的夜晚，平静、旷远，海浪的歌声突兀而值得纪念，真想把灵魂就地安放。可是录完播放出来的是风的呢喃，时轻时重，时急时缓，飘忽忽的曲调让人难以捕捉，却勾起内心最率真的自己。回首，看到月弧一样的光亮，上半部分清晰，如颗颗明珠点亮在人间，下半部分缠绵，光和海水合成流动而恍惚的光影，在颤抖中绵延成一首活泼、清丽的钢琴曲，呼回了被无边无际夜幕吞噬的人和灵魂。

走回到沙滩，有三个孩子带着啤酒、花生、烤鸭，燃起了两堆篝火，说是埋葬逝去的爱情。年轻，失恋也带着狂欢的意味？

沙滩的一半被灯光照亮，另一半却掩藏在夜和海共同筑起的黑暗里。我们从黑暗走向光明，就像从隐藏的面具下走出一个真实的自己。三个三四十岁的女人，开始舞蹈，海风带着海浪唱起最古老的歌谣，在半明半暗里撕下所有的伪装，让内心自由的小兽肆无忌惮地在沙滩上奔跑。

这样的夜晚，这样的海浪，这样的海风，这样的篝火，这样的木勺，一辈子可能也就一次，不是放纵，不是矫情，是对自己的真实，对岁月的真实，对此时此刻感动的真实。

夜深，给窗留了一道空隙，让涛声入梦，让海风入梦，洗涤我们俗世的风尘。

三

从木勺沙滩看远处的岛，很近，仿佛一阵风、一个浪就能到达。坐船漂向它们，海风被和煦的太阳晒得正好，和船后翻滚的白浪一起追随着我们。

　　蓝白的船靠上五子岛，岛上有一座粉色的房子，在满天的蓝、满岛的绿中像一团粉红的云轻轻落地。管岛的是一对夫妻，爽爽朗朗地笑着欢迎我们。蜿蜒向上的小路两边，零零星星地长着麦子，麦穗已经长出青青的麦芒，像针一样扎向天空；黄、白两色的金银花，自自在在地在风里生长，一群毛茸茸的小鸡仔在海浪和岩石的撞击声里，娇弱地叽叽叽叽，像雄伟乐章里一支轻灵的小插曲。

　　我们站在屋前的平台上，被风吹起长发，吹起披肩，吹起裙摆，无端地想唱想跳想飞……

　　离开时回首，山顶那棵树，矮小却铁骨铮铮般地长着，在视野里渐渐消失，一同消失的还有黄药师的《碧海潮生曲》和我们想做桃花岛主的梦吧。

　　风催着船到了龙塘山岛。龙塘山岛上没有人烟，海水浸漫了岛屿间相连的通道，却在退潮时又一一呈现。船停在不远处，蓝白的色彩，像天空、像云朵落在了海里面，静静地停泊，和岛屿隔着茫茫的水对视，却又疏离。

　　小岛像蛰伏的兽，或许应该说是一条潜卧的龙，盘曲的身体有些浸在水里，有些露在水上，几千几万年里，凝固成石头，顶着龙头的苍绿、龙身的亮白、龙爪的褐赭，在茫茫海天里，倔强又孤独。岩石被海风海水刻成千奇百怪的形状，周边的几个小岛稀疏的绿意下是千孔万洞褐红的火山凝灰岩，中间龙身上却是洁白如玉，正中的一块灰白上覆着些许浅褐，丝丝线线的纹路，像一只羽毛清晰的翅膀——是哪年哪月的一只鸟兽折翼在此，在寂寞时光里凝化成石？

　　在这一半海水、一半火焰的冲击里，是海的精灵挥动灰白的翅膀，在湛蓝无边的天空下鸣叫、飞翔，它们的蛋在龙塘山岛有限的草木中等待孵化，它们是在用生命和勇气一起陪伴这浩瀚大海里的每一处寂静和不安吗？还是生命会随着风降临在每一处可能生存的地方，任时光肆虐也从不放弃？

站在龙塘山岛的最高处，被包裹在海天的摇篮里，生命如蛹化成蝶。头顶，海鸥轻鸣，海风从指间流过。

四

风从海上来，最终会寻一处港湾歇憩。浦坝港最后把我们放在了牛头湾。几百年前的朝鲜人崔溥就被不知名的风浪吹到这个地方，写了一本举世闻名的《漂海录》，谱了一段传奇佳话。

时间走了这么多年，牛头湾的风其实并没有改变吧。牛尾塘的沙子在一年叠一年的光阴里，三千年沉沙成岩，一层又一层，一孔加一孔的。这神奇的东西，似沙非沙，似石非石，真不知岁月用了多大的力气才把它压塑出今日独一无二的样貌，这是岁月对它的优待啊。然后在风一阵浪一阵里，一点点被侵蚀、崩塌，跌落到沙里又成为沙。一个人的容貌也是如此老去的，再轰轰烈烈的美，也抵不过光阴如梭，时光摧残——生命的起始和回归在牛尾塘也是这般真实。

围着沙结石的沙滩，细细绵绵的、斑斑驳驳的沙子上面铺着的是一层紫色的碎石和如珠如玉泛着光泽的贝壳、螺壳。日复一日的海浪冲刷，每一颗都成了精雕细琢的艺术品。在它们残缺的身躯里，是浦坝港的海风唱了千百年的歌声。不捡，失落，捡多了，又觉得贪心。

爬上右边的斜坡，三道天然陡门，一道红，一道黑，一道黄，并排列在两座岛间，海水从陡门中间一下一下地冲过来退回去，涌动得像时间的洪流，似乎是拼尽全力地把中间的空隙挣得大一点，再大一点。往细处看，海潮把石头冲成了大大小小的壶状，像渔家常用的小背篓挂在了崖上，星星点点的雀嘴和簸箕螺像珍珠一样缀着，黑褐相间的礁石如一条饱经风霜却不改原色的裙，浸在水里，等阳光照耀，等一阵风来，再轻轻扬起裙角。

风很平静，轻柔地安抚着不安分的浪，牛头湾的海面也平静，那里我们曾乘着船环行绕过。明明感觉走了那么远，却还是在牛头湾的视野内，甚至还在仙岩洞忠信公那灼灼有神的视线内吧。

我回过身，拥抱浦坝港的风，这知忠义、懂生命的风，这给我带来宁静和自由的风。

流水的青瓷

从唐到宋，经元明清，到现今，从兴盛，经衰败，到荒芜湮没，时间像流水把黄岩茅畲的瓷窑，从山后推到山前，又回到人们的眼前。

很难想象千年的古窑就是这样随随便便地扎在路边，一块被青苔染旧的石碑，碑上"茅畲瓷窑遗址"几个字笔画上的红漆都被累积的尘土模糊了颜色，我甚至都不能确定我是不是真的看到了那几个字。离碑一步开外，是一条随意的小路，掩在杂乱的草木中，就像一条消失了樵夫的柴路。几米宽，人踏上去，只当是走向一个山包，去经历一次没什么特别的野外散步。

走不了几米，就是一个小坡，上去，像是一个正在挖山的工地。一条一米多宽、半米深的沟子，沟边还有白石灰画出的直线，限定它的范围，山体像动了一个触目惊心的手术，伤口又大又深地裸露在人的面前。黄土翻滚在两边，沿沟边上的五六棵合人抱的树木，被夺取了树干枝叶，只留下半米到一米不等的树桩，露着整齐的切面，应和着周边通体的黄。

这黄不是单一的，沟两边是干燥的浅浅的，一直接受阳光的安抚，带着一点年轻的气息，沟里深深浅浅都有，浅的是从外到内或者说从内到外的一个过渡，深的几近赭石，初看，像被水洗过，走近看，沉重而厚实，带着压在时间深处的久远。和周边阳光色的泥土相比，就像一件年代悠久的衣服的褶皱总会比一件新衣要深刻，泛着陈旧的刻意的樟脑味。我第一次意识到泥土是有新旧的，是有老幼之分的。

不过现在，新和旧都统一地暴露着，沟里，漂浮着各种大大小小的圆钵，完整的和不完整的，拢堆的和不拢堆的，横排和纵列的，我不知这是不是就是瓷窑烧出的东西。如果是，不免失望，即使承认它被泥土掩盖了本色，形状也不免太过粗糙单调。如果不是，那它们如此数目众多，如此忠实地躺在此处，为了见证什么？跟上解说员的脚步，她说这是烧瓷用的垫盆。脚下疙疙瘩瘩不平，数不清的石块从泥土下挣扎着涌出，像无数的溪鱼在浑浊暴涨的溪流里跃动。我小心俯身看着脚下，发现那不是石头，是数不清的陶片，确切说是垫盆的碎片。我惭愧于自己的无知和自大的轻慢。我真正认识到这是一个窑址。近千年的时间，把泥土冲积到它身上，然后移植树木，把一座山包一样的瓷窑，变成了彻底的山包。完整的残缺的，层层叠叠堆积的，瓷器随着时间湮没，消失在人们的视线。这里无疑是一个考古发掘现场。挖开的沟，是一条引我们走向过去、勾连现在的直白的路。

直起身，把目光从沟中荡开，高处是不夹一丝杂色的蓝，蓝的下面是充满秋冬色彩的树木，旧绿新黄枯黄猩红交织，贴在广阔的蓝上，浮在苍白纤细的枝干上，成了一片苍黄上纤弱的背景。因为沟两边坡上厚厚的一层又一层的瓷片陶片压实了人的视线。这是瓷窑，似乎也是瓷的葬场。

向坡顶走去，就是向窑顶走去。对于一个对瓷窑知识匮乏的人，很难想象，一个瓷窑竟会如一座小山那么庞大，这是儿时有限的砖窑知识不能理解的。那需要多少的瓷碗瓷杯瓷盘瓷盆瓷壶瓷碟……才能叠成这山一样的厚重高大的窑。在被树木和泥土掩埋的地方，曾有多少年多少人覆盖其上，挖泥挑泥和泥捏胚固胎上釉入窑……烧开一座山一样的窑里的瓷器，需要多少的树木和人力去支撑。

沟的有几处地方突兀地往外又挖了半米的坑，这是窑门，一个窑会有好几个门，顶上还有通风口。我经过一个窑门，这里已经没有了烧出的青瓷，只有比别处密集的垫盆，圆圆的一个叠一个，多却不乱，似乎不管时间怎么流淌，当初烧窑人的一丝不苟和必须成功的决心都不会泯灭。这是一种昭告时代、穿透时代的精神。

窑顶已经树木覆盖，通风口不见踪影，只有密密麻麻的垫盆，挤着挨着，说明当初瓷窑的满足和笃实。

站在坡顶，目光向下，黄色土沟两边沟壁上不是泥土，而是一层一层覆叠的垫盆，像一块块圆石，筑起瓷窑的过往，承受岁月的重压。沟里散落着的垫盆，像一本语焉不详的史书上失落的字句，像一段反复的火的历史里加了标注的特殊符号。似有水，轻缓地，却带有不可抗拒的力量从山顶倾泻而下，把积落在历史上的厚厚的尘埃冲刷干净，把埋在泥土和时间的深处的火冲刷到表层，把水和火的融合，时间和耐力考验的结晶冲出沟壑。

有一个垫盆，在沟子中央，带着一丝憨态，又有一种忠实，像随时在候命，等待一个碗或者一个盘子放入，然后覆上另一个盆，就把胚保护在内，不受灰尘杂物的侵扰，保证它完美的品质。倒扣的垫盆，是凹进去的，捡起边上一个一寸大小的瓷圆环，放在凹处，刚刚好，像一个空空的眼眶有了一个眼珠，它就活泼起来，转动起来。通过它，仿佛就能让人窥见许多年前许多人的劳作和努力。有一个垫盆，破了，还在尽职地保护着什么，我好奇它下面是不是还有一个碗在。用手摸了摸它，有点温热，好像最后一次烤炙的余温还在。当然我不能打开它，也打不开，我只是注视着地面。在地面的垫盆下，是更多的还匍匐在泥土里的垫盆。它们在等待吗？

沟边一个树桩，有人坐在上面，像一个歇息的窑工在等着成果出来。她的脚下，有一点青涩的光泽。我蹲下去，拂开上面的泥土，一角青褐暴露出来，像一眼沉积千年的深幽泉水突然冒了出来，暴露了一个欲说未说的秘密。那是一个碗，上面的垫盆碎了半边，泥土就再也无力掩盖了。

因为釉料的贵重，民间的瓷器都是厚胎薄釉，所以它带着不同于轻薄精美的官瓷的厚实耐用，带着民间的质朴实用，绽放出了流水一般无法掩映的光，穿透了时间的迷雾和人的迷惑，走到我们面前。

这一刻，我们与历史面对面。

雅俗小芝

到小芝时，正赶上集日，街上熙熙攘攘的，流行歌手沙哑的歌声不知从哪个角落的音响里播放出来，响彻了整个街市。路两边，卖桃的老头老太太，顶着满头的白发，笑眯眯地看着来来往往的人，也不吆喝，鲜嫩嫩的桃子摆在竹篮里、竹篓里，粉绿的桃身上点缀或大或小的红晕，像少女的脸一样清爽。

有一位老人，戴着斗笠摆弄着自己的桃子，他打了补丁的卡其布衣服像时光的帷幕包裹了他前面的三筐桃子，似在诉说着新与旧、轻与重的岁月故事。那三筐桃子，按大小和红润程度分好，像一个家族里的三个年龄段的女子，豆蔻年华、双十娇娘和美艳少妇。筐边上围了一圈还沾着露水的桃枝桃叶，像把青春圈放在托盘里展览了，令人怦然心动。人一拨一拨来，挑挑拣拣买几斤，白色的透明袋子映着鲜绿的桃子，像一团轻纱托了碧荷浮动在半空。

镇政府后面是菜场，一座暗红的房子外墙上面挂满了大红的条幅，写满家电、服饰的打折广告。这房子就是小芝的"大商场"了，二楼二楼应该是卖家电服饰，底层是宽敞明亮的菜场。我站在镇政府二楼的台阶上，看不到楼里的情形，楼边搭了一些简易的棚子，里面摆了好些摊子，沿着镇政府的围墙也排了一溜的小摊子，在喧闹的音乐中，人们讨价还价、称斤称两的声音像天籁一样散开。不断有人拎着鱼，拎着肉，拎着青菜豆腐，拎着木耳香菇，拎着满满的菜篮离开。自行车的铃声、电瓶车的嘀鸣声、摩托车的轰鸣声相互碰撞在拥挤的空间里，碰撞出俗世生活中普通人的欢喜。

我们在狭窄的街道穿行。此起彼伏的吆喝声，夹着水果的清香、蔬菜的清新和柴米油盐的点滴，在人们一举一动、一行一言中烘焙出人间烟火的气息。

我停在一个卖樱桃的小贩前，鲜红的樱桃才2元一两，随随便便倒满一板车，由人挑由人拣，主人的随意及这价格似乎都有意轻慢了这鲜甜的物什，但我却觉得它比任何的精细包装都更有让人购买的诱惑力。斜对面的馒头摊上，一阵一阵的烟雾腾空而起，一格一格的竹蒸笼在热气中酝酿了一个又一个大白馒头、红糖馒头的成熟与绽放，一个瘦小的身影在后面指挥若定。一股面粉涅槃的激情与芳香向四面散开，吸引了每一个路过的人。

都经不得想象，便被感动击中，我第一次发觉平淡的日常，原来如此生动美好。

可到了下午，街道一片冷清，早上的喧闹像一场虚幻的梦，消失得无影无踪。一个在一棵树下留守着为数不多的桃子的老太婆，像一位看透一切的仙人，点化我，繁华过后不是空寂和消散，而是淡然归去。

归了哪去？去了哪里？我站在街上，环顾四周，四面的青山在静默中注视着一切，有一种了然于心的彻悟和通透。我脑子突然冒出一句不伦不类的话："渔樵有歌入深山。"

我去深山，曲曲折折，坎坎坷坷地爬到大毛坦、绕到南丰坑，满山满坡的桃包着土黄的纸袋在细雨里静默，如同养在深闺的女子，不到出阁不轻易以真面目示人。我很想扯下它们的面纱，但终于还是没有。且等着这些隐身深山的幼桃成熟，跑到人间经历轮回时，我再与它相见欢吧。

沿着逆溪，弯弯绕绕地到胜坑去。据说胜坑是南宋名相杜范的后裔为躲避战乱，而隐遁于此，繁衍生息，遂成一方大族。清冽的水洗出满山的绿，洗出一村的清幽沧桑。村中的房屋，立在小溪两畔，坍圮倒塌者有之，绿藤缠身者有之，坚挺屹立者也有之。石块垒砌的屋墙，围墙上凝聚了流水洗刷不去的时光的浓墨，每一个视点里都是主人的日子和故事。年轻一辈离开村庄到远方寻找更好的生活，一如村庄的先祖，来到胜坑是为了找到更安宁的日子。但，现在留下的都是只愿在故土安养的老人。

鸭子在从门前流过的清冽的水里安静地扎着水猛子，浮上来，抖落一身的水珠，洒在水面，起了涟漪，没有一丝声响，像胜坑里人们宁静的时光、平静的心境。

山上有一个小小的院落，正在修建，人们说那是一对上海夫妻，卖了上海的房子，买下这里准备养老的处所。新的木料、砖块搭建上了陈旧的房子，颜色对比鲜明，结合却紧密。从红尘的纷扰中遁入这山水的宁静、清幽，撇开情怀不谈，也是需要决心和勇气的吧。

我爬上院子里的石子堆，俯瞰整个村庄，层层叠叠的山将远处的绿意送到眼前，一条小小的溪温暖地沿着山脚圩满了村子的光阴。右边，一条小路带着邻居，贴在以后的日子里。左边，是一间沉淀了风雨的房子。二楼发黑的木板窗下，飘着灰蓝的褂、白色的衬衣、灰色的长裤，一件白底蓝花的棉背心——只有农村上了年纪的女人才会穿的棉背心啊。一只老狗趴着盯着来人，一位阿婆在收拾院子，三五只蜂桶里有蜜蜂比她更忙碌地进出。整个场景像一幅油画定格在村庄岁月的深处，定格在苍翠的背景里，有一种朴实的诗性。

在一所敞开的房子，饭桌后的阿婆在织帽，光线以恰好的角度进入昏暗的屋子，亮和暗像水粉画出的静物，杏白色的草帽像一个联结明暗的点，轻轻晃动着，仿佛是时空交换机的一个按钮。另一所房子大门口，另一个穿着碎花短袖的阿婆也在忙着织帽，她的身影映在陈旧的房门上，像从墙里长出的花。她们的草帽在织好后，可能会赶着集日送到小芝镇上贩卖，换回钞票，换回油盐，也许她们就曾是早上那热闹中的一份。如果说集日是小芝喧闹张扬的风俗画，那胜坑就是它清雅内敛的田园诗了。

出来时，村里炊烟四起，路旁的水田泛着镜子般的波光，如被农人铺了一层清油，水下的泥土里，生活的辛劳和希望在同时扎根。一个穿着蓝色卡其布衣服的老头，腰上插着柴刀，正往回走，笑容淡然，脚步从容，像胜坑村里那棵近千年的银杏树，在光影里幻化成一个安详平凡的老者，走在小芝的山山水水中，历经大俗大雅。

冰里兰田

那一山的青翠，一层一层攒叠起来，一圈一圈荡漾开去，像苗家妹子颈上挂着的累累项圈，清脆地跳跃着。——受了这画面的诱惑，我们去了。

车在弯曲的山路盘旋，辉煌的涌泉橘子林失了水分，绿得干巴巴，绕过锅盖山，才意识到冬日的兰田怕已失去了那份水润清婉吧。懊恼中来到村口，兰田只剩下秋收后的枯黄，留着稻茬的水田，积了一些水，在阳光下泛白、发亮，靠近一看，却是厚厚的一层冰，惹我们一阵激动。孩子们尖叫着冲过去，用脚使老劲了地踩，喀喀嚓嚓的声音在寂静的山头被风吹得向四下里漫延。顾不得冻手，大人和孩子一样，挽起袖子去掰，冰薄的地方，拿起还有稻茬的留痕；厚的干脆连稻茬一同扯出，掰出大的、小的，捡起来就四处乱砸。冰里的兰田别有风味，冬季的田野是人撒欢的地方。

田畦中央有一方小小的水塘，整个塘面的冰如镜子般在反光。用石头砸破了边上一角，取冰，滴着水的冰再被用力回掷到冰面上，啪啪有声，冰块裂开，冰屑飞溅。还不尽兴，拿了一块几斤重的石头，轰向塘中心，以为会裂个蛛网，谁知石块稳稳卡在冰面上，还有一半露在外面。大家倒吸一口气：这冰够厚的。

孩子们捡了木棍轮流敲，连个砸痕也没有。整塘的冰却在阳光下笑眯眯地任人笑闹、折磨，最后败下的却是人——手冻得实在受不了。真是损敌一千，自伤八百。

但我们留了一个心眼，在撤退之前，把我们的笑声悄悄地塞满冰下，等到春来，炸它个翻天覆地。

辗转来到东林水库，路上碰见一群山羊，可第一个开口打招呼的大人却说："看，绵羊。"于是，孩子们叫破了天地喊："绵羊——绵羊——"山羊们气恼地频频回头瞪眼，一干人还不自知。只怕羊们早已腹诽不已：无知无识的城里人！

水库边无遮无拦，冷风夹着水气扑面。一汪清水满目天蓝，安安静静的岁月都揉在了里面。我们这群后知后觉的外来者咋咋呼呼地闯进来，却被它的平静震住，连孩子们也减少了叫喊，奔跑里染上了一丝拘谨。

坝下的水渠里，在冰层下竟有不到半指长的小鱼群在缓缓游动，而它们上方的冰层里却冻住了几条鱼。一生一死，如此贴近却又截然两个世界。不知活着的是否在不懈地呼唤眼前的同伴；而凝在冰里的是否带着巨大的不甘和遗憾？早一步或者迟一步，也许它仍然是一条游动的鱼。但亿万年前的琥珀里的那只蜜蜂，鱼化石的那条小鱼，怕也是遭遇了如此不偏不倚、不早不晚的一步吧。正如他人有云：瞬间即永恒。

在水渠与田地相接的小小豁口，阳光早逃离了，石头上的冰至少有五厘米厚。水渠截口挂下葡萄一样的串串冰花，如水晶般晶莹剔透，取下拎在手上，很想尝一口。豁口壁上的泥土颜色怪异，用力踩了一脚，哗啦哗啦碎了一地，像沾着黄泥的玻璃。这才吃惊地发现全是冰花，像石笋一般生长在泥土上，像无数小管子插在泥土上。看着它们在我脚下粉身碎骨，我的靴子也感到了一阵内疚。可孩子们不内疚，他们抬起更多的脚来踩冰，是他们到兰田后发现的新运动。他们还跑到水渠地上，无情地打击尚在冰下水里苟延残喘的小鱼们，拿竹棒嘭嘭地敲打冰面，乐此不疲。

小鱼在冰水里沉缓地活动，听天由命的模样。但冰层厚，似隔着玻璃，有惊无险。里外互不相伤，彼此快乐。

要走了，站在路边看兰田的梯田。远处的山依然苍翠，兰田的田却带着冰碴在阳光的阴影里沉默，寒冷封住了它的活力，一旦春暖花开，兰田的冰将变成潺潺的水，继续滋养万物，迸发一个灿烂妩媚的季节吧。

那时，我再来！

别有硐天在长屿

长屿的硐天，这"硐"不是自然的原生洞穴，也不是喀斯特地貌的溶洞，而是先人历经千百年时间一钎一锤开凿出来的石硐，"虽由人作，宛若天成"。

长屿硐天，位于浙江温岭市东北凤凰山麓，海拔150米左右，属低山丘陵。但就在这低矮的丘陵中，蕴藏着立方数以亿计的石材和长屿世代先人无数的智慧、血汗。

走进长屿硐天，就像进入岩石的迷宫。依势取石留下的石硐如扣钟、如覆锅、如吊桶、如巨井，千姿百态；硐与硐之间或相隔孤立，或贯通相连，或套叠繁复，或数硐并峙，深幽曲折，又不失雄伟险奇。硐内岩壁被削似廊，上有天窗顶空，间以石架悬桥，硐底坦荡开阔，整个空间立体迂回、千岩万转、层叠有致、变幻莫测。

走进长屿硐天，亦似走入一部石头的历史。1500多年里，在铁锤的叮当声、号子的吆喝声里，火星迸溅，钢钎不断地锲入、撬起，汉子们矫健的身影、鼓动的肌肉，都在岁月里和石硐重叠在一起，如雨的汗水滴穿了坚硬的岩石，一块块方方正正的石板、石条、石块在一双双有力的手中被从山体剥离，从山腹吊出，从山道运向四村八乡，运向不可知的远方。盖房、铺路、修桥，成为日常的石磨、石臼、石桌、石凳，成为镂空雕花的石窗、照壁，成为惟妙惟肖的石刻、雕像……长屿硐天28个硐群，1314个硐体的石壁上的每一道凿痕、每一个硐眼，都是沉默的语言，都能力证漫漫的历史长河中，人与石头的亲密关系。

我来得匆忙，没有时间走遍长屿硐天所有景点，只选择了最大、最典型的观夕硐参观。

观夕硐入口狭小，进去却是别有洞天。一映碧水上，一架曲桥回环如盘曲的游龙飞扑向桥头石雕的明珠。潭水清冽，波光流动，映照在内侧石壁，像年轮在一圈一圈地生长。硐内巨大的弥勒佛像，笑容可掬。也许长屿人是受此点化，生命中多了一分大气从容，故而也造得出硐内那口硕大无比的巨碗，求一方的丰足。

硐徒有其壁，再千变万化也会失之生硬呆板，于是有了水。弥勒佛像后壁上的细瀑垂下几股丝线般的水，清凌凌的水花飞舞，珠玉之声不绝于耳，硐就平添了一股俏皮和生气。还有那枚巨大青色石钱上方似一束麻线的水流，直穿钱眼，串起了大钱，也串起了硐天的妙趣佚闻。

当然，最神奇的还是国内绝无仅有的岩洞音乐厅了。音乐厅上窄下宽，穹顶高远，似倒置巨钟，能同时容纳700人入座，四壁平整，凿痕如轻微凹凸的五线谱，随时迎接一场音乐的盛宴。台上钟磬、丝竹和鸣，没有任何音响设备，却依然悠扬清亮，在空旷里回荡，似仙音袅袅。身着红纱的少女，在变幻的灯光中缥缈如仙。而我，一个误入仙境的凡人，一时间不知自己身置何地。有诗云："千硐曲幽径互通，观夕空旷似仙宫。籁箫轻奏如天送，萦绕无穷醉乐中。"所言非虚。

音乐厅的右前角，有一个十几平方米的小池，水色如墨，上方崖顶有一个小小的天窗，据说是一个井台，一股山泉和光线一起落下，跌入幽暗的池中，声轻色淡。我们沿着崖侧陡峭的石阶上爬，来到一个井台旁，石栏图案雕得清雅活泼，可顺着井口无意向下一望，顿时头晕目眩——下面竟是空空如也的一个深洞，悬空井名不虚传。原先的小池，像一块黑石，在井底纹丝不动，又如阅尽了人世悲欢的慧眼，透彻、清冷，幽幽地和人对望。

过了悬空井，走一段青苔斑驳的台阶，就到了硐顶，眼前豁然开朗。硐外的观音壁上的观音依山就地雕刻而成，硐内的飞流就是她洒下的甘霖吗？形态各异、栩栩如生的观音像，是长屿历经千年高超技艺的集大成者，而外壁上因流水绘就的山水壁画，就是造化的神秀啊。

我期待下次去长屿的其他石硐看看，尤其设有我国最大的硐穴博物馆中国石文化博物馆的水云硐。相信自然和人文勠力合作造就的举世无双的长屿硐天，肯定又有新的惊喜在等待。

秋色满茶辽

去茶辽看枫叶，从路口开始，一直沿着溪水往上走，往山里走。水很清澈，虽然偶有一些垃圾，但并不影响它哗哗地冲击着石块，轻松地漫过满溪的鹅卵石。三五妇人蹲着浣洗衣物，笑语不断，那些笑声和翻起的白沫一同被水流快速地带走，为山下安静的村庄添了一分热闹。太阳暖暖地照着，秋意也浓了。

绕过村里最后一户人家，他家的狗友善地送我们到山口。我们走入山的阴影里，这边是山，那边也是山，我们其实是在谷底穿行，太阳渐渐被隔离在外，山风吹来，凉飕飕的——秋躲到这里了？

我们一直走，可似乎怎么也走不到头，绕了一个又一个的弯，水泥路在慢慢升高，一路相伴的溪水逐渐低了下去，而山色却几乎没变，路这边的山，高大苍翠，看不到一点枯枝黄叶，偶尔抬头，那浓郁的绿沉甸甸地压着视线，也压着心头。对面的山，半腰上还留了阳光，显得活泼许多，而在阳光里，一山的青松翠柏在风里跳跃，还有盛夏的光景。有 条黄线特别明显，直挺挺地从山顶通到山脚，像给山的绿衣撕了一道长长的裂缝，那是"树的路"，人在山上砍了树，就用它将树一棵棵滑下。两边的山相夹，在最底部形成了一条缝，水淙淙轻流，在宁静的山谷中分外清晰。向远处望去，两边的山很默契地共同拐了个弯，把路裹到了绿里，让人心也挤了一挤，仿佛自己是被山当了夹心。时而有鸟飞过，啼叫一声，"鸟鸣山更幽"，写的就是这番情景吧。

走了近一个小时，真有些累，也热，走在山里，不像来看秋，反倒像来度夏。在一处山凹发现了一个小水潭，水清冽诱人，手掬可饮。细看还有近乎透明的小鱼，精灵一样悠哉游哉，让人羡慕。

在"快到了，快到了"的勉励中，来到一处小小的村落，散落的几户人家分在路两边，溪水从石块下轻快地穿过，鸡犬相闻，恍若世外桃源，可还是没到。在耐心殆尽的时候，终于发现山色有变，阳光多了起来，绿色有点萧条——山上有零星的黄。

转了一个大大的弯，视野一下开阔，光线亮得晃眼——茶辽到了，它是这深深山谷的尽头的山坡，好似一个葫芦底。精华都流到底里了，感觉是从夏天穿越到了秋日。茶辽枫叶黄得有些特别，满山满野的黄，在正午的阳光里放肆地歌唱，高音、低音、中音相和，大调、小调交错，声音高亢华丽，动人心弦。明快、多变的黄和两边压抑的墨绿对视，像两个季节对望，一刹那间迷乱了时空，而湛蓝的天空在山顶微笑地俯视，没有一丝杂质。张开手指，似乎捧得起那叶和天，因为它们太像平静湖水里清晰的倒影，也许用手一戳，水的涟漪就会模糊了它们的影像。

踩着鹅卵石路上山，落叶不多，散在尚带青色的草上、褐色的树干间，像娇艳的花、斑驳的蝶。秋还留恋着枝头，不肯落下？

站在半山仰首，刚刚好，高大的树挡住了阳光，光线透过叶的缝隙撒下金色的斑点，叶子成了金子，泛着光，却不通透，有种手对着阳光血液流动的朦胧。在蔚蓝纯净的天色中它们一片一片都是童话，在黄的底上，描红画绿，镶紫嵌金，在风里低语轻唱，在广袤的蓝里，汇成一片，像油画家调出的特别色彩，一笔一笔叠加成立体的画面，高远、宁静。每走一步都如同走在画里，把俗念从身上一点点剥离，安静了、澄明了。我为我的高跟鞋感到羞愧，这样的风景，青衫白马独行其间，才对得起这温暖的诗意，是我轻慢了。

山下有一片不大的竹林，竹子上还刻有主人的名姓，不知是因为秋还是因这黄的洇染，总觉得所有的毛竹都透着一种不明不白的嫩黄，丰富了茶辽的色彩。

走时，回首望茶辽枫岭，整座山岭都黄了，在黄的基调上，红绿蓝赤橙相陈，像彩虹揉碎了倒在山上，太满了，要溢出来了，我们往外走一步，它就跟着满一分，似乎是要赶在我们的前面把秋送到山外去。

山野枧头

入山后，一路金黄璀璨，丰收喧嚣了山野的宁静；山脊树色杂陈，秋风让群山换了姿势思考，跟着我们峰回路转，蜿蜒着爬到了湫水山腰的山野小村——亭旁镇枧头村。

从山腰的小路上远眺，山野如同被清澈的天空洗过。枧头的秋在视野里无拘无束地铺展，一丘叠一丘的稻田，一层又一层地包裹着山野，在十月的阳光明晃晃地黄亮着。田埂上的野草枯败了许多，秋意冻结了它们春夏的张扬，臣服于稻穗的骄傲。回望大地的稻穗，沉甸甸地发出一种压抑不住的尖叫。黄豆降下了宽大的叶子，细毛茸茸的豆荚盘旋着一种迸发的荣耀，田边峭壁上一丛金黄的野菊花，却完胜豆荚的金黄，宣告这才是真正的黄颜色，这些色彩直逼我们秋夜的好梦。稻子、豆子金黄得低调而沉稳，野菊花却放纵着一切的生命张力，各有各的美丽！黄是田野的主角，那山间的主色会是谁？近山远山，间杂着开始变色的树木，泛起一簇一簇的铁锈红，站在染着丰收气韵的山风中。但群山的主色仍是绿，红、黄、赭等杂色虽多却无改于山的绿，这些随秋而动极是少数，像在大山的秋衣上零星缀了几朵花儿。秋伴着我们走在曾经的枧头。它已经没有了春的娇艳和勃发。

春日的枧头，山间谷底，树梢树根，屋顶墙脚，被赤、橙、红、绿、白、蓝等色彩堵得严严实实，重重复重重，人如小船行于五彩池上，进去了，就留在了画中，成为这乡野的一种点缀。我们还来不及好好欣赏，就被春雨后黄土下的竹笋吸引。泥泞的山间，羊肠般的山路，踩着潮湿而干枯的野草，没入山林中，追随满地落叶下的惊喜。刚刚冒出地面一点而变绿的竹笋，在村民眼中是不值得挖的，我们要找寻的是那些刚要突出地面的、鹅黄的笋尖，顶着丰美的黄泥，一锄下去，鲜亮的竹笋显出优美的侧身，锄起锄落，满头大汗，硕大而清凉的竹笋终于上手，呼朋引伴一起庆贺。有时，树旁石边，费尽心力，捡出的却是一个拳头大小的竹笋，收获一场欢笑。耽于城市，挖竹笋是难得的生命体验，一切都是快乐的，无论找未找到、挖未挖出，亲身经历生命的萌动和山野的趣味，特别对孩子们，应是一种丰满生命的过程。最后，浑身泥水，手心起泡，筋疲力尽，背着整袋的收获，双腿战战下山去。

春水初涨的小溪边，好好洗洗手，清理清理脚上的泥巴，随手采些苋菜、马头兰等春之"野味"，让餐桌也"野"一回。

笋和野菜的味道还在嘴角，没有散尽，夏日的阳光就已勾起枧头没完没了的虫鸣。整个村子浸泡在无穷声海中，走到哪里，它们就会跟到哪里，有时大合唱，有时小组唱，有时独唱，有时双重唱。我们只能听，也只有听的份。无论是故意踩脚吼叫，还是用力扒草扔石，一秒钟的沉默后，换来更大的嘶鸣，甚至带着挑衅，伴有群起而攻之的架势。如果想捉一个杀一儆百，没等动手，其早已混迹草丛，只闻其声不见其踪。蔓延的树林，丛生的野草，是它们的天堂。这声音紧紧包围着我，直到我独自一人，驻足在小溪边，终于把那听惯了都市喧嚣的三魂六魄重新唤醒，于是一切变得如此亲近和舒心，阵阵虫鸣，如夏日山野的凉风。

在虫鸣的催促中，枧头日益丰润富足起来。带着一帮孩子，从朋友的老房子出发，向右沿着年久失修的石头路爬坡去，伸手就可以抹一把紫黑的桑椹，边走边吃，嘴唇牙齿都染上了得意的紫黑，相互龇牙，相顾大笑。吓得山野蚱蜢、麻雀等飞跳，隐入草丛树中探头探脑地张望。一条千足虫倒是厉害，横在路中央，不紧不慢地充当拦路强盗。艺高胆大的都不屑一顾地迈过了，一个小家伙却被吓得抱着妈妈的腿哇哇大哭，怎么哄都不停。另一个见状，冲回来，抬脚就踩，大人赶紧阻止，在这自然的天地中，一切生命都变得高贵了。好吧，胆大的小家伙用根初长成的狗尾草，在虫身上拍了一下，千足虫就僵了，一动不动地诈死了。大家连忙说，死了，死了。这才不哭了，抽抽搭搭地让妈妈抱过去，双脚再也不肯下地。问他为什么，他说蜈蚣有毒会咬死人的。原来如此，大家哭笑不得。

走着走着，就离了路，沿着稻田、菜地的边埂攀爬，一路采着不知名的花，编个花环戴上，别有一番野趣，偶尔来一只蝴蝶、蜜蜂流连一下，就要忘我自醉成花仙子。绕了半圈，从左边下山，小而陡的土路可以当滑梯，再小心也免不了摔个屁股墩，干脆歇着摘些箬叶。枧头的箬叶长得真是贴心，都在路旁，基本上伸手可及。满眼的箬叶青翠翠地带出了端午的气息，嘴巴里涌起粽子的清香。人手各一大捧，可谁都觉得不够，计算着给谁谁送一点，给某某留一些，现在原生态的物什都显得珍贵。

枧头的慷慨还远不止这些。红红的山树莓、甜甜的野枇杷、酸甜相杂的野樱桃……很多野果都可以在这里找到，每来一回，都有惊喜在等待，只可惜还没有吃到过红豆杉的果子。野生樱桃树藏在枧头密密麻麻的树丛中，比普通樱桃树高大。小指甲大小的野樱桃，娇滴滴地红着，纤细精巧而诱人。山人相映，互证其意义，这山巅清风雨露滋养的山村，让我们无偿地受用；我们的到来，让山野的无私具有诗意和敬畏。

现在，我们又跟着秋一道来了。枧头榛子、野生猕猴桃等正在成熟，这秋光、这盛情怎可辜负啊。等到秋收尽，枧头还会留下什么？漫漫冬日，白雪皑皑，冰凌倒悬。在飞雪洗净的天空下，极目而眺，以自己的时光笑对城市的生活。等候着下一个轮回，让我们又一次享用自然的无尽馈赠，享受山野无边的厚爱。

田野

出了家门，沿着去年走过的路进入田野。已完成收获的田野，空荡宁静，没有去年看到的一畦畦小菜和麦田，地上及小腿高的稻茬像收割机给大地理出的短发，每踩一脚都沙沙作响——听任你踩它，又倔强地回弹一下。

年初二，年味还未消去，农人歇息，田野也跟着休息吧。在温和的阳光里沉睡，长年不息地生长，它也累了吧？田野中间的几棵大树，在风里无声息地守卫，连河水都静止了。我们安静地走在田埂上，田野的空旷收纳了所有的浮躁和喧嚣，抚慰着每一个经过的人。

田野是大地千百年来孕育生命的子宫，我俯视稻茬那些整齐划一的切痕，像窥探到了田野生育的切口。柔软、黝黑的泥土含着水分，泛着清光，像丰润的唇，像流光的眼眸，在诉说我们不知道的田野的秘密。

走到中央，站在树下抬头，那么高那么远的天啊，像是另一片无边的田野——这些高耸却又不粗壮的树，伸长了身体，把它们连在一起悄悄地交换着信息，玉带一样的河流举重若轻地在边上环绕。我们触摸着粗糙的树皮，在河水上制造水花和声响，却依然只能站在它们的世界外面彷徨。天和地是一体的，它们在俯瞰着我们的渺小，但是那些树似乎再用力一些就可以把我们也连带着拎上去。风和田野一样久远，它抚摸着田野的肌肤，又悄悄离去，一直相伴又仿佛从未来过。那宁谧，融入了血脉，把人也包裹进去，成为那个广袤子宫孕育的一个小小生命。

又走过那座桥，去年鸭子在水里欢腾的声音仿佛还在山脚回荡，可眼前的水却一脸冷静地望着每一张经过的脸孔，鸭子的气息随风微微地回顾了一下，就很快消散了。

田野比去年寂寞了许多。尽管我来了好多次、好些年，但它坚决地把我当作一个好奇的过客，紧守着秘密死不松口：一个连韭菜和麦苗也分不清的人，大概是无权知晓它的所有吧。保持了亿万年的记忆，它应该只愿和懂它的人分享。

走到了田野的另一边，坐在去年坐过的石头上，和它两两相望。田野变了，三四座蓝色的大棚连在一起，里面成千上万牛蛙在鼓噪。空气中散发着一种怪味，在骚动的蛙声中弥漫开来，取代了鸭子曾经停留的气味。有人影晃动在喂食它们。右前方不远处有个小铁皮棚，里面是简陋得不能再简陋的床铺和煮炊工具，堆得满满的蛙食。一个中年妇女拎着塑料桶，穿着高筒胶靴在棚边的田埂上穿过，另一头两个中年男子在招呼她，新年的气息骤然远离，他们不是我熟知的农人，他们是养蛙的人。他们如此勤勉的劳作，可是刺鼻的气味在提醒我，养牛蛙的污染是不能小觑的，是对田野的伤害。我心里的矛盾无与诉说，只好将目光投向远处空旷的田野，那边依然冷清，只是一热一冷间，是否是田野愿意接受的改变？

起身走远了，再回头时，碎而嘈杂的蛙声被无边的空寂稀释了，在回去的另一条路上，有一块牌子写着"三门县低产田开发项目工程"，我注视着它，突然觉得田野的沉默里不仅是秘密，更多的是沧桑，是孕育了无数生命后的疲惫，是不管它愿不愿意都必须接受的改变，以及无力的反抗。

　　田野，这门前的风景，我不知道还能再看几年。

野村

沿着陡峭的水泥公路上去，到了山顶，向下俯瞰，花桥的山水丘壑如画卷在眼前展开，尽管是一个小镇，但一簇簇三层四层的楼房分布在开阔中，自成一番热闹的气象。

一路上来，不时看到劳作的农人，上了些年纪，却又并不苍老，矫健的身姿活跃在年初二悠闲的阳光中，似乎在说着勤劳没有假期。不时有车辆来往，在陡峭的狭路上相逢，彼此小心翼翼地擦肩而过。想不出这山里还藏着什么，会有这么多人出入。

车到了山顶的岔路口，左边一条路未知走向，右边通向落入视野的八岭头村。阳光里一切静止，只有我们的车子像一只瓢虫在移动。

村口左边的白色房子标着"临时避灾所"字样，高大、崭新、坚固。它的身后是半截残墙，还留有门窗的痕迹，但枯黄的杂草，不知名的白色野花肆意地侵占了所有地方，无声却强势地宣称了主权，让人退避三舍。它的前面是一堆碎砖残瓦，它的右边也是成片的断壁残垣，那曾经的门、窗正张着嘴无声地喊叫。唯一完整的一座老房，台门、灰砖圈起的一个小小四合院，当年想必也是高门大户，但是现在只堆着几垛稻草和木柴，屋外墙脚的水沟里青苔发着幽古的绿光，没有鸡、没有鸭、没有狗……没有一点声音。

"有人吗？"轻轻的询问声快速在空旷里扩散，回答是一片荒芜。

过分的宁静渗透在每一个废弃的角落，让人心生寒意。

正当带着失落准备离去时，不知从哪里拐出了一个中年男子，矮矮瘦瘦的，半新不旧的衣服脏得发亮，歪着嘴，拎着裤子正在给腰带打结，看见人也没有任何表情，背着手，趿着鞋子，缓缓从我们面前走过。我只好把所有想问的话又吞了回去。

当我们车子开远了，回头看时，一片绿色呈不规则的带状横亘在很多蓝色和枯黄之间，灰败的房屋被包围着，背后是竹林和松，路下是层叠的梯田，点缀着几畦绿碧碧的青菜。虽是冬日，仍不失一个江南小山村的安宁、秀美，可是人呢？只有那个男子，背着手，痴痴地默默地站在空荡荡的路上，在整个山谷中变成一个越来越小的黑点，直至消失。

八岭头，整个村子只剩下七八幢房子，被裹在山野，无人看管，渐渐融入山野。

回到岔口，沿着左边的路进去，树荫重重，一汪碧水隐山间，宁和的风四下游走，阳光一路跳跃，人的心也跟着雀跃。

到了王申坦，相似的房屋像积木一样叠在山坡上，没见到什么人，但屋前的绳子上飞扬的衣衫表明尚有人烟。偶有鸡犬之鸣，虽然不多，但陡然就给村落增添了无限之生机。

村口停了好几辆车子，还有五六个半大小子，穿着劲衣摆酷。和八岭头的死寂相比，这里简直热闹得让人感动，可是仍掩盖不了四下散漫出来的野气。

过了王申坦，一条淙淙细流就一路相伴着上山。两旁绿树参天，偶有鸟鸣啾啾，冬虫蛰伏在地下蠢蠢欲动。小溪把长山头村一分为二，路边有一座比较新的白色小房子，晒着衣物，边上还有水龙头，只是仍没有人。后面几座房子依稀有人声，路的另一边有四座房子，外形都还不错。

我们过了桥——这小溪上的水泥桥竟然能让汽车通过。左边的房子高大、气派，过去定也是富足人家，绕到门口想进去看一下，才发现它的高墙大院是假象，里面狼藉一片，残砖碎瓦满院，木门、木窗、木床、木楼板……混在中间，支离破碎地露出一点点影子，一架风车挣扎着在废墟中露出大半个身子，似在呼救。与它成九十度角的另一座两层的房子，开放式的堂屋内堆着码得整齐的木柴、木料，一只暗红色的木橱，一把竹扫帚倚在墙上。门依然锁着，窗子的木板没有挡上，依稀可以看到幽暗房间里放着的凉帽、簸箕，窗子的木条上挂满了装了东西的各色塑料袋。窗边上贴着一张喜气洋洋的新年日历，再往上看竟然还有门牌号。二楼的窗上装着完好的玻璃，还有一只锅盖一样的电视接收器——人是住在楼上了。但人呢？想必是被儿女接到山下过年去了。绕着这房子走了一圈，后面的窗子用透明塑料布蒙着，透过破碎的塑料布看到积满灰尘的灶台上放着一摞白底带花碗盘，像开在黑夜里的鲜花，璀璨妖魅得让人揪心。它的后边是一座已完全坍塌的房子，正冷冷地盯着，看什么时候与它融为一体。

不远处的一座房子倒是很整齐，像个有人照料的孩子，只是还没等靠近，一只狗咆哮着冲过来，一直把人赶出它的地盘，我只好讪讪地往回走。

小白屋边上竟有了人，还是熟人。攀谈之下，得知山上的人几乎都到山下去了，白房子是他为不愿下山的母亲修建的，但那座有狗看守的房子是他也不愿下山的兄弟的，住着对老母亲也有个照料。他自己在花桥有房子，儿子在县城有房子，只是周末他都要回来，看看老母亲，也呼吸呼吸新鲜的空气。他的女人热情地招呼我们喝水，纯净的山水有一股自来水没有的甘甜。他的兄弟拖着砍下来的一杈大树枝，停在边上，看着我们笑，不言不语地透着一股子憨厚。

我们起身告辞，他突然说："别人都往外走，终有一日要晓得回来才好。"我们想要搭话时，他笑笑，拖着树枝转身去了。

我们招呼孩子离开，他站在桥上，认真地把一把又一把的沙土撒向桥下的溪水里，水面被点出一个个小小的坑，簌簌有声，又很快消失。就像这山中的岁月，被随手一掷，波澜不惊却仍然改变了模样。即使有人想力挽狂澜，也无澜可挽，村庄的衰败从一点一滴开始，日累月积而成，谁也不知道谁能坚守。

我想起了自己的老屋，我的村庄，几千人的村子只有几十个老人在留守，野草荒蔓占据了墙角院落。没有了人的村庄就野了，魂飞了，神散了，你在渴望它、走近它、触摸它，又不由自主地疏离它、躲避它，与它渐行渐远。

我们再向上走，想到银山村，银山的背面是临海的金山村。有着如此名字的村子会是怎样的富足美好啊。

可惜未能到银铝山，走错了路，下山到桥头村去了，然后一路开到了碧水湾。碧水湾人来车往，水泄不通，似乎山上那些村庄里所有的人全部涌到这里，山上所有的热闹都融入了这里，喧嚣吵闹得让人咋舌。

而那些村庄，被人遗落在身后，淡出视野。不管你有意无意，倘若有机会路过，请好好地凝视它、尊重它，每一个衰落的背后都是兴盛，每一个野村的背后都是家族的去留。我们挽留不得，就在遐想里、记忆里抚慰一下它那颗苍凉的心吧。

露营牛尾塘

牛尾塘是露营的好地方。

我们一行人浩浩荡荡来的时候，太阳温柔，海风清爽，换上泳衣扑进水里，潮水在我们的驱赶声里，且战且退，先后露出巧克力一样的沙结岩和黄灿灿的沙滩，看起来就适合安营扎寨。

夕阳烫红了海面，男人们开始搭建帐篷，小店边上的草地和两边山下的沙滩都是理想的选择。我们和方两家选择在草地扎营，其他朋友们却要到左边沙滩上去。我担心半夜涨潮，海水会漫到沙滩淹了帐篷。但是他们很有自信，一个说自己露营几次，很有经验的；另一个说问过小店老板，潮水涨不到扎营的地方；再一个说来海边露营，不住海边还有什么意思；剩下的极力强调为了安全，大家也要住在一起。思忖了半天，我们终于拆了已经搭好一半的帐篷，搬过去和他们一起。六七个大大小小的帐篷挤挤挨挨地立在一处，很是壮观。尤其是方和章两家的帐篷，撑开是三个三四平方米的空间，我们戏称是"牛尾塘别墅"，相比之下，其余的帐篷简直就是寒碜的单身公寓了。

搭好帐篷，男人们带着孩子，女人们开始做饭。借了小店老板的锅灶和碗筷，在小店旁边的平台上摆开，大桌、大锅、大盆、大碗，弃满海的豪迈。

没有月亮，漫天的星光就远而模糊，海对面的火电厂倒是灯火通明，但和我们隔着一片苍茫的黑，那灯光就亮得有些虚幻。在这明亮和黑暗中间，是牛尾塘夜晚的宁静。海面偶有几点渔火驶过，没有声音——应该被浩瀚的夜稀释了吧。海风带着海浪的涟漪凉凉地吹来，涛声不远不近地响着，一拍接着一拍，不急不躁，忽近忽远。

不知道谁在帐篷边上燃起了篝火，我们围着它喝啤酒、吃水果、听音乐、听涛声，漫无目的地闲聊，无拘无束地吹牛。身后是明暗不定的火，眼前是夜幕和海交融的昏暗，仿佛巨大的天地之间只有这里的一点光亮存在，一种难言的空旷、寂寞，把日常世俗的自己剥离出来，审视着，安放在这海边。孩子们很兴奋，他们打着手电筒，一次又一次地穿过黑暗，穿过占了沙滩三分之二面积的沙结岩去另一边的山下捡木头和草秆来充实他们人生的第一堆篝火。

一个非常严重的问题在快十一点时造访了我们，海水顶到了距离帐篷不到一米的地方。老公建议搬到靠近山脚的地方，那帮人竟然还很镇定，说不会涨到帐篷边的，太靠近山说不定会有蛇，还比画着，沙子从这里到那里都是干的，所以应该没问题。有人拿出手机查涨潮退潮时间，说网上显示十一点二十分光景就会退了。我们不理他们，自己的帐篷虽已搭在最上边，还是再往上挪了挪，用铲子在山和帐篷交接的沙子上挖了一道沟，把篝火的灰烬洒在沟里和边沿上，点上蚊香。

熬不住的孩子们，一个接一个地睡了。潮水离帐篷只有二三十厘米了，为了劝下沿的几个帐篷搬，我不管夜深，打电话给做过渔民的父亲，问他涨潮什么时候结束。他在电话那头咕哝了几句，说不是大潮，但也要到十二点多。一个朋友终于起身把自己家的小帐篷移到靠山的一边，另一个也往上移了两米。可是那两个"土豪"还无动于衷，我们催促，他们还在磨蹭，真是皇帝不急太监急。

潮水打湿了"土豪"帐篷的一角，才促使了行动，那时已经十一点四十五分了。所有的男人都起来帮忙。横着搭的，拔了固定的钉子，三四个人齐心协力整个向上拖了一米多。纵着搭的，更庞大，整个移上去空间不够，至多半米，横着更不可能，颇费脑筋。水位越来越高，最后有人说上移多少是多少，如果漫到了，最靠近水的那个"房间"不要住人，就让它湿吧。

我说你们不听我的话吧，好歹我是海边人啊。梅说，我以为潮水涨过一次晚上就不会再涨了。我说，你那么信誓旦旦地又说问过小店老板，又说自己有经验，原来是坑人啊。方说，我怎么也就信了你呢。梅一脸无辜，说我是枧头山上人啊，我怎么知道潮水一天原来是要涨两次的。这话引起一片公愤，大家都哭笑不得，说三个海边人竟然被一个山头人哄了。到了一点多，看到潮水明显退下去了，才开始安心睡觉。牛尾塘夜晚的诗意，篝火燃烧的激情，全被现实的潮水冲散了。

早上四五点钟，曙光透过帐篷，天是透明的灰蓝，然后随着东边的一点亮，一丝丝地淡了灰蒙，突出纯净的蓝来。出了帐篷，海风吹走了帐篷的闷热，海面铺满金光。清晨的牛尾塘，清新得像一杯柠檬茶。

晨光里，海天之间有条被风浪冲上岸的大"美男鱼"，原来是方躺在防水垫上睡觉，湿漉漉的沙滩和垫子是一样的颜色。梅和章

　睡在四边敞开的帐篷里，满天红光也没有叫醒他们：真的都累了。

　　九点多，大家都起来，吃了点蛋糕，带着满身的沙子、手脚上的十几个蚊子包，还有一夜折腾回家啦。

　　而孩子们吵着：下次再来。

本色岭根

久仰临海岭根大名，却又晓之不切。真去了，不由有点淡淡的失望。几处老宅院混迹在水泥楼房中，既不成群也不成片。若冲着古建筑的芳容去，见过西塘、乌镇、塘栖、皤滩等地的老街、老宅，岭根的这点姿色似乎不值一提。虽然王文庆故居雍睦堂大门上嵌"居之安，民国二十二仲夏吉旦，章梫"的石直匾，门楣上"双狮戏球"的石雕细腻精美，蓝底上题有"山川挹秀"的黄字，色彩鲜明，让人惊艳了一下。但进去，却是空空的院子，三十多间房屋，四千多平方米的宅院，大半被火烧毁，只剩下空、黑的院墙在沉默里守望。荒芜中种着青菜，被篱笆围成小小的一片，几棵树在寂寞中生长。右边留着几进房子，靠大门的一边有几间门敞着，里面装饰一新，是现代人的生活格调：闪亮的瓷砖、雪白的墙和艳红的被褥相映，像新娘的房间。两个穿睡衣的中年妇女和一个年轻的媳妇围着床，靠在椅子上边织毛衣边闲聊，是极平常的家居生活。

再往前，高大的堂屋，高耸的马头墙仍有虎气，灰雕、窗雕精美、讲究。进得门，才发现王宅的辉煌都被圈在一起，墙上挂着王文庆、王萼、王维、王纶等人的照片和生平简介。这里彰显了这个普通山村的不平凡。目光从一张照片移到另一张：王文庆曾任浙江临时参议会议长、浙江省省长和民政厅厅长，王萼任浙军临时司令部陆军少将参谋官、江宁要塞司令中将，王纶曾任……这个村子，出过7位国民党将军，嫁于将军的名媛淑女更多，"将军村"绝非浪得虚名。

我们进来时，大堂的桌子上还放着一条横幅，隐约可以看见"王氏……族……"字样，大堂上摆满了椅凳，一对年过半百的夫妇正在搬，似乎一场盛会刚刚结束。我们惊叹他们先人的辉煌时，他们淡然地笑着，热情地招呼我们喝水、吃点心。我环视充满烟火味的厨房，老式大灶、方桌，平平常常的人家。所有荣辱都掩在了老人那祥和的一笑中。孩子淘气，跑到了大堂右边的楼上，下来说："楼上有个哥哥在写字，墙上贴了很多奖状。"我接口说："哥哥是个很棒的孩子……"老人说："那是我孙，读书蛮好的。"口气自豪——也许大家族的繁华旧梦一去不可返，但新的希望依然跳跃在心间吧。

我们从雍睦堂出来在村中小巷中乱转，从一座宅子到另一座宅子，辨认、猜臆当年的英雄出处，泛着青苔的老墙积淀了时间，裹住以往。随意地和村人闲聊，我们想谈他们的历史，他们说的却是自己的日子，似乎并没有人视如神祇地膜拜这些房子，它们只是他们现实生活的一部分，堆着柴米，养着鸡、鸭、猪，升起袅袅的炊烟，平淡的日子像绕村的溪水一样淙淙而流。

村头的"将军亭"，是岭根人对过往的真切缅怀，但他们更是怀着一份褪尽铅华、看淡荣辱后的气度和本色在真实、努力地生活。

八月十五夜观潮

月亮比想象中更早升起，我们并没有错过传说中的七点十三分，月亮最圆之时。为了满足儿子强烈的露营愿望，我们在房子前院的水泥地上搭起了帐篷，父子俩惬意地躺在里面，透过重重的电线看月亮。只是在人来车往、喧闹不堪的马路边搭这么个东西，多少有些矫情，更是格格不入。儿子还觉得不过瘾，坚持要去时常玩耍的白马岙沙滩看月亮。商量犹豫再三，心一横：去吧，相信老公的开车技术吧。

迅速整理装备出发。车在蜿蜒的山路盘旋，月亮一直伴在头顶，打开天窗，好，干脆跑了进来，像个月饼高挂，引诱着饥饿的小孩，催促着我们快点追上去。绕月追赶，过了山顶；又随月而下，直到海滩。

海边的人比我们想象的要多，灯火通明，人声鼎沸，涛声澎湃。月亮在东边的山顶徘徊，照出了黢黑的山影，明亮的灯光暗淡了沙滩上的月光，使它和海疏离了——它挂得那么高、那么远，虽是"与潮共生"，却非"海上明月"。潮位比我们想象的要高，已经将整个沙滩压缩到了村居的墙根下，乱石滩边，由于人多，海滩更显得拥挤。十五的海浪比平时的要大得多，海水卷起成排浑浊的浪扑向沙滩，从这头蔓延到那头，白色的浪花飞溅呼啸，气势骇人，把世界分成了截然不同的两半。海宁静幽远，满月的光华并没有增加它的亮色。山坚韧黝黑，如水的月光仿佛已从它的身上流走了，只把它的脊梁侧给我们。它们在视野中整合，仍然苍茫、广阔、幽暗，似乎随时都可以把你吸入带进那无尽的幽冥之中。

远处，鸡山岛上灯光如星，漂浮在海的漆黑里，闪烁在夜的黑幕中，海市蜃楼般美丽虚幻。远处的远处，渔火点点，最终归于苍穹的繁星中。

我们把帐篷扎在村居的阴影里，把热闹隔离在另一个世界。头上月如灯照耀，夜和海在眼前铺开，连成一片泛着蓝意的黑。涛声依旧热烈，只是不断退缩，退到蔓延的黑里，沙滩留出的空白被无数大大小小凌乱的脚印占据。整个沙滩陷入与无限世界的直接碰撞，马尾似的白沫，是他们间的柔和对接。

潮水和人群在海滩上较力，互有胜负。我顺着潮位线，一路逛去。沙滩吸饱了海水后，更加的温柔，脚踩上去，柔软如婴儿的皮肤。浅浅的脚印在身后不停地被抹去，正如生命在大地上所有的经历一样，能留下几何？回首走过的整个海滩，一切更如从前，泛着月光的海浪依然，可拧出水的沙滩静默。我独坐于礁石之上，不由又想起《春江花月夜》中那些人和月、存在与虚无、人生与岁月的故事。

月光夹杂着灯光，儿子在玩沙子。他一把一把地往海里扔着沙子，几个小时乐此不疲。以一个成人的视角，我很难为这种行为找到一个理由。趁他歇息的档儿，我假装随意地问他，为什么不断往海扔沙子？他歪头想了一下，却没有回答我，只讲了精卫的故事，然后继续扔他的沙子。我有些哑然失笑——孩子的想法，真难以捕捉。

　　潮位渐渐地低了下去。沙子依然被海浪迅速吞没，浪花仍不放弃它的追逐，轻轻抓住靠近的每一只脚丫，热情的拥抱把人从头湿透。尖叫如此微不足道，甚至划不破黑暗的一角，换来的是更空旷的静谧。我躺在帐篷里，月光清凉，海的声音遥远又亲近。老公用石片在帐篷门口的沙滩上整出一条窄窄的路，在与潮水的交界处的礁石上叠了座平衡石塔。沙子柔软极了，目光也柔和，距离被拉长，仿佛踏着这条路就可以走入那无尽的黑暗，走到世界的另一头。是因为夜的无边无际极易放大任何细微的东西，还是心太空太不着边容易放大任何细碎的神经呢？儿子过来，用沙子毫不留情地打倒了平衡石塔，世界就此摧毁，那条短短的能通向宇宙的沙路失去了目的，生生被切断。但儿子用笑声填补，更多的孩子用笑声填补，时间因此丰满。

　　夜越深了，月亮却踟蹰不前，是同我们一样留恋着海的广袤和夜的清凉吗？车照原路返回，潮声渐远，月亮依然相伴，天窗一开，盈盈一车月华。

　　儿子在后排难得地安静了。

半山晨昏

　　黄昏从山脚开始，爬到黄岩富山那个叫半山的村子时，慢了下来，先是在溪边踟蹰不前，然后越过村口两座晒得金黄，气派中带了一些古意的屋子，缘溪而上。

　　溪水清冽，活泼俏皮，叮叮咚咚地跑下来，隐入即将降临的黑暗，村口的柿树挂起了好些红灯笼为它照路。溪两边的房子，黑灰的砖石在阳光中润了一层胭脂，水渠多情地绕在屋前房后，一丝不苟地把水注入溪流，生硬的房子灵动了起来。溪岸上的石块长满了青苔，在寒风中显出苍黑的神色，像村里最年长的老人注视着我们这群外来者，倾听着我们的脚步声，然后抬头目送一下离开的阳光。六七只鸭子、一只白鹅、一只灰鹅，在硕大的树荫下，扑张着翅膀，还不时入水游荡。我们招呼它们，瞧也不瞧地转个身，翘着尾巴屁股对你，用喙理理羽毛，下水去，连朵水花也没有，无声无息地拨出一圈圈水纹。鸭、鹅也深谙安静宁和的半山气度？

　　有一座四面顶的房子，右窗上还贴着褪了色的红双喜，左边的屋顶却漏了天光。我站到它左边张望，屋顶三角交叉处露着椽子，空得疏朗，却又巧妙地彼此遮掩，似乎并不担心风雨如晦，只享受清风明月。屋边上是一座小桥，屋前有小门可开，推门而出就是溪石砌成的石阶，时光在条石上悠游而过，想必寻常日子，定有一个丰腴的少妇或围着蓝布围裙的老阿姆拎着小小的篮子下来清洗一家三餐的菜蔬或衣物。

夕阳在漆黑的瓦片上逗留了一会，便走了，把目光停在一间屋子的竹篾板墙上。我和它一起研究了半天竹篾板能否遮风挡雨，没有结果，注意力反被门前水灵灵的奶白菜吸引了。放菜的小桌子下，一只母鸡虎视眈眈地徘徊不去。我认识它，中午时它一口接一口地啄着尚放在小竹椅上的奶白菜——这些菜说不定就会上了我们午饭的餐桌，却被它旁若无人地吃了个痛快。现在它伸长脖子也够不着，我斜睨着它，无端地高兴。它大约也洞察了我的心思，转着小圆眼，很有气节地昂首迈着方步踱到一边去，显得我很无趣似的。算了，不理它，继续向上走。

阳光不时在不同房子的竹篾板上逡巡，我就信了：先民的智慧必是能够佑护后人的。这竹篾板做的墙定是伴了半山村人无数的日日夜夜，就是钢筋水泥泛滥，也没有完全取代它。暮光跑到村子最后一座房子白色的墙上，我们沿着山路追到了田坝，拉着它在一丘一丘干涸的水田上，一丛一丛的稻茬上，满地紫云英掩藏的绿意上，一个又一个稻草垛上嬉戏。直到它跳上满山遍野的竹林，在晚风竹子的舞蹈中纵身一跃，于某个地方收敛了所有光芒。——我知道它回了哪里。富山迷宫一样的裂谷不是它最好的住处吗？我们从裂谷盘旋而出，它正从山脚望向我，目光一对，什么都明了。

光线渐暗，寒意渐生，上了年纪的阿姆拉亮了黄色的电灯，像招呼淘气的孩子一样招呼我们：夜了，好困了。夜渐渐深，宁静的村庄此时更是静得仿佛听得到时间的脚步声，在三两星辰的注视下，万物休歇。

那么，半山的晨应该从山顶出发，沿着红枫绿树一路向下，把竹林映得透明，晨光在竹枝、竹叶上打筋斗，再被带着霜气的稻草堆软软地托出，金色的稻草堆就是一团耀眼的金线。

然后，它抚慰了每一个屋顶的每一片瓦、每一棵大树的每一个枝杈、山路上的每一颗卵石、溪流的每一朵水花，把它们从睡梦中唤醒，不知不觉就到了我的窗前，探头探脑的模样好玩好笑。一把扯开窗帘，它被吓了一跳，马上跑到院子里，故作一无所知地盯着一只鸡、两只狗——谁知道它们说些什么呢。

半山有鸡有狗，夜晚本应在狗吠里睡去、早晨在鸡鸣中惊醒，可在我待的一日一夜里，鸡不叫，狗不吠，在只有阳光包裹的宁静中，见出半山的风格了。我们出发它们不跟随，回来不迎接，赶鸡，吓不着它，从从容容扭过身子走开；赶狗，狗摇摇尾巴，缓缓趴到旁边发呆。即使它惦记着桌上的残羹，也只老老实实地坐在你身后等，有就吃，没有也不介意，一只有吃，另一只就不动声色地坐到边上。两只狗不吵不闹，就那么齐齐地仰头看人，满眼清明。这风度让我佩服。或许在我不留意的时间，它们是叫的吧，但被半山如海的竹林、潺潺的流泉给稀释、吸纳了，成了半山村人淳朴的明证，成了半山村如画风景、恬然生活的一部分，成了半山晨昏、满山风情里富有特色、令人好奇的点缀。

阿姆一家人已经忙碌了一早，晾出的番薯片、白萝卜丝、笋干在熹微晨光里散着乡村特有的气息，水沿着挂在绳子上的被单、衣服走出自己的路线，一滴一滴地印染了下面的泥地，就像时光滴滴答答地漫步在半山，包纳了这里的一切。

我们走时，午后的阳光透亮了整个村子，好像半山的黄昏、半山的清晨都悄悄躲了起来，只有在需要的时候才默默地、贴心地现身，带着小小的村子度过一个个安稳、静好的日子。

湖上的时间

阳光躲到云后，天空浓淡正好。船在鉴湖上缓缓行进，船侧白浪翻滚，使小船犹如一条大鱼在水里游荡。流动的波纹剥剥有声，是利剪裁开了一匹好缎。

风悠悠而来，从湖上轻轻拂过，把这一汪好水，揉皱、抚平，泛出别样云纹，挥洒间就是一件云水华裳。风也穿舱而过，不徐不疾地把满湖山水舀进来，清清朗朗地沁人心脾，人就松下来，心就静下来。静下来，看着湖上的时间慢慢在眼前打开。

湖中三三两两散落的小岛，是土地对鉴湖的馈赠，是鉴湖对千百年来"渔樵江渚"的农耕生活的纪念和留恋。绿油油的水草和着水的晃动招摇，托着岸边斑驳了黛瓦白墙的小屋如同浮在水上的另一艘船。水湄的垂柳，修长如少女在水滨浣洗的轻纱，而粗壮的枝干和底下发黄发黑积累了时间的砖石，似乎时时在恭候一叶浪荡归来的扁舟。果然，落日余晖里，小舟拉长了影子蹒跚而至，一条浸渍了湖水和汗水的麻绳，沉甸甸的，一搭一绕，熟练准确，就拉着日子稳稳着陆。再挽一个松松的结，拎一筐翻着白肚皮"毕剥"跳动的鱼，哼着渔人专属的歌谣，沿着麻绳一样的小路走去，渐渐消失在树荫里。这是鉴湖清唱的一曲《渔舟唱晚》，悠扬绵长，把湖上的时间也唱得古老悠长。

只是我翘首张望再三，那听不清词的歌谣，那没入草丛树荫的身影，与屋顶那黝黑的烟囱里的炊烟一道，早已被风吹入时光深处，不可寻觅。留下满岛草木葱茏，和后来人的满怀念想。

另一个岛上，不知名字的树，一棵挨一棵地浸水而卧，有几株甚至已经大半入水，而根却依然牢牢地抓着泥土。年与月一点一点地累积，风与水一点一点地摧残，使它们长成了这般模样，但是水可以侵蚀它们的根下的泥土，却不能侵犯它们的生长。风不时也从紧贴着水面的枝叶的空隙间穿过，它们点蘸着水轻轻摇晃，水波荡漾的倒影，时而清晰可见，时而融为一体，却不失一派临水自照的自得从容，仿佛在说：我还可以再战五百年——树在不声不响里宣示生命的强悍，把湖上的时间过得沉静内敛。

水波在岛与岛之间流转，映着云，映着风，映着过去、现在，还有将来，湖上的时间在云天水光里生长、寂灭。那些消逝的和这些存在的，不由人做主，"我们在世上的日子如影儿，不能长存"。但，这丝毫不妨碍我们去碰触时间的移动，去感知世界的无穷。

船在向前，左前方岛上的香樟树林特别茂密，娇嫩黄绿的树叶突然鲜亮了一角的天空，衬得邻近岛上墨绿幽深的那些树木犹如沧桑老者。树也分年纪和容颜吗？苍老与青春，幽远与喧哗都是树的姿态吧。

近了，不知是否被水浪声惊着，几只白鹭从一片绿幕中冲出，凌然升空。"青云在俄顷"，说的是一点都不为过。看着它们远远地在空中盘旋，忽上忽下，时左时右，忽而是一个渐变渐小的黑点，忽而是一片越飘越大的雪花，忽而是一朵梨花飞扬，忽而是一块白玉直坠而下……在风里，白羽如丝，随心画出虹一般耀眼的线条，旋即又跳出落花般翩翩的舞蹈。然后在人的注目下，又一只接着一只地翩然回落在枝头，如一个个倦飞后的白衣仙子降临在烟波淡淡的水边绿林小憩。晃着顶上翎毛，仰着修长的脖子，优雅缓慢地收起硕大的双翅，一副"幽姿闲自媚"的状态，端得刚才那般"高飞去自遥"是一场惊艳的梦罢。但这梦多少惊醒了鉴湖的热闹，散了炊烟的湖面，精灵般白鹭书写了时间的灵动与自在。

和它们遥对的是沉默的鉴洋桥。它由镇锁、泽洋两座石桥组成，分别位于下湖和上湖，皆是鉴湖南北交通的枢纽。重建于清乾隆晚期的镇锁桥更是温黄古驿道的必经之路，与峻峭挺拔鸡笼山俯仰成趣。两百多年的流光，早把桥身冲刷出了无数的凹凹凸凸，来来往往的人们用脚步填补空白。他们像一株株长在桥角水边的芦苇一样，随风停摆，湖水映照着所有时光的故事，也包容着所有人间的悲欢。须臾的生命，在鉴湖两千多年的历史里，其实算不了什么。

还有那些桥墩，刻录着的是桥自己的往事，深深浅浅层层叠叠的水渍，是湖水的升降起落；风干变色的石块，是风霜岁月的印记；有植物借着一点儿缝隙生长，靠近引桥的攀爬着成了细细的藤，靠近桥栏的地方竟然长了一蓬密匝匝的绿叶，分不清是树还是草，更多的只是疏疏落落长着，在先前枯萎的痕迹上又覆上了一层绿意……强强弱弱，长长短短，都是生命的痕迹，为桥平添了几许温软和情感。时间不动声色地记录着一切，一如既往的沉稳、凝重。

也许有一天，小树变老，老树枯朽，白鹭迁徙，新桥终于取代了老桥，但是湖上的清风还在罢，鸡笼山的明月还在罢，湖上的时间还在罢。变与不变之间，是生命在绽放新的形式，是人与万物的交汇融合。

　　我们来，然后离开，"不带走一片云彩"，但是清澈的流水，晃悠悠地洗去了尘心，湖上古老悠长、从容自在、沉稳内敛的时间，把我们的时间也拉长了、变慢了、安静了、恬淡了。

第三辑

万物的光辉

当春天从沉睡中复苏生命，
给人们带来惊奇，从心灵
涌出新的话语，欢乐重归，
诗歌营造节日一般的欢庆。

生命从四季的和谐中发现，
感觉永被自然和心灵引导，
完美只是心灵其中之一，
很多人以为，多数来自自然。

——荷尔德林《春》

倔强的麻雀

很小的时候，在外婆对面人家的院子里看到一只麻雀，在地上蹦蹦跳跳地啄食，我蹑手蹑脚地过去，向前一扑，竟然捉到了它。那天大约是什么节日吧，全家人烧水杀鸡杀鸭，褪毛，正忙得不亦乐乎。

见我捧了小小的鸟回来，舅舅们夸我身手灵敏，竟然能抓住黄头雀。我才知道它叫黄头雀，外婆问我要不要杀了炖给你吃。我摇头说不要，我要养着。小舅说，黄头雀养不活的，我问为什么。他又说不出，只说反正就是养不活。

但外公仍是拿了细细的绳子绑住黄头雀的腿，轻轻地把它放在窗台上，另一头拴在窗子的铁条上。我拿了米饭喂它，它不吃，只唧唧啾啾地叫，不断试着飞起来，可一飞就被绳子扯了回来，跌在窗台上。它尖声叫着，我在边上无措地看着，不知能做些什么，只是轻声地告诫它不要飞，跌下来很痛的。它不理我，只是叫着，叫着，在窗台上徘徊，不断地尝试飞起。

我看不下去了，揪住绳子，一点一点地缩短，轻轻地和它说话，告诉它我只是想养它，像外婆养的鸡、二舅养的鸭子一样养它。可它不懂，绳子都要扯断它细瘦的脚了，它仍挣扎着飞，决不放弃地飞，直到精疲力竭也不愿多睬我一眼。

我终于有些不忍了，想着要不要解开它的绳子。可它凄厉地尖叫着，扑棱着。刚要伸手去扯拴在它脚上的绳子，厨房传来一声巨响，骇得我退了一步，放了手里的绳子。它仰天一声长啸，声音尖厉得几乎要刺破喉咙，同时拼尽全力向上飞，然后我看着绷直的绳子蓦地兜了下来，软了，塌了，它像断了翅膀似的跌落下来。我不明所以，慌忙伸手去接，它已经撞上了墙，整个身子倒悬着靠在墙上，一条腿被绳子拉直，另一条腿蜷缩着，一动不动了，它以这样的方式结束了自己。我呆若木鸡。

外婆扔下手中的活，跑过来，一边骂小舅拿个锅盖也能拆了锅灶，一边问我吓着没有。好一会儿，我才反应过来说没有。她用手掩了掩我的眼，让我不要看了。

我拿掉她的手，说黄头雀不动了。她伸手拨了一下，鸟小小的身子在空中无力地荡了一下，又轻轻地撞回窗子下面的墙上。她说死了，我不吱声，她又说死了么就炖给你吃好了，当作补身体呀。

我不说话，也不知道说什么，心里有点空，外婆就解了黄头雀脚上的细绳拿走了它。等我回过神，雀儿已经被开膛破肚，放在热水里和鸡鸭一起等待褪毛了。

母亲拿了一张小凳给我，让我坐在前面看外婆和娘姨们给鸡鸭褪毛。我看到雀儿嘴微张着，眼已闭上，手指头大的脑袋在外婆手里，随着她拔一下毛就抖动一下。它太小了，都没有一只鸡腿那样大，又瘦，褪了毛，就剩下一个红红的骨架子。

我想不出它有什么好吃，为什么一定要炖了给我，这么瘦，能有几口肉呢？还不如吃鸡。让我吃它，莫不会只让我吃这个，不让我吃鸡腿了吧？我担心起来，这个担心一瞬就填满了刚才心里的空。惴惴了好一会，有些后悔自己为什么鬼使神差地捉了它。平时大人也捉不到的鸟儿，我怎么就捉到了呢？

外公也在边上看了一会，说忒细的鸟，塞牙齿缝啊，你等下还是吃鸡腿吧。

四姨打趣说："读书读得好，鸡头鸡脚爪。你想读书好吗？"

我想了想说："外公说给我吃鸡腿。"

他们大笑，我以为这个话题就此绕过。等鸡鸭炖好，舅舅和娘姨们还记着给我吃那只雀儿，我却死活不要。

他们说自己捉来的，你不吃啊，多少可惜。他们似乎是真的惋惜，我不知其中有什么讲究，可就是不要吃。

那时才三四岁罢，对一切只是懵懂的认知，对生命还没有什么具体概念，甚至已经忘了对它死去的难过，但是下意识地就觉得自己不应该吃，不能吃。

等上小学，回到山上老家，屋后是满山的树，屋左边的小院子里草木葱茏，还有一片小小的竹林，屋前也有一个小院，有一株高大的楝树，于是一年四季晨起暮歇，鸟鸣虫唱不断。最多的仍是黄头雀，我已经知道它学名叫"麻雀"。

我和堂兄弟姐妹们在院里捉蚱蜢、螳螂，捉竹甲虫玩，玩了就烤了吃。他们也捉麻雀，不过从来没有捉住过，我偶尔想起幼时的那只来，我不参与捉麻雀。

可它却自己送上门来。一只小小的雏鸟，刚会飞，还不大熟练，跌跌撞撞落到窗台上，赶它也不走，只啾啾叫着，很愿意与人亲近的样子。

我屏着呼吸，激动得发抖，它却浑然不知。窗外的雨淅淅沥沥的，它缩着脖子在窗台上跳来跳去，伸手过去，它跳开一些，却不走远，过一会儿又跳回来。三番五次，都以为你逗它玩。

最后竟然跳进屋子，如入无人之境，在窗前的书桌上大大方方地踱步，我觉得它是在对我步步紧逼。

我退开，坐到床上，想以眼不见为净来屏蔽那声声雏嫩清脆的鸣叫，来抑制心中的冲动。我希望它能自己离开。

楼梯传来妹妹和堂弟的说话声，麻雀吃了一惊，惊叫着飞起，慌了神，没有向外飞，反倒乱撞到我的帐子里。

我来不及思考，就伸手放下了帐门，把它关在里面。妹妹和堂弟兴奋地大叫："你抓住了一只麻雀？你太了不起了！"我想申辩说不是我抓的，是它自己跑进来的。可被他们的惊喜炙热又敬佩的眼神一烤，内心不由有点小小的膨胀，就什么都说不出了。

我们三个都钻进帐子看它，它有些惊慌地飞蹿。我们都小心翼翼地坐在边上不动，怕吓着它。它啾啾叫着，落在被子上，斜着眼看了一会，似乎觉得没什么，又飞到枕头上去。

我有点担心地问，它如果在床上大便怎么办。妹妹和堂弟对视一眼，堂弟脑子转得快，说拿纸来。把好几张草稿纸平铺在床上，它在纸上蹦跳，不时啄啄这里，啄啄那里，窸窣有声，像误入别人家的小孩子，淘气自在地东逛西瞧。我们很兴奋。堂弟还说到许多动物报恩人类的故事，那些动人的情谊，多么美好，说得我们都热血沸腾，就差认为养一只麻雀就是养一个童话世界啊。

于是我们拿了一小把米撒在纸上，又用一个小碟子盛了水一并放着，"亲切"地驱它去吃喝。虽然小麻雀的人生经历还不丰富，可似乎也意识到了不妥。它拒绝我们靠近，也拒绝我们的水和米。

我们商量怎么办，最后决定避远一点，让它自在地吃喝。

小麻雀看我们几乎不动地坐在一隅，又唧啾着跳到米和水边上，却并不吃，看了一眼，又跳了。我们暗中着急，不知堂弟还是妹妹动了一下，它惊叫着飞起，碰到帐顶又跌下来。它慌了，啾啾叫个不停，又躲到边上。

折腾了一个下午，我们近不了它，它也不过来，堂弟按捺不住了，说会不会饿死。本来放在心里的念头被他一说就放大了，终于沉不住气，三个人合力抓住了它，轻轻地把它捏在手里，轻声哄着往它嘴里喂米。

一开始，它剧烈地挣扎，叫个不停，渐渐发现反抗无效，叫声由愤怒变成了无奈。但坚决不吃我们手里的米和水，一靠近它嘴边，它就闭着嘴，瞪着眼，一副倔强又决绝的模样。

我们说尽了好话也无济于事，叫它小麻雀、小宝贝、麻雀宝宝……反倒引来它嘲笑的神情。真不知道鸟竟也会做出这样的反应。

可这反应让我们刚才的气馁一扫而光，反而又有了新的体验。于是不停地叫它小宝贝、麻雀宝宝……后来它就紧抿着嘴，耷着脑袋，不理我们，也不出声了。

我们在想新的法子，母亲上来在楼梯上问我们在做什么。

我们三个吓了一跳，我下意识掀起被子，把手里的麻雀往被下一塞。妹妹和堂弟配合地拢好被子，麻利地把帐门挂回帐钩上。三个人一齐坐在床沿说没做什么，讲故事。母亲上来拿了东西，临走又看了我们一眼，没说什么下去了。

我们心脏都快跳出来了，唯恐身后的被子里会传出啾啾声，然后又被褪毛上锅。

母亲的身影在楼梯口消失，我们侧耳听着她去了灶台，赶紧把被子掀开。

麻雀已经瘫在纸上，奄奄一息，我们都呆了。我把它捧起来，莫名地感觉它浑身汗涔涔地，像一个脱水乏力的人。我们用手沾了水滴到它身上，它也不会动了，扯扯它的脚，也只是无力地垂着。

我们对视一眼，都不曾料到是这个结局，如果刚才是一场谋杀，我们三个都是凶手，而我是主谋。堂弟说我先回去了，妹妹白了脸，几乎要哭了，说去找姆妈也走了。我一个人在空空的房子里发呆，梦还没开始，就被打碎，以一个生命的代价。沉默中，我忆起小时候那只撞墙后的麻雀，还有小舅说的"黄头雀是养不活"的话，不由黯然。

半晌，我拿了手纸把它包好，用铺在床上的纸折了一个小小的盒子，把它放进去，连带着米。它没有喝水，但碟子里的水被动来动去地洒了出来，洇浸着渗透了纸，连床单也湿了指甲大小的一点。

把床整理好，又发了一下呆，因为不知道接下来干什么。堂弟返了回来，拿了一根十来厘米的小木片，说给它做个墓碑吧。

我回过神，用红笔在上面画了"小麻雀之墓"几个字，让他拿着，我捧着盒子，我们一齐出去。

屋外小雨淅淅沥沥地下着，我们钻进左边院子的令竹林，挖了一个坑，把它放了进去。雨水三下两下就湿透了纸，纸呈现出糯米粉团的挺立，仿佛挣扎着抵抗雨水的进一步侵袭，以防最后被湿成一团浆。

在纸湿成浆前，我们盖上了土，把小木片插在坟前，然后把细密的金竹叶掩回去，不约而同地双手合十拜拜了。

此后却都有些茫然，我怀疑我们刚才的行为里充满表演，而表演是为了减轻自己的罪责。两个人在竹林边又站了一会，我不知堂弟在想着什么，我是真诚地祈求它的原谅，亦恳求它不要怪罪于我，仿佛如此便心诚了，便真的得以宽恕了。

堂弟回家去了，我回到屋里，一身湿漉漉，母亲以平淡而洞悉一切的语调说："你应该知道麻雀是养不活的。"妹妹依偎在她身边，不发一言。

从此我是真切地知道这倔强的小生灵是养不活的，因着这份歉疚，就连别的物什也决不轻易地养了。

后记：

那是我从自己尚短的人生里汲取的教训罢了。儿时我不曾惧怕死亡，却害怕承担死亡带来的复杂体验，而妹妹却连面对都选择拒绝。人到中年，我对面对死亡的情感有了平静的认知，却对死亡本身有了更多的敬畏乃至恐惧，而妹妹却都从容了。只是早慧的堂弟，生命定格在高考前的一个多月，永远的十八岁。

我家养过的那些猫

　　小区多狗，且大多是小小的，穿衣服，打扮得干干净净、体体面面的，可我看着不自在；小区也多猫，到了傍晚时分就活跃起来，时不时从树丛、房角蹿出，经常会吓人一跳，但它们毫无歉意，客气的"喵呜"一下，不客气的直接翘着尾巴转身走开，有一股子野气。我喜欢看它们这样从我面前大摇大摆地走过去，让我想起我家养过的那些猫来。

　　第一只猫，是外婆帮着从她邻居家里要的猫崽，母亲走了几十里山路去带回来的。那时，还住在山上，家里老鼠多得很，乡下人最好、最经济的办法自然就是养猫。

　　我和妹妹叫它"老三"，父亲和母亲竟然也没有反对。它巴掌大，刚断奶，我们用米汤喂它，竟也长得很快、很壮。没多久就开始拿饭桌的腿练功了，拉长身子骨，前爪搭在桌腿上不断地抓，把桌腿抓出不少花来。父亲若见了，就用筷子轻轻地敲它的头，它"喵呜"几下，带着点撒娇和赌气，躲到桌底。后来学乖了，专挑我们不在时磨爪子，而且只挑选靠门边的那只桌腿"练"，害得我们担心桌腿这个"沙袋"被磨穿，它也会挨打。幸亏乡下人的东西都结实经用。

　　也不知磨了多久，一天，我和妹妹放学回来，打开门一看，真是又惊又喜。老三一副聚精会神、严阵以待的架势，连我们进来都没注意到。一只小老鼠走投无路逃到了父亲半筒套鞋里，老三把头伸进去，用爪子撩；没撩到，它趴在半筒沿上，使劲地伸着爪子，半筒吃力一软，向下塌了下来，它吓了一跳，吃惊地跳到边上。老鼠趁机溜了下来，但老三也不含糊，马上跳起，一把按住。但又不吃它，似乎只是不知道应怎么办，低头看着爪子下灰不溜秋的小东西。侧头沉思一下，又低头看看，还用后爪子挠了一下身子，老鼠诈死不动了，它似乎很吃惊，犹犹豫豫地把爪子抬了一下，老鼠趁着它一疏忽，又逃；谁知老三又用另一爪子按住了老鼠的尾巴，老鼠拼命乱蹿，一会左一会右，老三的头也跟着转，好像很好玩，眯着眼，抖了抖胡子，带着惊奇的神色，看着老鼠。

　　我和妹妹也忍不住哈哈大笑起来，它吃了一惊，全身动了一下，老鼠又跑了。它不满地叫了一声，一个纵身，又把老鼠扑到爪子底下，老鼠都吓呆了，不玩了，它下定决心般地把老鼠衔在嘴里，理也不理我们就转身出去了，转眼就不见踪影了。让我和妹妹纠结了半天，它到底怎么处置那老鼠了。我说是吃了，妹妹说是不玩了，咬死扔了。晚上我们迫不及待地向父母亲讲这件事，希望他们给个公断，谁知母亲却说你们自己问老三不就行了。吃年糕时，我们俩都争相讨好送年糕给它吃，希望它透漏点消息，可它却只顾吃，瞄也懒得瞄我们一眼，似乎还在为我们打断了它的雅兴而生气。

　　此后虽然没有再看见它抓老鼠，但家里窸窸窣窣的声音没了，连邻居也常过来说你们家的猫啊，在我们家抓了只大老鼠。母亲会客气地谦逊一下，我和妹妹却不同，只要有人起话头，我们就会把老三的丰功伟绩说个不停。

家里没有人把老三当作一只猫，它就是家里的一分子，它可以正大光明地睡在我和妹妹的床上，也可以在我们吃饭时理直气壮地抗议，但它从不过分，不会跳上桌子胡来，它根本不需要这么做，母亲给它留的饭和我们是一样的，只是我们在桌上，它在桌下而已。

我从未想过没有老三会怎样，但是有一天它就不见了。坡上、坡下、岗头、竹林找了，没有；后山（我家住的地方名）一整条岭找了，没有；跑到树丛、小坑里都找遍了，没有。晚上全家吃不下饭。

第二天，堂姑姑上来说："昨天上午，我在路边溪坑洗衣服时，看见两个炮台女人，矮墩墩、胖胖的，手里提了个编织丝袋，里面好像是只猫。"她停顿了一下，"我都听到了猫叫了，慌里慌张往岭头走。我问她们袋子里是猫吗，哪里来的？她们支支吾吾讲不出，只是一个劲地走。我也就没问了，现在想想很可能是你家里的老三。"

我们全家都说不出话来，因为这百分之九十九是真的，我们都不在家，老三喜欢到屋下的草地上玩，躺着晒太阳，草地边就是路，而且以前大伯家的猫也是这样被人抓走的。

我和妹妹哭了起来，父亲和母亲商量了一下，父亲决定去炮台舅公家请他们留意下，虽然不一定有用，但总得努力一下。

结果是无果，家里就像少了一个人一样，冷清了不少。

后来，父亲不知从哪里又弄来了一只猫，灰灰的，好吃懒做，整个冬天都赖在我们床上，一到春天却活跃起来，整夜不着家。后来在屋后的土坡上出现了一只黑猫，见了几次面就跟人家跑了。于是全家更是分外怀念老三。

没了猫，老鼠又猖狂起来。母亲带我们去外婆家，又要了一只猫回来。

这只猫叫咪咪。咪咪是成年猫，性子有些烈，一副很有主张的样子。来的第一天，很有脾气，倔得不吃饭。只是不满地喵喵叫，似乎有许多怨气。但当天晚上它就抓住了一只大老鼠，咪咪似乎也有了成就感：不知是不是乡下老鼠比城里老鼠更难抓之故。家里又安静了，邻居家也太平了不少。咪咪是一个高手，比老三更成熟、老练，但是也野。三天两天跑出去，到晚上很晚了才从猫洞里一声不响地钻进来，也不上楼，就睡在灶台的柴堆上。为防止悲剧重演，我们一有空就逮住它，告诫它不能到坡下去，不要到大路边玩，有时说多了，它就动动耳朵或者用爪子挠下耳朵，不知是洗耳恭听还是当作耳旁风，甚至还会眯起眼来打呼噜。全家人没少教育，它却依然故我。我和妹妹就觉得它比不上老三乖巧，当然这并不妨碍我们对它的喜爱。

咪咪也喜欢拿家里的桌腿练爪，功力比老三更深——现在家里的这张饭桌上还留着它们当年的练功"爪印"，也比老三更说不得，它根本不怕你敲它脑袋，你敲它，它还会挥动爪子和你对着来几下。它的活动范围比老三广，来了没多久，还带上了"女朋友"。后来岭头的太阿公家的母猫生了小猫，我们就觉得是它干的好事，隔了十几户人家，几百米的路哪。

但家里人还是很疼咪咪的，父亲有时会帮它捉虱子，它蜷在腿上伸伸懒腰，一脸陶醉。我放学回来，第一件事就是抱它，也像以前抱老三一样，玩一会才去煮饭，它就在灶台边转悠，等我放好米、水，烧火时，再卧到我膝盖上，灶火映得我们两个都懒洋洋的。

可是有一次回家，咪咪冲我叫个不停，我不知什么事，像往常一样抱了抱它，就开始煮饭，可它却不依不饶地抓着我的袖子不肯下去。我都有些气它不讲理了，把它放下只顾自己做事，它时断时续地叫，还不时干呕。我没管它，以为它是吃了老鼠后又吃了草——父亲说那是为了更好地消化。

可等烧好饭，才发现它满嘴白沫，叫声也越来越弱了。真是吓人，从来没有见过它这样，它开始哀嚎起来，可怜巴巴地望着我，我吓得手足无措，后悔刚才没理它。看它吐得难受，自己也难受起来，抱着它，眼泪吧嗒吧嗒地掉，只晓得问它怎么了，怎么了，当然忘了它不会讲话。

它吐的脏东西少了，白沫却没少，我用草纸擦也擦不掉，它的叫声渐渐低下去，却更哀凉，显得很虚弱，眯着眼，把头靠在我的手臂上。我的眼泪滴在它耳朵上，它动了一下，睁开眼轻轻地叫了一声，就不再发出声响了。真恨不得自己有什么神奇的力量可以一下子传给它，可除了哭，我什么也干不了。

等父母亲回来时，咪咪的叫声都已经很微弱了。父亲说，不好，肯定是吃了被药到的老鼠，叫母亲拿出去年的雪水，倒在玻璃瓶里，给咪咪灌下去。爷爷和隔屋的阿公商量着该怎么办。

晚饭全家只吃了一点清水面条，母亲安慰说，猫有九条命的，然后叫我和妹妹先睡，不晓得他们在楼下待了多久。等早上起来，咪咪就不见了。我和妹妹问："哪里去了？"父亲说："死了。""埋在哪里？""猫死了是要挂在树上的，不能埋，埋了它就投不了生。"我是又生气又难过，他们就这样处理了咪咪，一点都不让我知情，这一整天我都红着眼圈。放学回家觉得空落落的，还莫名其妙和妹妹吵了一架。

一连几天放学后，我有意无意地往家后面的树林跑。终于在一棵大松树上发现了咪咪，乍一看，也不知道伤心，不知道害怕，就是呆了——我生平第一次知道死是可以这样的。它被稻草绳吊在树杈上，虽然是初夏，但它依然像活的样子，只是嘴张着，嘴唇发黑，一动不动，依我从武侠小说中得来的经验，它是中毒了。很想放它下来，挖个坑把它埋了，但是又不敢，只好在树边茫然地坐了很久，心里很内疚：咪咪那是向我求救啊，我却没有理它，要是理它了，去找它吃的那种草，说不定就解毒了呢？

坐到听远处传来母亲呼我的声音才回去，我平时很多话，但那晚一句都没说，心事重重。

看大人在拜祭时总要烧纸，第二天，我就带了平时用的草稿纸去看咪咪。它还在，和昨天没什么变化，过了这么多天，不烂，我认定它在等我去看它呢。

用石头围了一个小小的圈，学着大人的样把纸折成元宝的样子，烧完了还合手拜了拜，再嘱咐一句："咪咪，下世再到我家做猫，我不会让你中毒了。"

往回走时，碰见大伯公公，他对我说："不能再来看了。"我生气地问："为什么？""猫有九条命，它死了，你看一次，它少一条命，下世就做不成猫了。"我有些吓住了，但仍嘴硬："我给我家的咪咪烧纸了！"大伯公公愣了一下，说："好，好，烧了纸它就要投生去了，三年里你不能再来了，否则它就不能做猫了，只能做鸡鸭了。"

我将信将疑，回去曲曲折折地问母亲，母亲说是，我也就真不敢去了。后来才知道，大伯公公告诉母亲我在给猫烧纸，怕引起山火，才唬我的。当得知真相再去时，松树上的稻草绳也烂光了。

从此，家里很多年没有养猫，直到从山上搬到山下。山下原来都是田地，刚开发，老鼠很多。母亲实在没办法了，觉得还是应该养只猫。这次又是去姥姥家要的，是一只虎斑猫。这只猫，名字是我和妹妹讨论后起的，叫多多。但更多时候我们只叫它猫咪。

多多是我家养的时间最长的，也是最后一只猫。

多多抓老鼠能耐，贪吃也本事，经常乘人不备就窜到桌上叼走什么，最多的当然是鱼。不管伙食好差，它都是这样，这点全家人都生气。但它就是屡教不改。有时桌上盖了桌罩，它也能偷吃成功。母亲没办法，只好什么都放橱柜里。可麻烦不止于此。

多多是只母猫，所以一到发情期，我家边上就公猫不断，有时还打架，一到晚上就叫个不停。不说邻居，自家人也受不了。但不久，多多的肚子就大了，母亲也不准我们和它玩得过火，等它生下一窝子灰的、黄的、灰黄的小猫，什么人的意见都没了。母亲连续给多多吃好的，还不准我们去看小猫，说会吓坏多多的。但是我和妹妹不信，偷偷看了一两次，结果害得多多每次叼着小猫搬家，这才真不敢了。

那次刮台风，多多没在家，全家人都担心它刚出生的小猫咪被大雨淹死，一夜无眠。谁知第二天，从床下传来母子几个的叫声，全家人都念阿弥陀佛。

小猫大了，一只一只送人了，每送一只，多多都要悲伤好几天，叫得凄惨惨的，让人睡不着。

最后一只送走时，它像疯了一样抓着门框，嚎个不停，如果说猫会哭，我觉得这就是了。但不久，它就认命了。

幸亏小猫送的并不远，前后邻居的，它还可以去串门，权当看看成家的儿女一般。

多多应该是很强悍的，一年年底，快毕业的妹妹把她的宠物狮子狗贝贝带回来时，它不高兴，虽然贝贝个头小，但好歹是只狗，而多多竟然三番两次地去挑衅，打得过就打，打不过就上房。有一次，它在贝贝低头吃我吐的橘子渣时，给它来了一爪，把贝贝的鼻子都抓出了血，然后踩着突出的砖块，三下两下跳到隔壁厂房的顶上，坐着惬意地用舌头舔着前爪。只留下贝贝气急败坏地吠叫。娇生惯养的贝贝，从没受过这窝囊气吧，可能也没有它那么多心眼，十次有九次要吃亏。有时妹妹护狗，骂多多，它就不屑地在墙头，躬着背伸个懒腰，喵一下，撅着屁股对着她，走着猫步，去也。

我们都觉得好玩，但过完年没多久，多多就不见了，没有一点征兆。找了好几天也没踪影，它发情时也没有这样啊，全家人都有不好的预感。之后，多多再也没回来。

从此家里再也没有养过猫。

此后，我大学毕业、工作、结婚生子，猫就从生活中淡出去了。突然现在又有这么多猫日日在我身边晃悠叫唤，心里便觉得亲切。

这几天，听到经常在我家房子前后出没的一只猫叫得哀哀伤伤的，心就悬着，出去找了找，没找到。别的不怕，就怕它和咪咪一样，小区里到处投放了老鼠药。前夜开始，这叫声又没了，早上还

特别多绕了几圈，留意了垃圾箱和角落，都没有发现什么，心里希
望它只是地盘被抢或失恋了，时间过了，就好了。

这几日出去，老碰见一只拖着大肚子的猫，慢慢地走着——怕
是要生小猫了。

我心生安慰。

好狗贝贝

狮子狗贝贝，一身白色长毛，蓬松可爱，是妹妹与当时还是男朋友的妹夫在大学里的爱情"结晶"。大学毕业，妹妹带了回来，放在家里，母亲是极不高兴的，我家素来养猫，她不想养狗，我也不想，因为我小时候被狗追过，怕得很。母亲最初决定，如果妹妹一定要她养，她就送到喜欢养狗的四姨家，可最终她仍是留下了它，因为贝贝的眼泪改变了她的决定。

妹妹在男友的老家找了工作，两人一起要走时，这狗就意识到了这次离别的不同，它腻着他们，像小宝宝腻着要出门的妈妈一样，不肯撒开它的爪子，扭来扭去地拦着去路，呜咽着。他们用火腿肠哄它到后门，自己从前门溜出去上车，刚到马路对面，它就跑出来了，不顾车子来往，吠叫着窜过马路，两人慌忙摇着手上了车。等它过去，车子已经发动，它跟在后面，拼命地叫着，透着被遗弃的绝望。车子绝尘而去，它发了疯地跟着跑，我们都呆了，一会儿才反应过来要去牵它的狗绳，它已经跑远了。

母亲跟在它身后，拼命叫："贝贝，回来！贝贝，回来！"它置若罔闻，伸展了四条短腿，恨不得生起风来。车子停在下一个路口接客，它才停下，正盘旋着怎么上去，被赶到的父亲拉住了绳子。它拼命挣扎，父亲生气地猛喝："贝贝，你干什么？"

它大约从来没被人凶过，不由愣了一愣。一恍神的工夫，车子接好人，又开走了。它纵身而起，就向前扑，父亲毫不手软地往后扯，项圈勒得它眼睛都鼓了出来。我都担心它要被勒死了，它站着缓了一缓，又要扑，母亲过来柔声说："贝贝，他们会回来的，你现在跟我们回去吧。"

它停了一停，举着一条腿，要走未走，盯着消失在前方的车子好一会，才放下来。母亲蹲下，抚了抚它的脑袋，它耷拉着耳朵，低声呜咽，后来干脆整个身子趴在路边沉默了。父亲要扯它起来，母亲没让。我跟在母亲身后蹲下看它，两行眼泪，清汪汪地从它眼角流下来。我们都惊呆了，我以为我看错了，凑得近些，只见更多的泪水连绵不断地从它眼睛里涌出。我想说些什么安慰它，却不知道怎么说。母亲却红了眼，别过头去吸着鼻子。我不知所措，站起来，与父亲面面相觑。

父亲大约不曾料到母亲也如此，顿了一顿，才伸手去扶她，说："行了，人都走了，你这样是做什么呢？回去吧。"

母亲起身，接过父亲手中的狗绳，哽咽着说："贝贝啊，我们回家吧！"贝贝一声不吭，顺从地站起来，任母亲牵着走。离家越近它走得越慢，不死心地回头张望，空荡荡的路上，只有飞扬的尘土和满眼的陌生。

进了门，它就在各个房间转悠，转了一圈，似乎真正地意识到自己被独自留下了，一声不响地趴在平时拴它的地方，没了精神气。

母亲叫父亲去买火腿肠给它，有邻居来，她总免不了说到它的眼泪，说冲着它的眼泪，我也愿意养着它。

可是贝贝一直那么趴着，不吃也不喝，放在面前的火腿肠都便宜了家里的猫。甚至面对猫的挑衅与欺负，也无动于衷，一副哀莫大于心死的样子。我小心翼翼地把香喷喷的排骨往它鼻尖凑，它动了一下鼻翼，抬了一下眼皮又无力地搭回去了。

我想起它刚来的时候，贪吃得让我怀疑这是一只狗精。只要看到家里人的嘴巴在动，它就绕着你兜圈，不管你吐出什么食渣，它一口吞下。鱼、肉、水果渣、蔬菜渣……几乎没有它不吃的。

可是现在我心软了，我第一次见识到动物的感情如此真切，它的伤心不掺一点虚假，对它的厌恶消解殆尽。

隔天，学校军训，我也走了。后来打电话问母亲，母亲说它三天粒米未进，都以为它要死了。妹妹来了电话，母亲把电话开了免提，它听到声音，歪歪斜斜连滚带爬地过来，趴在床前呜咽不已。妹妹和她男友说了不少安慰的话语，它流着泪听着，似留守儿童听着远方父母的叮嘱。母亲趁机拿了火腿肠，剥好，一边抚着它的脑袋，一边塞到它嘴里，它犹豫了一下，没有拒绝，张嘴吃了，母亲说这狗通人性。

贝贝成了家里的第六个成员。我住在学校，很少回家，一回家它就很热情地缠上来，两个前爪抱着我的小腿，又啃又舔的样子。开始我还不习惯与一条狗这么亲密，有些躲着它，甚至训斥它。它就仰着头，用水汪汪的圆眼睛万分委屈地看着人，似乎说我是喜欢你呀，你干什么呀。它的眼内角下沿靠近鼻梁的地方有个小小的黑点，放在人身上，应该就是泪痣了吧，于是只要它看着你，就多了一分欲说还休的风情。

母亲现在很维护它，我嗓门一高，她就说："行了，你跟贝贝计较什么呀！它也可怜的啊——贝贝，过来！"这家伙就转身屁颠屁颠地朝母亲奔去，伏在她身边，脑袋蹭着她的裤脚，说不出的撒娇。一次，我在门后发现一袋火腿肠，正准备拿一根吃，父亲说："这是给贝贝的，你跟一只狗抢什么。"我尴尬地缩回手，说："不跟它抢，我喂它。"父亲说："是可以喂了——它一天要吃好几根呢。"神情语气里带着对孩子的娇宠。

我无趣地拿出一根，准备剥去塑料皮。他又说："不用剥，它厉害得很，整根给它，它一下就弄开了吃。"贝贝早在门口，抬着头，吐着舌头，呵哧呵哧地哈着气在等了。我就扔给它，它直起身扑了一下，没扑到，掉前面了，它过来衔走，用两只爪子按在地上，开始咬。

父亲在边上絮絮叨叨地说："奸着呢，看我来就知道有火腿肠，看你妈来，就知道吃饭了，屋里电话一响，就拼命叫，以为是你妹妹打来的——如果真的是啊，就对着电话'呜呜'叫，好像讲话一样。""还会看门呢，上次，你阿叔过来，他没见过，叫得破了天，不让他进门，你阿叔拿食物给它吃，它都晓得不能吃。"

父亲像夸孩子一样夸个没完，我一边听一边看它怎么吃火腿肠，好家伙，咬住一个点一个使劲，只听刺一声，外皮裂了，里面的火腿肠漏了出来，它用爪子按着一端，牙齿继续在咬破的地方用力，终于撕开了一条口子，然后就叼起来，只看它脑袋上下抖动了几下，就半根下去了。

我还看着，父亲又得意地说："本事吧！灵活得很，原来都猫欺负它，现在猫都怕它了。它还不乱上床，房间里不让它进来，它都晓得不进来。刚开始，人小便随处拉，教了几次，都晓得尿在砂盆里，拉屎会等我把它牵出去。"我听着，觉得我家猫是失宠了，我大概不久也没啥地位了。果然，不久后的一个雨天，我回家没找到拖鞋，没换鞋进了父母的房间，就被母亲骂："你怎么连贝贝都不如，它都还晓得脚湿了不进房间呢。"

我觉得父母是把贝贝当作自己那个风筝一样飞出去的女儿的情感代替品了，尤其是贝贝龇牙的时候，下排左侧有一颗牙齿比边上的两颗缩了一个牙身，又高出一两毫米，和妹妹的如出一辙。我还嘲笑过"果然有其母必有其子"，现在这个特征就被母亲反复提及："看看看，和你妹一模一样的，你说奇怪不，狗和人是真的讲缘分，怎么就这么巧呢？"

我就在边上说："谁养像谁呀！他们两个老是自称爸爸妈妈，你岂不是它外婆。"母亲白我一眼，说："讲鬼话，什么外婆……"结果贝贝很配合地"汪"了两声，父亲开玩笑说："叫你呢！"母亲也不恼，回击："谁说的？指不定叫你呢！"父亲忍不住笑了起来，我们都笑了起来。贝贝被笑得莫名其妙，歪着脑袋，懵懂地看看这个看看那个，又叫了几声，似正在问："你们在笑什么呀？"

我其实回家也不勤，工作忙，谈恋爱也忙。母亲有时抱怨说："囡大了留不了。"贝贝来了，她原来刻板的日子丰富起来，就不大搭理我，有时回去还被奚落一番：回来就晓得吃饭，什么也晓不得做。我就自觉地承认自己还不如一条"贝贝"。

有时回去，母亲正给它洗澡，烧了一大锅热水，兑好水温，倒进一个放在后院的洗衣台上破了边的大塑料盆里，把贝贝抱上去。贝贝一般都是很合作、听话的，有时也淘气，在桶里面追着自己的尾巴转圈，母亲就轻轻地拍一下它的头，轻喝它坐好，它就乖巧地坐好。偶尔不满地哼哼几声，见母亲正瞪着，也会立马怂了。母亲用一个破塑料勺子一勺一勺地舀上水淋在它身止，它就舒服地吐着舌头眯了眼。湿了毛的贝贝，身架缩了一半，看上去更小了，脑袋只有我拳头大。它起身想抖水，却被早有防备的母亲一把按住，抹了一身的洗发水——竟然是家里人用的那一瓶。我向母亲抗议，她竟毫不以为意地说有什么关系，你介意，你不要在家洗头好了。

抹了洗发水的贝贝，浑身的白毛贴在身上，毛上的泡沫发着光，它总有点不知所措，尤其是我大笑它是只"落水狗"时，它还会害羞地把身子埋到桶里。母亲手脚利落地给它冲洗，一边洗一边和它嘀咕："不要理她，贝贝哦，我们洗得香喷喷，漂漂亮亮地给人家看，看谁还笑你。"

泡沫冲洗干净，贝贝站在桶里要抖毛，母亲眼明手快地拿过一条破毛巾，帮它擦干，随后就抱出来放在地上的毯子上。

我赞美她动作娴熟，一气呵成。她说："你们小时候，我还不都是这样给你们洗的，你看它，不是和小孩子一模一样的。"贝贝洗好打了个喷嚏，她赶紧补一句："你看，打喷嚏都和人一样。"

收拾完家什，母亲就搬了把椅子坐在贝贝边上打盹。贝贝趴在毯子上瞅瞅她，一会儿也打起了盹。太阳暖洋洋的，空气里流淌着洗发水的清香，微风吹起母亲的发丝，也吹起了贝贝开始干燥的毛发，像一幅静默的油画。我的心就被拨动了一下，悄悄走开，没有打扰他们。

有时，母亲在织网，贝贝就钻到暗绿色的网下，母亲告诫它不能乱动，它就趴着睡觉，后来母亲允许它进房间，只是不允许到前头店铺去，它就趴在床前，也不乱动东西。有时父母看电视，它坐在沙发边上，侧着头，目不转睛地跟着看，好像看得懂一般，偶尔见到电视里的狗，就会吠上几声，像打招呼。母亲就在电话里和我夸个没完。

因为贝贝，我见狗亲切了许多，不大怕了。回家也渐渐能接受它和我的亲昵。有时趁父亲不备，也会多给它几根火腿肠，所以后来我一回家，它就咬着我的裤腿到父母房间，眼巴巴地看着门后的袋子。我故意装作不解其意，它就急得什么似的团团转，直起身体趴在门上叫唤。见我还无动于衷，它放下前爪，又转圈，尾巴都快摇断了。等我手伸进袋子了，它一脸的急不可耐又拼命按捺的神情，比一个馋嘴的小孩有过之而无不及。

过年妹妹回来，我们以为它已经忘了，可是那热乎劲，让母亲都吃醋，等年后妹妹要走，它又跟着车子追，忧郁几天才恢复。不过第二年，它就已经接受了这种分别，变得更黏着母亲。

这一年，不知拴久了的狗是否就会变凶狠一些，贝贝的叫声凶恶了很多。一次，我牵它出去，差点咬了人，幸亏只是裤脚，不过回来还是被父亲凶了一通。大约没见过父亲这么凶它的样子，后来老实了一段时间。但妹妹未给它绝育，它的狂躁应该是来自性成熟后的需求。可那时我们都不懂，因为以养猫的经验，是不用管的，它自来自往，自己发春自己去解决，不知道这套对狗可不行。一直拴着，直到一天，它自己挣断了绳子跑了，第二天早上才回来。父母没当回事，隔一天，它听到后门有狗跑过，狂吠不已，外面的狗和它对吠。它狂暴地挣扎，要摆脱束缚。父亲过来都喝止不住，想用手拉它，结果被它反咬了一口，幸亏没见血，但这也阻止不了父亲的怒气，他骂它："养不熟的狗，待你多好都没用。"说着拿扫把劈头劈脸地给它拍了几下。那种竹扫把，把身用细竹枝编的，比贝贝身子还大，一扫把下去，都压得贝贝连尾巴都不见了。母亲赶过来，都以为贝贝被打死了，慌忙去拦。等母亲看了父亲的手，也忍不住骂了它。贝贝呜咽着伏在地上，委屈万分泪流满面。母亲又心软了，说算了，跟一个畜生计较什么。

当天夜里，贝贝就逃了，父母亲第二天早上才发现，因为有生意要忙，到下午才去找，找了一圈没有找到，两人和我抱怨，贝贝没良心，对它多好啊，竟然还咬人，到了晚上还没有，猜测它会不会去找妹妹去了，后悔不该打骂它。第二天仍没有回来，天下雨，两个更担心，它在外面淋雨了怎么办，有没东西吃，会不会被人……又冒雨去了附近的好几个村子寻找，找熟人打听，也没消息，母亲在电话里就哽咽了："可能就和我们的猫一样被人家偷去了。"我拼命安慰，说不可能的，其实自己心里也打鼓。两人连着几日饭也没吃好，在家唉声叹气，又怕妹妹埋怨，电话也不敢打给她。

第四天，贝贝才浑身泥水地回来，似乎在外面吃了些苦头，但精神不错，性子仿佛也恢复了先前的温顺。本该训斥一顿的，可瞧它眼泪汪汪，一副认错要改、低眉顺眼的神情，一切都既往不咎了。刚好四姨打来电话，说起这事。养狗经验丰富的四姨说是发情了，我们才恍然大悟。

可是贝贝怎么找到它的意中人，情生于何时，发于何地，都是一个谜。不过总算有惊无险。后来几年，父亲看它暴躁了，就放它出去。它反倒老实了，一般第二天早上就回家。父亲、母亲像一对洞悉了一切的老父母，起先还叮嘱它路上小心，早点回来，后来就不管了，等它回来享受它的撒娇卖萌就是了。只是父亲偶尔也会问它，你把种撒在什么地方了，也让我晓得，好去瞧瞧亲眷啊。它侧着头认真听着，然后又歪过头去一副沉思的样子，回父亲几声"汪汪汪"，好像说：这事没法讲啊。母亲还建议要不去留意别人家的小狗崽，有没有长得像的。

我说你们还真的去认啊，他们俩就呵呵呵地笑个不停。

我瞧他们乐不可支的样子，就想在我和妹妹不在的日子里，贝贝给了他们多少的快乐和慰藉呀。

但大抵人和动物的情感与人和人的情感一样吧，也有一个从生疏到亲密或从浓烈到平淡的过程。习惯了贝贝的存在后，我们自己也没有留意到是从什么时候开始，对贝贝从娇养到"懒"养。乡下人人养狗养猫，情意归情意，但目的是为了实用，猫是管抓老鼠，狗是管看家的，把它们当作家里一分子，是要它们多少得干点活的，乡下人不养吃白饭的，养个鸡也得下蛋不是。而且乡下人是忙碌的，没有那么多时间精力一直去顾惜着一只牲畜。像父母这样年纪的人，他们是不理解什么是宠物的。若讲起来，他们定反驳说"宠出来的都是废物"。

作为一只狮子狗，贝贝雪白的长毛蓬蓬地松张着，毛茸茸的尾巴翘着摇着，雪团一样滚过来滚过去，加上大眼睛清澈明亮，时时透着与人亲切的善意，很难让人不喜欢。可是它除了好看，除了会卖萌，似乎并无大用。尽管它有与我妹妹相似的虎牙，也抵不住时光消耗最初的柔情蜜意。就像小孩在新生时，会得到无与伦比的关注和照看、抚爱，但随着他渐渐长大、自立，与父母的情感会渐生变化一样。父亲限制了它每日火腿肠的根数，更多的让它吃剩饭剩菜——一根火腿肠五毛，一天好几块，对于节俭的父亲来说，短时可以忍受，长期就是一个负担。而母亲为它洗澡的次数也少了，从每周一次，到看天气看自己时间而定。

贝贝仍是宝贝，只不过没有那么金贵了，归根到底它不是城里人的宠物，而是乡下人家的狗。

在我结婚时，贝贝大约五岁了，对一条狗而言，是开始步入中老年了。贝贝似乎比以前安静，也腻人，但你喝止，它立刻就自觉地走回自己的窝——铺在地上的毯子上趴下。它的眼神多了迷离，有时甚至是忧郁的，但我们哪里能顾及它呢？因为忙碌，因为连日阴雨，它大概月余没有洗澡了，雪白的长毛变成了灰白，结成一绺一绺的，粗麻绳一样地挂在身上，耷着耳朵机警地卧在一隅。家里人来人往，一有人经过它就兴奋地不住吠叫，很有些助兴的意味。

四姨说怎么这么脏，母亲瞥了它一眼说忙也忙死了，哪顾得上它，再说也没个好天，用吹风机，吹得一屋子的毛不算，这狗胆子又小，吹风机刚开起来，就逃没影了——现在洗了澡若是冻着还是个麻烦。贝贝大约是意识不到自己脏不脏的，它不时站起来，歪着脑袋，用它的大眼睛好奇地盯着来人。如果是父亲或母亲过去，它就扑上来撒娇，他们没空理它，它就有点失落地转回角落，妹妹也在，可她也不怎么关照它，它也不大腻她了。每个人都说它乖，不凶人，手里有什么就丢一点给它。它也不怕，叼起来就吃。表哥倒是追它玩了好久，它开心得尾巴都快摇断了。看见他过来，就立起身子要扑上去的样子，表哥说这狗灵得很。可等他也忙起来，贝贝再扑上来，他就挥挥手叫它不要捣乱，径直走了。它在边上叫着，没有人呵责它，也不大有人理它。它茫然地站着，迷茫地看着经过的每一个人，可能它也不明白：这些人怎么刚刚是热情如火，眨眼就不理不睬了呢？它可能也不明白这两天突如其来的热闹，但它无疑是欢喜的。

热闹过后的冷清，母亲说让它怅然若失了几日。等我三日后回门，它仍是脏兮兮的，要往我身上扑，我退了好几步才避开，告诉它不准弄脏我的新衣服。我问母亲，怎么还不帮它洗一洗。母亲白我一眼，大冬天的你要冻死它啊。

我们走了，他们三个又恢复了以往的日子。终于在一个晴天，母亲打电话过来说给贝贝洗澡了，一两个月没洗，臭死了，一洗完，它不知多少高兴，趴在我身上，蹭着头，舔着我的手，像小孩一样和我亲热。偶尔她埋怨我们回家少，气呼呼地说："养儿养囡，不如养条狗，给它一块骨头，它能腻你两三日。儿啊，囡啊，连个影子也没有。"对此，我就笑，说贝贝是你小儿子，她反驳，说是小孙子。我们就都笑，隐约听见贝贝在隔壁口"汪汪"轻吠。母亲说它听得懂，我附和道，确实是听得懂。

第二年，我怀孕了，为了保胎，母亲来照顾我。我问她父亲和贝贝怎么办。母亲说：什么怎么办，你爸会饿死还是狗会饿死？

接着是妹妹结婚，因着远嫁，父母都赶过去，把贝贝托给奶奶照看几天。等他们回来，奶奶说这狗不好养，挑食，你家给它吃好了，我的饭它不吃。父亲去看了看狗盆，里面不干不烂的半盆饭，不见半点油腥，就没说什么，转头拿了火腿肠给它。它几乎一口一根，连着吃了三四根，才抬头看着他们，眼眶红红的，鼻头湿漉漉的，也不叫，只那么看着人，不时抖动一下耳朵，伤心都写在脸上了。

妹妹回门时，母亲让父亲给它洗了澡，却不让我们靠近，尤其是我，便是她自己现在除了喂饭之外，也保持了适当的距离。她说镇上老陈的囡嫁到县城，养了个狗，不干净，结果……我现在顾着你，狗便顾不上了。又对妹妹说，你以后也要怀孕的，这些物什少碰触。我们都说知道的，但接下就不知道说什么了。只是静静地看着它，它趴着，抬着眼回看我们。我才发现他通身雪白，只有眼睛上面，有几根棕黑色的长毛，长而硬，针一样扎着，大概是它的眉毛吧。我指着它说，瞧，狗竟然也有眉毛，其他人走过来，站在门口一齐看，说真的啊。父亲说狗怎么就没有眉毛了，有什么大惊小怪的。贝贝知道我们在说它，它站起来，抖抖身子，抖抖精神，有点讨好地冲我们叫了几声，我夸它，贝贝乖。它开心地追着尾巴转圈，把牵引绳扭得跟麻花一样。我们都笑，它转得更卖力，父亲过去把它绳子扭回来，它举起两个前爪要搭上他，他笑着轻轻地呵斥它：就知道调皮。却并没有阻止，母亲却在身后说记得洗手。

自始至终我和妹妹他们都没有跨过门槛，我们和贝贝那时都不知道这对彼此意味着什么。

回门礼一结束，妹妹回去了，我也一直住在学校的宿舍，母亲来照顾我。不久，因为要盖新屋，老房子必须拆了，父亲不得不借住到邻居厂房的阁楼上。贝贝就占了厂房堆放废料的一个角落。

乡下人盖房子，从买料到砌屋，都是亲力亲为的。母亲在我这里，父亲奔波忙碌，贝贝待在阴暗的角落常被人忘记。但我记得，我觉得自己是有愧于它了，就每天打电话给父亲，提醒他记得喂饭。

一次，父亲过来看我，手里提了个袋子，问他是什么，他说贝贝不知怎么烂眼睛了，都烂出虫了，开了一点药回去给它涂涂。我们大吃一惊，问怎么会这样，父亲说村里的老林说是眼睛生病时间久了的缘故。我们更惊讶，它不是一直好好的。父亲说不是，它以前眼眶红，后来眼白也红，那时候就是烂得有点严重了。我一下红了眼圈，说我们让它受苦了。母亲慌忙安慰：哭什么，你现在重要的是肚子里的孩子，人总比狗要紧。

我不知道父亲怎么给贝贝上药，隔了好些天，他告诉我们贝贝没事了。我们都嘘了口气。父亲又说家里忙不过来，老公让我母亲回去，叫婆婆过来。母亲回去，打电话给我说，你父亲这粗人，贝贝起码大半年没洗澡了，又脏又臭，忒邋遢，怎么能不眼睛发炎。它也算命大，你爸自己吃饭饱一顿饿一顿，害它也跟着饿，瘦得皮包骨头了。我给它洗了好几桶水才洗清爽，洗完了，毛干了，抱着我的脚呜呜地叫，像在哭呢。看看，蛮心痛的。人忙了，着实把它忘了，它也可怜啊。

不过母亲回去，父亲和贝贝的三餐都正常起来，我也安心许多。可是母亲又说贝贝的眼睛似乎不行了，人叫它，它也只侧着耳朵听，大力吸着鼻子嗅。我默默无语，半晌哽着喉咙说：那我们待它好点呗。父亲也在边上责怪母亲给我讲这些做什么，说孕妇不能不高兴的，要影响肚子里的孩子，又说贝贝年纪也大了，按人算，它也有六七十岁了，有点老病也是当然的，再说这么多年，乡下人养狗哪个像我们家一样，让它吃火腿肠吃到现在。我们也算对得起它了。

可我觉得贝贝是不快乐了，以前它是待在阳光明媚的小屋里，现在待在阴暗的墙角，只待父亲或母亲有空遛它才能见到一会儿阳光。以前它的卧处干净干爽，现在大小便都窝在一角，等人记得才来清理。我回去想看一看它，母亲不让，怕沾到什么不干净的细菌。我趁他们不注意，偷偷进了昏暗的厂房，在一堵砸了一个大洞的砖墙后，看到窝在里面角落的贝贝，灰暗、破败的毛和它身下陈旧、肮脏的破毯子、破衣服浑然一体，如果不是它不时晃动的尾巴，几乎分辨不出。

我的眼泪唰的就下来了，我轻声唤它："贝贝——"它一骨碌站起来，急切地转着小小的脑袋，眼睛仍是水汪汪的，可已没了焦点，没了以往的神气，无神地睁着，竖起耳朵听动静。

我再次唤它："贝贝——"它听真切了，跳起来想扑过来，绳子拉住了它，它呆了一下，退回去。"贝贝——我给你火腿肠吃。"它叫起来，低沉、嘶哑，带着哽咽。

我想把火腿肠剥好，递给它。可里面又暗又臭，我实在没有勇气再靠近一步，想了想，把火腿肠扔过去，扔偏了，掉到它身后。它听到了响动，转身寻找，我告诉它：贝贝，转过去就够着了。它侧着耳朵听我说，轻晃着尾巴转了半圈，闻到了气味，咬住叼了回来。像从前一样用两只爪子捧着，又舔又咬，它似乎找回了一点精力，趴着，动作熟练地吃完。吃完，似乎高兴了一点，汪汪叫着，追着尾巴转圈，好像从前的日子就在它的尾巴尖上，只要一直转一直转，总能扑回旧日的时光。

转累了，它吐着舌头卧回去，我又扔了一根给它，这次还差点距离，我用棍子拨到它面前，它调皮地用爪子拨弄了一下棍子，"汪"了一声，我说："贝贝，你吃吧，还有呢。"

我喂了它三根，最后一根它没有吃完，好像饱了，留了半截在边上。里面的臭气熏得我到了极限，我退出来，说："贝贝，再见，

第三辑 万物的光辉

下次回来看你。"

它迅速站起来，瞪着无神的双眼送我离开，然后汪汪叫了几声，也像是告别。

我出来，听到链条叮当响了一阵后就没了声音，贝贝大概是卧回去了，在那个残破、幽暗的角落继续它的余生。那一刻我从来没有那么急切地希望家里的房子快点造好，给贝贝一个明亮、温暖、清洁、干燥的家。我走到阁楼的时候才发现，贝贝其实就拴在楼下最里面的角落。那么楼上沓沓的脚步声有没有给黑暗中的贝贝一点暖意和安慰呢？

可事与愿违，种种原因，房子被搁了快一年才造好。我的月子都是在学校的宿舍坐的。新生儿到来的忙碌、无措，以及喜悦，吸引了家里人所有的注意力。

母亲每天早早来，踩着点，坐最晚一班车回去，父亲早上来，中午又赶回去做活。所有的话题都是宝宝，等出了月子，婆婆和月嫂都走了，母亲来帮我带孩子，闲聊中讲起贝贝，我才惊觉自己已经两个多月没有想起它的存在了。问母亲贝贝怎样了，母亲说还能怎样，饭给它喂饱啊，又几个月没洗澡了，我要照顾你，就不敢给它洗澡。狗身上的细菌啊、跳蚤啊，我沾了怎么敢来照顾你。反正你爸在也会顾着它的，只是就没办法那么仔细照料了。你也没什么好多想的，人有人命，狗有狗命。

我不说话了，心里很是难受，母亲怕也是不好过的，只是又能怎么办呢？人和狗比，总是人要紧，父亲母亲这么想，我何尝不也是这么想，怕天下人也都是这么想的罢。

不过父亲现在学会在外面吃快餐，剩饭打包回来，贝贝总算跟着三餐安顿了。只是它的火腿肠改为一日一根了，当作一个点心、一个安慰吧。父亲每日买了鱼肉送来，让我觉得是我占了贝贝另两根火腿肠的份额。父亲笑我痴，说我不至于差它这一块五毛，是它老了，牙齿不行了，咬不开火腿肠了，要人剥了才能吃，给多了它也不吃了，一天一根就够了。

我说怎么会这样？父亲说人会老，狗就不会啊？我给它捉跳蚤时，看它下排牙也掉了一颗。那么贝贝，与妹妹有着相似牙齿形状的贝贝，连这点也失去了吗？我难受了一日，可情绪过了就忘了，初为人母的新奇、欢乐才是主要的，其他都不自主地退居其后了。

在学校住了三个多月，学校嘈杂，宝宝易惊，总是啼哭，搞得我和母亲心疲神劳。刚好又快过年了，就商量着要不要回去算了。把这打算与父亲说了，父亲高兴得直拍大腿。母亲挑了个日子回去，让父亲先把家里打扫干净，说小宝宝回来一定要清清爽爽。

我就想到了贝贝，犹豫再三，还是说出了口："特别是狗——要弄干净。"说这话，我觉得自己对贝贝自私而苛刻，甚至虚假，可尽管愧疚，还是感觉不得不说。

父亲在电话里沉默了半晌，说："贝贝死了——""什么？"我和母亲都失声叫了出来，"什么时候？"

父亲说："也不知道几时，大前日我楼上整理完了，到楼下看它，想把它的狗窝扫一扫，它面前的饭一口也没动，我伸手过去探探它的鼻子，没了气息，翻翻它的眼皮，眼珠子也不会动了。前几日都没见它怎么叫了——你们说回来，我哪有那心思去留意，大概是哪日夜里突然就没了吧。"

我有些气急，全忘了自己刚才讲了什么，责问父亲："你怎么不早点告诉我们？"

父亲淡淡地反驳："和你讲干什么？你回来给它送终？你自己先顾好自己和孩子吧。"

我顿时语塞，眼泪哗哗流下。母亲亦红了眼。两人相对无言。不久，孩子醒了，哇哇直哭，母亲抱给我喂奶，看看手机，到了午饭时间，她转身去烧饭了。

喂饱孩子，就吃饭，吃了饭，刚才突然而起的忧伤、自责都淡了，像一阵风来得快去得也快。

晚上我和母亲聊天，再说起贝贝，两人都已平静如常，偶尔伤感，母亲亦说，有什么办法，借住人家地方这么久——人的日子都如此狼狈，还能替狗怎样。于是心里不由怨恨那个再三从中作梗影响我们建房的人，也悲哀自己不富足……胡思乱想一通，以为晚上会梦见贝贝，结果什么也没有，后来想起，那次怀孕去喂它吃火腿肠，竟是我们的最后一面，而这一面距今也已有大半年了。

回家后，孩子竟然不再夜哭，一夜好眠到天亮，让我们惊喜万分，似乎忘了楼下曾住过另一个生命。但我并未真的忘记，我心里一直在想，贝贝挂在山间的哪一棵树，等我向父亲问来地点，有空也去拜祭一下，不仅是安慰它的灵魂，也是为了安慰我自己。

终于挑了一个恰当的时机，我问父亲："贝贝也挂在山头的松树上吗？"父亲说："猫死了是挂在树头；狗呢，是放在河里的。"我瞪着他，万万没料到是这个结果，又问："那贝贝在哪条河？""在湖山头那边，我们这里的河浅，那里的水深，好！"父亲说，"你不晓得，我进去，多少的跳蚤，整整用了一瓶子的驱虫药水才杀清爽，里面不知道多少邋遢。我把它弄干净，放入水里看它漂走，想想这么多年，这狗乖啊，是条好狗。""是条好狗。"——这是所有人对贝贝的评价，它也担得起这样的评价。

我不再问了，我没有资格指责父亲，也不能指责。只在心里祝愿清洁的河水能把贝贝变回那只毛色雪白蓬松、眼神明亮温和的狮子狗，清清爽爽地告别这个世界，安静地去向往生。

从此我们家里再也没有养过什么宠物，而我从此再也不怕狗。

亲爱的"夜游"

在西方，它是鸟兽大战中的墙头草，哪边占上风，它就站哪边，最后被和解的双方共同驱逐，只能夜间出没；它还是吸血鬼的代名词，出没在黑夜，和妖魔齐名。可是在我们老式的雕花大床、窗花年画上，却处处可见它们的憨态，"蝠"即"福"，是代表祥瑞的吉祥之物。但小孩子们很少将它与吉祥联系起来，只叫它"夜游"。

乡下，夏日的夜晚，"夜游"比月亮更早出来，一只接一只悄无声息地盘旋，追逐着在幽暗光影里飞动的虫子。大人、小孩见了，都会兴高采烈地喊："看啊，'夜游'！"每晚见，每晚喊，也不知为什么就这么开心。是夜晚过于单调，经不起一点波澜的刺激，还是看着讨人厌的形形色色的虫子被一只只消灭而幸灾乐祸呢？谁也说不清。有人喊，就跟着喊。"夜游"也吓不走，似乎喊一喊，倒把挂在树梢的月亮能震一震，发出更加亮白的光。

当然也有意外的时候（这意外还不少），总有"夜游"忙昏了头，不知好歹地冲入屋子，然后四处受限，不知所措地乱撞。一屋子的妇孺配合地惊叫："'夜游'，'夜游'——"小孩子第一次见真有些害怕，母亲就搂着他不紧不慢地说："'夜游'么，有什么好怕的——"大约她也是这么过来的。果然，见了几次，就不怕了，当作一个意外来客一般惊喜，平静的日子偶尔经此波动，也是有意思的。但来一次仍是惊叫一次，好像怕它的独角戏演不下去一样。"夜游"一来，外婆就英武地举着撩蛛网的长扫帚，冲上去追赶。

一般是不拍打到它的，只是设置障碍，引它出去。可它总是眼瞎似的往扫帚上撞（后来知道它是真瞎呀），撞得七荤八素，晕头转向，直线似的往下掉。我们一边尖叫着："哎呀，掉下来了，掉下来了。"一边四散逃开，机警的小姨会带着我们躲进蚊帐里，放下帐门，然后无忧地指挥："在左边，左边，哎呀，飞右边去了，飞过去了——"它在我们咋咋呼呼的叫声里，堪堪稳住身影，又向上飞，飞到屋顶，脱离了扫帚的范围，可惜又撞了头，只能又下落。下落的防线被外婆牢牢防住，它更乱了阵脚，一急就四处乱碰乱撞，终于像误打误撞进屋一样，误打误撞地逃出去了。

还有更笨的，逃到出口边上又折回来，我们再三提示都没有用，急得哇哇叫。时间一久，彻底懵了，还会挂在屋顶的椽条上不肯动，与扫帚对峙。四姨就大开门户，嘘它，我们笑得打滚：又不是赶狗。外婆的长扫帚也歇着，和我们一起评论这只笨"夜游"。它却乘着这空隙翻出窗去了，很快消失在窗外的黑暗中，剩下我们意犹未尽地谈到半夜。

小孩子不怕"夜游"，大约是它实在不曾给我们造成什么伤害，相反它们莽莽撞撞地孤身闯入我们的地盘，狼狈地四处碰壁、逃脱，肉乎乎又呆头呆脑的样子，总让人忍禁不住。它一来，似乎就是一场好玩的游戏的开始，勾起大家的兴趣，谁也不甘人后地参与进来。

这夜夜见面嬉闹的"夜游"，实在与恶联系不上，乡下平静的夜晚也因此闹腾了不少。如若某日它不来拜访，平淡无奇的夜就无趣了很多。

离开乡下，好多年不曾见"夜游"了，就是偶尔回去，它亦失了踪影。似乎自儿时某个夏夜的时刻离开，它就消失在寒意森森的凉夜了。可近日，却在小区里见着了。也许它一直在的，只是我鲜有夜出，它们也不再闯入屋内，就彼此失之交臂了。

而在我出门的夜晚，总能看到它们。我牵着大儿子，抱着小儿子，惊喜地仰头告诉他们，那些在夜空里飞舞出没的是蝙蝠，土话叫"夜游"。

念小学的大儿子，毫不在意地抬头瞟了一眼，然后用非常奇怪的神情看着我说：我知道啊，那是蝙蝠，哺乳动物，有个故事讲它与鸟和兽的大战中……所以只能夜间出没，但实际上……他给我做了一番科普。小儿子年幼，还不会发"夜游"的音，固执地说那是"鸟——鸟——"

我承认童年和童年是不一样的了，也无力去纠正小儿子，只看着它们在路灯影里来回，想起母亲说的话来，"'夜游'，有什么好怕的"，竟生出一种莫名的亲切。

的确，"夜游"，是蝙蝠，而蝙蝠只是一种喜欢夜游的动物而已。然而，当年举着长扫帚赶"夜游"的英武的外婆已经八十多岁了，母亲也老了。

两只春天的鸟

清晨，微雨过后，走过小区拐角的一幢房子，灌木丛后传来几声清越的鸟鸣。走到墙角，看见两只乌鸫隔着一尺的距离静默地对站着。

正怀疑刚才的声音是不是它们发出的，个头稍大的雄鸟突然向前迈出了一步，随即唧唧啾啾地唱起——是它们无疑了。

雄鸟的叫声热情、急切，对面矮小些的雌鸟静静地听着，只偶尔低低地啭啾一声，作为回应。雄鸟边唧啾叫着边向雌鸟又迈出了一步，雌鸟动了一下脖子，后退了一步。雄鸟跟着晃了一下脑袋，声调高昂了一些，雌鸟看着它，依然低声和鸣几下，随后侧身向边上走了几步，雄鸟同它一起转，两只鸟换到了对方原来的站位继续对立，静默，似乎在等待一个信号。

几秒钟后，仿佛排演结束，大幕拉开，演出正式开始。原先热烈的雄鸟平和下来，舒缓、连绵的调子响起："啾——啾——啾啾唧——"雄鸟边唱边向雌鸟走去，这次雌鸟没有后退，用短促的鸣声频繁地回应，像是琴声里清冽的和声。忽然它的尾巴轻轻地点动了一下，高叫了一声，猛地展开翅膀向上跃起。它快，雄鸟更快，蓦然展升的翅膀上每根黑色的羽毛都在用力，缎子般闪亮的光泽显示出它的强壮。它飞到雌鸟的上方，唧唧啾啾叫得激越，挥动的翅膀上端，肩胛耸动，预示着演出高潮的到来。

果然，雌鸟毫不示弱地回应，声音清亮，行动敏捷。它像高明的拉丁舞者一般向边上滑了一步，微颤的翅膀似裙裾飘飞。雄鸟跟着身影一动，挡在了雌鸟的前方啾唧啾唧地叫，带着得意。雌鸟不为所动，带着一本正经的表情，侧了一下脑袋，又向边上滑出，雄鸟毫不费力地跟上，黑羽微动，是男舞者飘动的绸衣，往复间就转了一圈。

然后开始新一轮的相随相逐，雄鸟似乎渐渐掌握了主动。它主导着节奏，它东它也东，它西它也西，它上它也上，它下它也下，节拍对接天衣无缝。我看花了眼已分不出雌雄，只见它们忽上忽下地翻飞，时左时右地盘旋，两条身影，挥洒着缎光的衣袖在树荫的幽暗里闪闪发亮。像无形的仙子，举了黑色的羽扇，抖动、旋转，一高一低，一清一脆，在如珠落玉盘的声音中，翩翩起舞，疾缓有度，畅滞适宜，时而柔美时而有力，忽而聚拢忽而分散……挥舞的翅尖似乎搭上了翅尖，鸣叫着，黄色的喙几乎要碰在一起了，却又突然分开，像激情燃烧到要爆发了，却又冷静下来。几次三番，彼此的唧唧啾啾叫声都染了缠绵。它们的舞蹈也变得轻缓，雄鸟依然亲热而专注，但声音更加轻柔深情，雌鸟配合着舞蹈，声音更加绵长娇嗔。

这一方小小的空间，是它们不被打扰的舞台，它们在自己的歌声里起舞，不知疲倦，不知停歇，跳着祖先遗留的舞步，散发万物最原始的欲望，一唱一和、一起一伏间，天地都是它们的了。

那声音清清脆脆的鸣叫啊，把关在胸腔里的春天，叫醒了，随着声波在世间游荡了。顶上的紫薇吐了新芽，边上的迎春开了黄花，大地之上又绿意氤染。

它们俩，舞尽了天地的美妙，最后轻声呢喃着，一前一后低低地向树丛深处飞去，所经之处，大地复苏，万物光辉。

鸟群

下午四点半，原本就不强烈的光，仓皇地从树梢、楼顶、山尖撤离，天空开始呈现冬日的沉静、幽暗与冰冷。

这时，无数的黑点，带着翅膀，像一把利剑劈开高楼间的联系，把沉寂的时空撕开一道大大的口子。我在玻璃窗内注视着它们，扩散、盘旋，高低起伏，不断演变出各种难以捉摸的形状，交错重叠、重叠交错，是古老的文字在时间的长河里流变，是先人的图腾在空间的帷幕上演化，是无数投入的巫者应着无声的节拍在跳着充满寓意和暗示、充满力量和速度的舞蹈。形成巨大的黑色的陀螺在透明里疯狂旋转，挟着旋风，裹着光影，掠过对面的几幢高楼。昏暗中，高楼上所有的玻璃窗都用尽心机地捕捉它们的身影，如同我想把它们定格在一个方框内。

远处应有柔和的歌声响起，翅膀的流动突然轻缓了起来，无数的点在光滑的玻璃表面流过，轨迹浅显而深刻，像石子投入湖心，涟漪是轻微的，但石子却永远停在湖底的一角。你以为它们只是清浅小溪里的卵石，轻快的、活泼的，在水流日积月累的冲刷里，雕琢成人们希望的模样。其实它们是广场上的落叶，乘风而来，随意而去；它们是被寒冷冻落的星辰，跌落在地，又被风挟裹而起；它们是梵高创作《星空》时的意念，流淌着、回旋着，就成了涡状的星系，把生命不断的热情和连绵的张力表达在无数飞翔的翅膀里……

歌声肯定又激昂了，在一个平稳的来回后，它们又爆发出凶猛的力量，像安静的雄狮刹那暴怒、狂奔。天空和我都失了平心静气，我们试图共同记录这炫目的景象，让骚动和平静回归恰当的比例。可数秒钟后，那些急遽移动的黑点，连成了旋转的黑线，如葛饰北斋一般画出一个神奈川巨浪，席卷一切而去。

一切仿佛没有发生，高楼继续对视不语，天光继续走暗，天地恢复苍茫与冷静，我的视野一片苍白，只有一股淡淡的震惊还在，似乎那些身影已被湖心的水草纠缠，给我单调、忙碌的日子谱出不一样的歌曲。

第二天清晨，开车经过市图书馆，阳光还没有唤醒温暖，万物都还沉浸在寒意里。一棵光秃了许久的树，一夜之间长出了黑色树叶。也许不是黑色的，是暗淡的天光模糊了感觉。转弯时发现，不是一棵，是整整一排的树集体返老还童。我有瞬间的迷糊，是春来得太早，还是秋把果实遗忘在枝头，抑或是我的记忆出了差错，这种树的叶就不曾凋零过。

它们是被夜染成的黑，在黎明降临前来不及褪去，就成了纸剪的艺术品贴在微白的底板上，黑白分明，深刻生动。有细微的风来，底下的桂花树枝叶晃动，可是它们却是津巴布韦艺术家Gavin Worth创作的钢丝雕塑，纹丝不动，冷硬的材质中有丰满的血肉，在不经意的瞬间有让人惊艳的悸动。它们的喙勾着天空，双爪搭着树枝，双翼贴身收紧，尾羽垂落，占据了一棵又一棵树的一枝又一枝的分杈，以相等的距离依枝排开，一动不动，一声不响，像一支蛰伏的军队，不知何时醒来，就会汇成一股不可阻挡的洪流。

　　我仰望这些神奇的精灵，然后悄悄走掉，既然不膜拜，那也不打扰。

　　早上九点多，阳光像战鼓擂响，大楼对面高楼上分割有序的玻璃也开始如盔甲闪亮。图书馆边高树上的枝丫已经空了，鸟群却不知所踪。正当我失望地合上窗子时，那支沉默的幽灵一般的军队凭空出现，披着黑亮的羽甲，像从无法预知的时空凯旋，像流星划过天宇，搅动着空气，搅动着天地，搅动着我的内心。震动的气流和光波此起彼落，像大浪一样回荡反复击打着礁石，连阳光也黯然失色。

　　几秒钟后，忽剌剌迎风展开的一面大旗倏尔变作一道白昼里黑色的闪电，傲然地、毫不犹豫地经过、离去，更快速，更敏捷，更猝不及防。

　　……

　　那么，今天的下午四点半呢？

第三辑　万物的光辉

牛·人

到乡下，脚踏到泥里，心便活络起来。在满是稻秸的田里走，踩着它前行，可真得费些力气，明明看它倒了，脚一松，它又神气活现地弹回来。一路咯吱咯吱响个不停，不晓得它们怎么就如此快活，在上面多蹦跶几下，像一张有魔力的网一样托着你，诱得人心痒痒的，直想扑上去打几个滚。有些田里不仅留了稻秸，还铺了稻草，走在上面，比走在最松软的毛毯上还舒服。脚踩下去沙沙沙，抬起也是沙沙沙，时而干脆，时而沉闷，时而响，时而低，我们三个人就弹出了三首乐曲。儿子干脆就在上面跳起了自创的舞蹈。

"沙沙——吱吱——"的声响，引来了不远处一对水牛母子的观望。母牛沉稳，抬了抬头，动动耳朵，算是招呼，就埋头吃草。小牛活泼，转着眼珠子一个劲地瞅着我们，满脸好奇。我家的小崽以为交上朋友了，脱下红外套，"哞哞"叫着冲过去。小牛又惊又喜地跳了一下，回以"哞哞"，还向前迈了几步。大概这安静的田野压抑它，现在它可要放纵一下——它把他当作惊喜的相遇了。但母牛却迟疑又慈爱地低吟一声，甩了一下尾巴，似乎在告诫呢。我们也怕，触怒水牛，它的角可不是吃素的，于是唤住儿子不可以靠太近。儿子愣了一下，停住了，和小牛彼此打量，谁也没有再靠近，或许都没这勇气吧。我们小心地观察母牛的神情，希望它明白这只是善意的打扰，却不知道它心中是否也和我们一样，有一种彼此隔阂的遗憾。但孩子的失落却是明摆在脸上的，我们也不知如何安慰，只好哄着他继续前行。我看着他向它挥手说再见，也看到它抬头目送他离开。他爸哼起了歌："走在乡间的小路上，牧童的歌声在荡漾……"现在牛也少了，更别提牧童的短笛了吧，不知怎的我心里涌起了一种负罪感。

幸好，孩子的注意力转移得快，当我们在田埂边上的稻秸里发现一坨硕大的新鲜牛粪时，他站在边上，前看后看，左看右看，就是没找到。我们都笑弯了腰，可他就没找到，还赌气往回走说我问水牛去。等我用手一指，他大吃一惊，自己也觉得好笑，低头细看一看，说："这就是牛拉的便便？我看来看去就是一块石头。"说罢抬脚便踩，我们一声惊呼，赶紧制止，他却虚晃一下，落在边上，露出得意的微笑，向远去的两头牛喊："水牛，你的大便很有营养，我就不踩了——"唬得那水牛母子一愣一愣的，让我们哭笑不得。

走远了，他还在回头。到了河边，原来对岸还有一头牛，孤零零地拴着，没声响地吃草。安全距离，我们就热情地招手吆喝。可它只是漠然地抬头，眼睛不知望向何处，一副爱理不理的模样，有一丝恼人的傲慢，让人自觉没趣。孩子也恼了，"牛什么牛！"他冲它嚷嚷，带着挑衅和赌气"呜呜"地吹起树皮哨子。不料它却一激灵地猛抬头，侧身倾听。一停，他便四处张望。我们爬上坡，三个人一齐呜呜个不停时，它就一直企头听，眼睛不住地瞄向我们的方向。停了，它就四下寻找，还"哞哞"叫了几声，似是有些着急地探问。几番下来，我有了恶作剧的快意。父子俩在玩岩上的青苔，我就捉弄那牛。等我玩腻了这把戏，不吹了，却见它在对岸安静地站着，一动不动，仍在期待。身影在广阔的田野中孤单寂寥，看得人于心不忍。孩子问我："妈妈，它和那两头牛是不是一家人？"我的心就抖了一下，觉得刚才的捉弄有点过分了。看着它们，中间隔着一条河，牛郎织女大抵如此吧，或又如《乡愁》中余光中说："我在这头，新娘在那头……"犯难啊，要不要再吹呢？这寂寞悠长的春日，勾起它的一腔愁思，徒添它的烦恼，并非我本意。罢罢罢，转过头权当不见吧，一只牲畜能有几多愁绪，我庸人自扰了。

站在山脚等他们父子下来，儿子调皮，在陡峭的岩坡上左摇右晃，自得其乐看得人揪心不已，威逼利诱，皆不为所动，横竖不肯下来，他爸几次下到半途又折回去。折腾半日，他还在上面大叹："站在岩上看风景，天朗气清……"我上不去，干着急，这小小的岩石竟成了迢迢银河难渡了。等小家伙终于愿意下来，抱他入怀才有种切实的安全感。为了庆祝，三只哨子又在河岸边吹响，那牛竟还在等待，欲说还休的神色，是不是也在寻觅一个声音慰藉它的落寞呢？

"呜呜"的哨声在空旷的田里回荡，像亘古的风吹在古往今来，像跫然的足音渐渐走近，我们无意中安慰了这个寂寞的生灵，现在就刻意再为它吹响吧。扬扬脑袋，抖抖耳朵，甩甩尾巴……它领会了，以它的方式回报我们。

可我们终将离去，在哨音里渐行渐远，而它一直循声盯着我们离开，不声响，似乎带着一丝感伤。但我们帮不了，这相遇就像一朵行踪飘忽的云，偶然在水中投下了一片倒影，无心而匆匆。旷野上仍只留下三头牛，隔着河，它们的主人不知在什么地方。在心里，我希望它们在夕阳中能走在同一条回家的路上，在暮光里共同哞哞叫。

桃开三两枝

三月的风里，柳树抽条，小草发芽，广玉兰和白玉兰争着开得热闹，樱花在枝头烂漫，海棠忍不住地娇笑：到处是春的气息。可我依然觉得缺少点什么。

在市民广场，意外地发现了桃花——是我来到这个城市四年来的第一次——三五棵，被剪得相映相衬，疏朗有致地站在空阔的草地上，突然就觉得满足了。花开得正艳，和边上浅浅的水以及水里尽头正是像一支一支箭射出水面的菖蒲苗相映成趣。

可左看右看，又似乎有点不高兴。看到孩子在草地上打滚，突然意识到，这些桃花像被穿上正装的孩子，想撒野却被约束得规规矩矩。这一株锯掉了这一杈，那一棵砍去那一枝，似乎唯有如此才能相得益彰，可我却不合时宜地念出龚自珍的《病梅馆记》来。

又想起黄岩的桃花节，满天满地的粉红中锣鼓喧天、人声鼎沸，越剧小生花旦的唱腔被大喇叭无限放大，响彻云霄，足可以震出一阵桃花雨。小吃香甚于桃花香，由不得你不吃。嘴里塞得满满的，再在热热闹闹里和别人摩肩接踵，不知人看花，花看人，还是人看人，忽忽是"一树繁英夺眼红"，忽忽是"人面桃花相映红"，忽忽又是"人如落英纷纷来"……此时，就是唱一曲《黛玉葬花》，怕也是喜气洋洋的。这桃花节，更像是在一片桃林里办了一场农村的社戏，只是委屈了颦儿的《葬花词》。

　　晕了头，来到外面的杨柳堤上，让五官稍事休息。桃红柳绿，日丽风和，渠里的大鱼扑腾直跳，反有了一份野趣。肚子还饱着，孩子们已关心地问："这么多桃树，会不会生很多桃子，我们什么时候来摘桃子？"

　　城里的桃树生不生桃子、桃子生了又怎样，无从知晓。这里的桃树肯定是生桃子的，但我们终于没能去摘。

　　白水洋的桃花更绚烂，不同品种的桃树开出不同的花，漫山遍野，红得深深浅浅，说是"满树和娇烂漫红，万枝丹彩灼春融"一点也不为过。一条清溪绕林，把桃林和人居分得清清楚楚，狗去赴约，也要过个水泥桥。不过山腰以上的绿树苍翠，掩映了山腰至山脚的成片深粉浅红，像是一团红纱堆出了一团碧绿，颇有大手笔的写意功效。人转入此中，就被淹没了，迷失在"桃花满陌千里红"中。

　　但它也不是不热闹，它的热闹隔了一条溪水。大大小小的车子把桃林包围得密密实实，溪边形形色色的农家乐里，呼朋引伴的、叫吃饭的声音穿过水面，直达桃花深处。对美景啖美食，秀色可餐之余，也感叹农民的智慧是值得钦佩的，桃子可卖钱，桃花也是卖点，花是白看，饭不白吃，不说别的，长潭的鱼头、番薯庆糕、白水洋的豆腐、大白馒头铁定卖得好。你赏花悦目，美食悦胃，我钞票入兜，双赢互利，皆大欢喜。

　　可我总是煞风景地不喜欢，这不喜欢并无恶意，就如张爱玲说的："我不喜欢壮烈。我是喜欢悲壮，更喜欢苍凉。"浓烈的美丽并非不好，但这拥挤的人流，却只是让我们从一个喧嚣转入另一个喧嚣，做了流水线上的一个纸盒子，拍照、发微信、发微博，大吃一顿，然后回家……而且越来越多的地方，种上十亩桃花，就能办个节日出来，彼此模仿、高度类似……因此，忍不住到荒山野岭去。

车在不知名的路上行驶，拐个弯，不知道什么时候就会跳出几点粉红，像娇俏含羞的山野村姑，偷偷地张望几眼，等你细看时，她又藏了；待你走远，回头一看，她就在原地冲你笑。大概李清照的"见客入来，袜刬金钗溜，和羞走。倚门回首，却把青梅嗅"就是此番光景了吧。有时走了好久，不曾出现，却在一片竹林中悄然显现，藏得那么深，却被几枝纷繁透露了踪迹，就是"竹外桃花三两枝"的意境了。偏山涧小溪中游着几只鸭子，主人不知所踪，它们拍着翅膀出水、下水。可借问一句"春江水暖"否？

在陌生的村舍里，黑漆漆的瓦，老旧的石墙后，蓦地或冒出一串红，或是一树粉，或高或低，俏皮一笑，在明丽的阳光中染成一幅吴冠中的水墨画，自是"野桃含笑竹篱短，溪柳自摇沙水清"的意思。有些老树，长到屋檐了，四面八方地张开树枝，费尽力气地开出满树繁花，树干曲折得峥嵘，充满与岁月搏击的痕迹，桃胶从树皮下四泌而出，像汗珠一样挂满了树身。一只狗趴在树下，几只鸡在边上悠然觅食。这桃树就是温和的长者，荫庇了它们。有时是一株小桃，正努力地开出花，稀稀疏疏地各个枝头缀了几朵，却是"似开未开最有情"。

到了山顶向下看，蜿蜒的小溪包裹了层层叠叠的梯田，田上金黄的油菜花、粉白的豌豆花、粉紫黑芯的蚕豆花错落有序地开着，田埂地头却参差地种了一株株桃花。葱绿的野草打底，浅绿的油菜花梗、四下散着梗叶的豆花撑起轮廓，明亮的黄、娇艳的粉白、沉淀的浅紫，一层一层铺垫起来，然后一树树桃红异军突起居在上面，掩在层峦耸翠的大背景中，娇俏俏的，像一群移步浣纱的少女，在明媚阳光里，翩翩起舞，在暖风吹起时，嫣然一笑，笑得人俗念皆忘。不是精心准备的风景，却是浑然天成的风情——自然才是最好的风景大师。李白说："问余何意栖碧山，笑而不答心自闲。桃花流水窅然去，别有天地非人间。"我心有戚戚焉。

也许桃花就该属于山野，唯有山野的坦荡，可以包容桃花的自在，唯有山野的寂静，可以烘托桃花的诗情。在清淡中描摹芳菲，在安宁里有生命自由地怒放和流逝，不媚俗、不屈从、不雷同，以自己的姿态开出自己的风采。

我想云蒸霞蔚是樱花的风格，孤芳自傲是蜡梅的品格，而桃花，更适合在屋前檐后、路边山脚自然开落，三枝五枝随意、随性点染春意，捎带着也等待"何当结作千年实，将示人间造化工"吧。那么行至于此，就合着是我的碧山、我的桃源、我的辋川了。

因为，行走实在应该找一个契合内心的所在。

约会春天

年刚过，天就暖和起来了，一连晴了几日，太阳的热情逐步地加温呢。踩着路上一地的樟树籽毕剥毕剥地响，脚底就发痒。时在元宵，却已有了三月三的味道，那还等什么？

乡下，田里还留着去年的稻秸，在秋风冬雨中漂得发白，但一茬一茬的，颇有英武之气。它底下的泥巴已泛青，不知名的草比人更通灵，早已按捺不住地探出了头。人从上面经过，不经意的鞋底总会沾上些许绿意。而江南的田野远不止如此。在你视野之内总是有几棵树自成一道风景地站在大片田洋中间，一年四季地绿着，不显山不显水地立着，像忠实的朋友一样注视着周围，看着春播秋收，四季劳作。和它相和的是一片一片的橘林，低些矮些，分布在收割完毕的田地中，底下留着修剪后的死枝，暗示着它的努力和骄傲。

橘林边上一畦两畦地种上了菜，在黝黑的土里绿成一层，一半似被收了不久，剩了些残叶，并不腐败，倒像浮在泥上一样；另一半风华正茂，在春光里朝气逼人。衰一荣之间是农人的节俭和勤劳吧。

在这立体的风景画里，我们穿梭在稻秸中间，满脚的沙沙声，有些长的就在脚下咯吱断了，有些边上泥水还多，就"扑"的一声冒个泡，但是它们弹性很好，稳稳当当地承受了我，每一茬稻秸就像一个小支架，牢固有力，无须担心陷入泥里。我踩着这些音符横穿了大半个田野，演奏了一首别有的自然之歌，每一步都踩出了一种田园味。

走累了，就绕到田埂上去，正宗小路，仅容一脚。一脚接一脚走，跌下去也不打紧，还没有高跟鞋的跟高。转来绕去，特意在泥上留下深深浅浅的印痕，正满心欢喜，突然冒出一小块的绿，像绿毯子一样铺着——哦，麦苗，还好在吃惊之余收住了脚，否则真是罪过。它们却不知情，自顾自地在风里微微摇着，油油绿着，才手指高，小小的模样惹人怜爱。小心翼翼地落脚，过了一块，走不几步又有，一转身还有，都是一畦一畦的，有的像主人精心作的画，有的像柱子一样条理分明，有的潦草，纵横之间总是藕断丝连，不同的主人不同的风格啊，但长势一样良好，长劲十足，不相上下。虽是元宵，但仍有人在劳作，抓着一小把一小把肥料轻巧、均匀地洒向那些麦苗，像撒着满手的希望。

边上是一条河，不甚宽，蜿蜒穿过田野，与山搭建了一个山水相依的江南田园。河水冒绿，连日的雨水泡发了它，阳光粗粗一照就像一个慵懒的孕妇；而山正有力，一棵棵树，英姿勃发，绿得跳跃，新绿旧翠、嫩绿老绿、淡绿浓绿在枝间游荡、旋转。绵延开了无数无名的蓝色小花，田边角落缀以零星的金色油菜花，像小儿女一般撒娇呼应着色彩。

我们在小路上踟蹰，旁边有许多浮着绿苔的小水潭，浅浅的，积着一些枯叶，初看没什么特别。直到孩子问那些一团一团的小黑点是什么，我们才发现它的惊奇——青蛙卵，大如盘子，小如巴掌，不细看以为是肮脏的水草。多少年没有这种惊喜的发现了，在向阳的水洼中，团里的蝌蚪已成形，甚至可以看到它在卵泡里的骚动和挣扎；在背阴的地方，它们还在静静地沉睡，等待时日。它们躺在水里，像在另一个世界，与世无争，不被打扰。有些敬畏地看着这些生灵：任何生命孕育的初期都是自然正在酝酿的奇迹。

水里还有细如银针的鱼儿在游动，在阳光下像水一样透明，像风一样轻灵，一洼浅水就是它们的全部。我们观看良久，悄悄离开了，它们有权尽情享受这春日的宁静祥和。

沿着路上山。山上有农人哼着小曲在播种土豆，空气中飘荡着新翻的泥土气息，沙哑的声音在山谷中流转，像一种古老的仪式。山下，田野延伸到视线之外，新长的麦苗、枯黄的稻秸在水田上演绎着无尽的轮回。河从中流过，拨开了它，灌注了它。浮动轻悠，偶投身影，是一种默契的调皮。天地辽阔、安静，唯有清风不止，涤除玄览。

站在此处此时，人便只是人。

太阳有些下去了，风凉了起来，要走了。点点春意透着羞涩："等你来。"

"我不是来了，来得还挺早，这么美的约会，谁忍心错过？"

春风里，一棵受伤的树

我们在这棵树下走过时，树干中正垂出一片红布在温和的春风里，晃动。眼尖的孩子最先发现它，爸爸抱着他刚够得着那红布，轻轻一拉，断下一截，他惊叫起来："妈妈，这棵树上长布了？"

我和老公吓了一跳，仔细一看，是树上嵌进了一条曾拉过横幅的5毫米粗细的尼龙丝绳，上面还咬着不少红布。应该是横幅断了，绳子还没被解下，时间一长，树大了、粗了，虽然它用尽全部力量想挣断，但都失败了，周围留下巨大的痂，紧箍的尼龙丝绳勒进了树干，绳子和上面缠绕着的红布几乎成了它肌体的一部分。

我们看那棵树，半圈的树皮被勒得向外翘起，像刀砍了一样；另一边，尼龙绳打了结，卷了布，钻进了树皮把口子拉得很大。树大概想把它们一同包进去，但心有余力不足，留下了一截绳子在外面，使树表形成了一个大大的木瘤，像一道狰狞的伤口。

树只有人的大腿那么粗，但看痕迹，这伤口起码有两年了。孩子用他的小手轻轻抚摸着它，问："妈妈，树会不会很疼啊？"

老公说："肯定很疼啊！就好像你脚长大了，却穿了一双很小的鞋子，会不会难受啊？"孩子想了一下，很认真地说："那肯定很疼的啊，而且还长不大！"

老公说："好，那我们一起努力，帮这棵树把尼龙丝绳拿掉！"
"好！"

红布已经霉化，扯掉它毫不费力，露出已与红布融为一体的绳子，紧贴着树干；另一边，绳子已经嵌进树皮看不见。老公用指甲抠木瘤边上的绳子，孩子也使出吃奶的劲扒拉着，绳子丝毫不动。我们又用钥匙插进木瘤想撬出来，但是效果也不大——尼龙丝绳已在树干里生牢了。手都酸了，我们甚至连一条尼龙丝也没弄断。

边上的菜地里有一对老夫妇正在收菜，我们过去借了一把菜刀继续干。

老公用菜刀尖一点点地把尼龙丝绳从木瘤里剥离，很费劲，但总算弄出了一小段。正当我们要再接再厉时，才发现这个木瘤结痂，已经像拳头一样握起来了。要想把里面的绳子弄出来，除非把它劈开，这是我们没想到的，一时束手无策。孩子都快哭了："怎么办呢？"

老公绕树看了一圈，说："这里弄不出了，那边还有一个结节的地方，比较硬，绳还有一点看得见，我再试试看。"

他用刀角划拉着，把看得见的尼龙绳尽量割断，好几刀还割开了不少树皮，终于听到一声"断了"。我们松了一口气，老公就像一个进行了一场耗时耗力手术的外科医生一样，如释重负。

孩子急忙问："爸爸，这样大树就不疼了吧？它就可以长大了吧？"

老公笑了起来说："对啊——""那它会长这么大吗？"孩子用胳膊围成一圈比画着说。"不止——""那这么大呢？"他问，尽力把胳膊伸开。

我和他爸爸不由笑了起来。

去还菜刀，老伯冲我们唠叨说："你们还真有心啊。这条路上不晓得多少树被铁丝、尼龙绳勒过呢……我有时看着横幅落了，也要用菜刀去把绳割掉……这些树啊，不晓得遭了多少罪呢！"

的确，我们看这条新建的大道，远处胳膊大小的几棵树上还拉着几条横幅，三月的风把横幅大力拉过来、扯过去，树就跟着不停地前摇后晃，就像一个小孩背负了太过沉重的东西趔趄不止。我们一时无语。如果不是孩子，我们是否会去关注一棵受伤的树呢？这样的树满大街都是，我们早已熟视无睹。

再看那棵树，虽然艰难，但它从未放弃，再牢固的绳子也不能制止它的生长。在春天的风里、雨里，它以不可阻挡的姿态成长。也许当它长成参天大树的时候，它所有的伤痛都会被包嵌进自己的血肉中，不易被人察觉，呈现给世人的依然是一个茁壮、伟岸的形象。但这只是也许……

现在，走在大街小巷，我仍然会看到那样的树，受伤着、承受着、疼痛着、生长着……涌起一份感动之余，我不免又感到一丝惭愧和歉意。

春暖

太阳露脸的时候不知不觉多了起来，不知何时开始嫌身上的棉袄热了，恍惚中发现墙角的迎春已悄悄绽放了笑靥，蓦的一惊——那个灰蒙蒙雨绵绵的冬天已经走了吗？

从街的那头回来，长长的一路都是忍耐了一冬的梧桐勃发的新叶，湖边的杨柳梳理着枝条，在风中爱怜地轻抚着点点绿意——是掩不住的喜悦吗？而换叶的樟树，把繁荣和枯衰都写在枝上，探头不久的新叶按捺不住地小小招摇了。

还是满大街的靴子，但女人们的衣服变短了、薄了、俏了；姑娘的长发青春地张扬，缤纷的春衣如花般飘满了整条大街。

春天的路，似乎也软了一些，短了一些，是太阳像晒化麦芽糖一样把它给变软、变短了吗？或者是我自己变成了一只蝴蝶轻盈地飞完了这一程？

鱼池里寂寞了一个寒冬的鱼儿浮上了水面，几乎每一个角落都有它们在喁喁私语。绿色的水，红色的鱼，散开是满池的落花，聚集是一池的繁华；如一朵红云投入水中，而转眼它又变成了漫天的星斗，如烟花般灿烂绽开。每一个转身，都是优雅；每一次游离，都是灵动。是水动了情，还是鱼动了心？否则怎会有如此完美的组合。

回廊上的紫藤呼应地跳着舞蹈，廊里充满了泥土解放、绿草翻身的气味，风把它吹得很淡，阳光却把它照得升腾不止。绕了出来，回头望见月门上的"曲廊藏春"，不由莞尔一笑。

鸟儿更是不失时机地"啾啾"上几句，像歌唱，像欢送。这最自由的精灵啊，是你把春天揾在自己的喉咙里了吗？然后在风的呼唤中，高声把它送向山川大地？

春暖了——

三月的风筝开始飞满了天空，褪去厚厚冬装的孩子轻灵地奔跑，高声尖叫——风筝是这些天使想飞的翅膀。

远处的山层层叠叠地绿着，像一件縠纱的礼服，深碧上镶着嫩绿、新绿；浅绿下衬着陈年的青色，泛着光；以绸缎的光泽、纱的轻柔，透着一丝诱惑，吸引着你的眼睛、你的心肺、你的双脚。

所以你去了，去赴一个美丽的约会。火红的杜鹃在燃烧，热情灼得你皮肤发烫；各色的树各色的叶，在开一场热闹的宴会；青草从地下焕发欢乐的气息，任你走到哪里，它都能把你灌得沉醉不起。但是山上的徐徐凉风，卷走枯叶，奏响了新枝的篇章；怀着一分雀跃，携着淡淡凉意，把你送回到山脚。你的心随之舒畅了。

是，是春暖了——

花开了，草绿了，水醒了，而人的心也暖了、开了、绿了、醒了、动了……

江南花开

江南的花，开在江南和煦的春风里，开在江南多情的春雨里，开在时晴时雨的日子里，不急不躁，不骄不傲，不温不火，温温柔柔，从从容容，映着满目青翠鹅黄，现出万种风情。

春刚到，在其他花还犹未清醒的档儿，白玉兰就抢先一步了——没有一片叶子，只有满树白玉娇花，白得无瑕，白得闪眼。在晴天的阳光下，是一种近乎剔透的美，映在周围的绿里，突兀又不失温婉，就像一个白衣胜雪的少女，深谙自己的美，不掩饰，不做作，落落大方中透着点娇羞。在雨天的晚上，白色的路灯光打在花上，迎着细细的雨丝，不言不语的，又是另一番的凄婉唯美。

每天从花下走过，常常会不由自主地数数有几棵长苞、有几棵全开，高高低低的花枝镶在一排排的绿树间，就像点缀在姑娘翠裙上的蕾丝，有令人眼前一亮的效果。

偶有小鸟啼叫着在枝间跳跃，不免想起"暮春三月，江南草长，杂花生树，群莺乱飞"。牵着孩子的小手，教他吟诵，他总是把"莺"当作"鹰"，自由地联想上半天，让人哭笑不得，但是这丝毫不影响这看似平常的语句的动人之处。

春雨迷迷蒙蒙地下着，迎春紧跟上来了，冲破了暗沉，嫩黄的花在水池边、墙角里顾盼生姿、摇曳生辉。

一不留神，紫玉兰也抓紧着开张了，朵朵紫色轻立枝头，颦轻笑浅，与迎春挥手相望。还没来得及细品，樱花就已一片云团锦簇，胭脂洇染，淡雅随意，不动声色地让你走入了这春天的画卷。边上，垂丝海棠也正娇艳欲滴。与樱花不同，海棠叶娇如花，在翠绿中泛着红晕，托着紫红带白的花，轻盈灵动，清丽幽香，一笑嫣然，挑逗着看花人的眼，撩拨着看花人的心。

　　每天早晨，和孩子牵手走在路上，总会有新的发现，这边粉云如画，那边又是一树琼花，几朵大花环绕着数不清的白色小花，中间点缀着粉黄的花蕊，精巧秀雅，美不胜收，如一个雕花的玉盘，非人间所有，唯神仙能造。一转角，紫荆也喧嚣起来了，叠叠重重的花忽地跳入眼帘，足以让人猛然一惊。

　　更喜人的是那些散落在草地上的明珠，你不知道它何时长了，何时开了，只见到碧绿带露的草丛中，探头探脑地冒出无数不知名的花，热闹了整个草地，也热闹了春天的每一个角落。

　　在万物斑斓的春，日日从花香中穿过，如同蹚过江南烟雨迷蒙的河，见证卉木蓁蓁，生命着色，看似云淡风轻，实则心潮澎湃。

　　这江南的花开，开满了江南，开出如诗画卷，如斯俏丽！

温暖的黄雨伞

柳在守的《黄雨伞》是我和孩子一直爱读的书。下雨了，孩子撑着小小的黄雨伞上学去，走过乡间的田野，窄窄的小巷，约好了似的多了一把小小的蓝雨伞；再过小桥，走过街中央在雨中静默的雕像，小小的伞渐渐多了。红的、黄的、绿的、蓝的……花团锦簇地开在雨天里，铺满长长的路，色彩鲜亮，底色柔和，是一幅充满柔情的画，我们的目光情不自禁地就变柔软了。

在他很小的时候，我们曾一起设想他撑着小伞上学的样子——今年的春天，雨似乎特别多，我的孩子每天撑着他的小黄伞，上学去。雨水打在我玫红的大伞上，打在他黄色的小伞上，噼噼啪啪的声音清晰可闻；雨水也打在伞外的地面上，打在路旁停着的汽车上，溅起的水花清楚可见。牵着孩子软软的小手，就像牵着一整个世界。

有时候，他不太老实，撑着小伞，穿着蓝色的小雨鞋，就像一个战士骑着骏马自由地驰骋在疆场一样，一个劲往路上的积水里冲，大力踩踏，激起的水花四下乱溅。我只好无奈地一再避开。他回头像胜利的将军一样微笑，让人不得不把所有的责备都放下。他的笑靥，比春风还要美好。雨的声音、车的声音、人来人往的声音都离你远去了。小小的伞下那张灿烂的小脸刹那甜暖了你的整个心田。

有时候，他更淘气，用手旋转他的黄雨伞，水花沿着伞角飞旋，飞到你身上、落到路上，调皮极了。忍不住轻轻地责备了一下。他把伞向后仰起，伞把扛在肩上，还是在转。嗔怪地看着他，他却笑着说："妈妈，你看我的伞会跳舞，我觉得它好像一朵花——妈妈，你也来转转吧！"好吧，我承认它转起来的时候像一朵美丽的花，它把妈妈正准备要生的气从嘴边带走了。伞下这个小小的人儿啊，足以装满你的整个人生。还有什么比他的快乐更让你心动？

走过一幢又一幢的房子，拐过一个又一个的弯，伞多了起来，大的小的、花色的单色的……汇成一条壮观的河流，带出雨天一片亮色。

稚嫩的声音不断从这把伞下、那把伞下跑出来……

"乐乐，我今天穿了雨鞋！""我也穿了——"

"明明，今天我妈妈送我上学。""我今天是我爸爸送的——"

……

哦，书里没有这些声音，但是看到小小的黄雨伞停在房子门口，我们似乎就可以听见伞下的孩子在大声地叫喊："乐乐，你走吗？"……似乎可以听见他们在伞下轻声交流着开心的事，期待着今天好玩的游戏，笑声不断从伞下飘出……

所有的伞最后汇到一条路上——学校的铃声正在召唤，孩子活泼的身影几乎要跳出静默的画面，那欢乐的声音以轻柔的色彩直达人心里的每一个角落，触动那根最温柔的弦——那是生活诗意的再现。

现在我的孩子也走在这画里，走在这诗里。小小的黄雨伞在雨里缓缓地移动，直到他回头和我说再见；更多的伞在雨地里移动，无数的孩子回头和你说再见。

走远了，校门口的路上已经空荡荡了，但是那一朵朵飘动着的伞花，那一双双挪动的雨鞋，似乎还在拉着你的目光，不肯离开，不断回顾。

春天的雨像天籁一般流淌，滋润着人的耳目，不觉得它潮湿，不觉得它烦人，孩子那把小小的黄雨伞就是明媚的阳光，温暖地倾泻在你身上，真切地感动着你。那小小的身影，那小小的小脸，就是你要拥抱的世界的全部！

哦，温暖的黄雨伞！还有——我那小小的孩子！

梧桐·草

　　这虽然是个很热的秋天，但是秋天就是秋天，树叶还是忍不住凋落，草是必然要枯黄。尽管日中，热辣的太阳望着你，能让你晒脱掉一层皮；但在黄昏，凉风四起，阴冷得和以往的秋天没什么不同。

　　傍晚时分，一个人在街上百无聊赖，一阵风起，把空气中仅存的一点阳光的余温也带走了——不由得裹紧了衣服。从街的这头走到那头，两旁的梧桐，叶子黄得掉渣了，枝杈却还没被锯掉，破败得刺目。街尽头，边上是拆完房子以后的成堆砖砾，而身后是小城最繁华的街道，一刹那觉得这个小城热闹得有些虚假，繁荣得有些萧条。

　　我的脚不小心踢到了一棵树——一棵和周围没什么不同的梧桐，可它似乎传出了一声不满——不，不是它，是它根部虬结处长出的一枝小小的分叉。四五寸高，两片叶子180度地张开，娇艳而凛然，以一种不可撼动的姿态宣示这个秋天的确有些与众不同。

　　凝视着它很久，一种难言的情愫涌起，突然觉得这个傍晚也可爱起来了。它如一缕阳光透过云层真切地一直射到我心里，如同神祇一般宣告了一种生命的神奇，而我对它奉献的是我真诚的感激。

　　然后是了不起的草。

　　两个星期以前，看见的是沙丘般起伏的泥土正在缓慢地被敲碎、磨细、摊平；一个星期前，看见的是草籽被一排排有序地撒下，再铺上了一层黑网，也没见到有人精心打理它。

学校里几千人天天来来去去，习以为常。但就在两三天后，它露出了一角的绿意，不太大，遮遮掩掩；四五天后，它露出了大半的脸，虽然还有黑网蒙着，却难掩其天香国色；现在，近一千平方米的操场如璞玉初琢，容光焕发，明艳动人。那草绿得醒目而不招摇，扰人心神却浑不自知，挣脱了枯黄的哀调，犹如春潮席卷了大地沧桑，让人心悸又心动。我第一次知道：秋天，草竟然也可以这样生长！

这个平淡的秋天啊，生命把两次神奇大大方方地置于我眼前，似天地间隐藏的一种超然的灵性，不时赐予俗世的人们真实而幸福的停留，偶尔挣脱太过简单庸常的生活，带上一点点心灵的悸动，继续赶路。

我，用一颗世俗的心来感谢这棵梧桐和那如茵的绿草。

乡下的夜

乡下的一天始于东边山头的第一缕霞光，终于西边山顶的最后一丝晚照。披着霞光出门的人们，在星光升起之际推开家门，然后夜色中亮起了比星光更加繁多的灯光。灯光里人影晃动，劳碌了一天的人们，做饭、吃饭、刷碗、谈笑，再打开家门鱼贯而出。于是乡间的路上就多了三三两两游鱼一般悠闲的人。

母亲和我沿着河，从家向山脚的村子逛去。夏末秋初，暑气随着夕阳跌入海平线的那一刻消失殆尽，灰白的水泥路在昏黄的路灯下泛出一点血色，明明暗暗地延伸到我们目不能及的黑暗中。路口矗着几户人家，人家对面河边的绿化带上合抱的柳树疏疏朗朗地站在晚风里，枝叶垂到河面，像不动声色的钓者。树下，本着绿化的原则，应该种一些观赏的花草罢，可在这里，方寸的土地也不会失去实用性，狭长的河堤上，有序地铺满了葱蒜姜，郁郁葱葱、蓬蓬勃勃，和垂柳俯仰成趣。隔离带像新式的篱笆，圈出这一片小天地，也圈出对面人家的一点小情趣。乡下，无论房子如何新潮、装潢怎样时髦，也不论人们失去土地多久、手艺是否生疏，那种与泥土的亲近和密切却渗透入骨，在楼房夹隙、水泥钢筋的夹缝中觅得点滴地方调剂一下日常，是自得其乐，也是多年习惯的延续。

走过这几户人家，路就夹在两条河中间了。左边的河窄，被芦苇挤得看不到水面。芦苇那边是宽阔的田野，晚风拂过，忽而一言不发，忽而滔滔不绝，深藏其中的蛙、虫的歌声配合地适时响起，此起彼伏的鸣唱时轻时重，无从分辨从何而来，只觉得满天满地击打着夜幕，回声震荡在天与地之间，上演了一场无与伦比的音乐盛会。人置身这天籁，从容缓行，莫名就有了一点诗意。

一块地里，大棚薄膜已经掀掉，只余竹搭的架子，开始发黄枯萎的叶子中间，藏头埋尾地卧着许多肥硕的大物，像是养猪场的大白猪倾巢而出，埋伏于此。再细看，原来是许多大冬瓜。冬瓜地边上是葡萄棚，薄膜只盖住了上头的一半，却连绵成片，像安静的军营，只是夜色中看不见枝头是否还挂着晚收的果实。想起远在外地的妹妹曾网购了一箱葡萄送到家里，却把老爸吓了一跳：谁送的刚摘的葡萄？竟不知道葡萄可能就出自家门口。

右边的绿化带，离了人家后，葱蒜姜就变成了自由恣意的各种灌木，不知名称，不曾修剪，高兴了伸出隔离带勾人衣服，不高兴了就扭头垂向湖面，像谁得罪了它们。可走不上几米，绿化带突然增宽，立刻有人借机开辟出一块颇有样子的番薯地，夹在两端乱蓬蓬的灌木丛中间，很有点贤惠的当家主妇嘲笑着懒婆娘的样子。

再走上几步，就是村口，于是往回走。人多了起来，不断有人和母亲打招呼。"饭吃了"是"国问""省问"也是乡间大家见面的"必问"。接下来就聊天气，晚上凉快啊，这个天气最舒爽之类。嘴上搭着话，脚下慢悠悠的，并不停歇。这些随口而出的话随意地散在夜风里，没入草丛。碰到很熟悉的，才会停下脚步相互聊上几句。

"老大还是老二？"

"老大啊。"

"哦，老大近一点啊……"

"是啊——你家小孙子呢？"

"还在外婆屋里呢。"

……

碰到熟人多了，母亲停下的次数就多，有时谁也不急着走，干脆就聊上十来分钟，都是一些我熟悉又陌生的人和事。星空高远，晚风清凉，添一些邻里无伤大雅的轶事八卦，乡下的夜就充实而欢悦了。

日日如此，但这平淡偶尔也会被打破。原来邻居家的孙子摆周岁宴，父亲去了，我和母亲懒于行走，就在家吃晚饭。谁知道他们夫妻骑了三轮车赶来，劈手夺走我们手里的饭碗，"押"着我们前去。到了地方，发现在座的很多也是以前的老邻居，有几个分开后竟有十来年未见，于是欢喜加欢喜，这顿饭不知不觉就吃得久了。告辞出来，早已过了平日散步时间，就谢了主人用车子送的美意，父亲、母亲和我三人慢慢步行回去，左右不过十来分钟。

路上，经过许多人家，还有人坐在房子的过道处纳凉谈天，父亲、母亲一路招呼过去——乡下再大，似乎也就这么些人，谁不认识谁呢？总是走到哪里，攀谈到哪里的。

到了桥头，另一位重操旧业的老邻居的理发店就在边上。我想剪头发，父亲就顺势拐个弯，到他店里去。

店里坐了两个熟人，我像小时候一样，老老实实地"阿叔、阿叔"一一喊过去。他们看着我笑，父亲、母亲也笑。

剪完头发，打开钱包，发现没零钱了，就掏了百元钞票给他。他大为生气：阿叔给你剪头发什么时候收过钱？母亲为我帮腔：你现在开店了，哪里能白剪。他翻白眼：以前不收，难道今日就收了？我想说以前你生意做得大，又不靠理发挣钱，现在这可是你养家糊口的手艺了。但是最终还是没说出来，讪讪地放回钱，转口说："那阿叔，我就不好意思了——从小到大，我的头发几乎都是你剪的哦。"他脸上才浮了笑意，说："可不是，连你儿子的头发也都是我剃的——我管的是你们一家的脑袋，我的活计多厉害！"一屋子的人都笑了，很快扯到别的地方，我的尴尬随之消失。

快十点了，我和母亲要回去，他们却还意犹未尽……母亲想叫父亲同回，我挥手示意她不用了——就让这几个热血老年在这样的夜晚酣畅淋漓地激情一回罢。

出来，小广场上的夜摊已经收拾殆尽，周边的灯火熄了大半，星辰悄然垂下沉重的眼睑。夜，在乡下的广阔里不知不觉地变深了。

江边啖月

不喜欢到外边吃饭，但是若说去椒江大桥边上的渔家乐，我乐意之极，尤其是夏日的晚上，待上一宿也未尝不可。

身在灯火璀璨处，笑啖美食，回望一江清寂，"江天一色无纤尘，皎皎空中孤月轮"的诗意油然而生。夜空如涂了颜色的幕布，空旷、高远，星辰闪烁、寥落，清亮的半轮月亮悄无声息地移动，落在江上成了粼粼波光，随着清风摇曳起舞，月影被拉伸、变形，又荡回去，化作流光，流淌出古琴的音响，扯动了心神。《春江花月夜》的韵律在江和月之间流淌，灌醉了正在高声谈笑的人们。

我们不由自主地安静。风从江上挟着水汽飘到脸上，消去夏日的溽暑，像一个踏波而来的神仙客，缥缈、清凉，只有月亮照出了它淡淡的影子。我们还没有想好怎么招待，它已审视了一圈满桌的盘碗，深吸了一口鳗鱼丸汤的清香，挥手离开，"不带走一片云彩"。任我们对着起了涟漪的鳗鱼丸汤和晃动的山茶花发呆。

远处，偶有船开过，船上红色的灯像点点流星划过江与天交织的灰色地带。月亮没有穿透对岸沉寂的荒野，大片黑色的背景中，几处人家的灯光和路灯模糊的眼还闹不热它。寂静越过江面传来，增添夜的凉意。

又上了一道菜，热腾腾的，香气扑鼻，筷子行动起来，唇舌、咽喉积极配合，回到人的食色本性，江、月被暂时隔离在几十米的模糊之外——那是停车场和绿化带。车子和树木花草在昏暗的灯光中，被月光映出一团一团的暗影，空间无端放大，显出几分深幽。

身后突然传来嘀嘀的汽车声，回首却看到大桥像一条长龙腾空而起，飞跨椒江，桥上灯火通明，由亮到暗、由大到小一路延伸到目光不及的地方。桥影在水中，因着光线的关系并不十分明朗，但是一盏一盏的灯在水里描绘出一条长虹的轮廓，点亮了另一个天空。"远远的街灯明了，好像闪着无数的明星。天上的明星现了，好像点着无数的街灯"写的就是此番景象吧。一时间大家都歇了筷子，拿出手机……孩子们也忙起来，纷纷数天上的星多还是水里的灯多，数得吵吵闹闹、不清不楚的，连月亮都笑得发抖。一抖就掉到了我们的汤盘里，三岁的外甥奶声奶气地叫道："月亮在盆里——月亮在盆里——"我们盯着汤盘，有人看到，有人没有，看到的提示别人来自己的位置，大人小孩都惊奇不已。不知哪个孩子先嚷嚷：我们把月亮舀来吃了。三四个小家伙一哄而上，你一瓢我一勺，也不想着留点给自己的爸妈，一会儿就把一碗汤喝个精光，剩下光亮亮的碗底——天狗吞月也不过如此啊。

其实，月亮又跑到别的碗里了，可是他们已经吃不下，换作大人慢条斯理地把月亮一匙一匙地喂到嘴里——内红外黑的羹匙里每一匙都有一个月亮明晃晃，咂摸咂摸再咽入肚子。汤喝完，月亮在红烧的龙头鱼、清蒸的鲈鱼、油滋滋的炒米面、红白分明的螃蟹、为数不多的几尾大虾、金灿灿的小点心，还有我说不出名字的菜肴上撒了一层糖霜，吃一口，似乎都含了一层月亮的清爽，不用饮酒也就醉了。苏轼说"日啖荔枝三百颗"，我们夜啖明月有几何呢。

月亮爬高已有些时候了，"洗盏更酌，看核既尽，杯盘狼藉"，却不知返。江上清风，山间明月，日飨夜啖，"取之不尽，用之不竭"，如有小舟相与枕藉，亦可"不知东方之既白"。

张若虚歌曰："江畔何人初见月？江月何年初照人？人生代代无穷已，江月年年望相似。不知江月待何人，但见长江送流水。"且不管，今夜，江月照的就是我辈俗人，人生苦短，不必它们招待，我有空即来，渔家乐虽家家菜色相似，却也各有特色菜，我要尝尝哪家盘里的月亮最美味。

行道树

立在城市的飞尘里，我们是一列忧愁而又快乐的树。

——张晓风《行道树》

法国梧桐

日日走过的街道是你守望的家园。

残忍的冬风吹去了你一身的衣物，只剩下直直刺向天际的、伴着寒风瑟瑟发抖的枝干。但你却以脚下的土地为依托，挺起胸膛，笑对寒风；你心中有一个坚定的信念，冬天来了，春天就不会太远了。随着你一身华丽的绿裳脱去，流言蜚语应时而作。"你看你那样子！丑得如同老妪，别以为人类对你好，其实只在乎夏日里的清凉而已！"广告牌嘲讽地说。细看自己，真的不好看，没有一点湿润之态的枝干，没有一丝生机的树干，光光秃秃的，没有一点绿叶点缀，无聊而单调，死气沉沉。但有一股暗流在粗糙的树皮下，荡漾着生命的热浪，积蓄了一冬的力量，向着春天走去。外在的丑你从不在意，内在之生命源泉才是你认真思考的，春来冬去、叶长叶落、朝云暮雨是自然的过程，生命的本质不会因此而改变，就如一个文质彬彬、气宇轩昂的人不会因为穿了一件破旧的衣服而使品质有所改变一样，人与物同。

春风剪草，春雨呢喃，春日迟迟。你受到了春的引诱，展开了全身的筋骨，格格作响，响出了一片枝头的鹅黄，甚至在湿润的主干上都生出了新的希望，让走在树下的孩子睁大了美丽的眼睛。你将春的伟岸带给了人们，你以自己的躯体谱写了人的新乐章，纵然你承受了汽车尾气的千百万次袭击，滚滚车轮无数次的摧残，杂乱无章的噪音全程攻击，生长在钢筋水泥的夹缝里。你尽心尽职，站立街头，你很平凡，是一群普通的行道树——法国梧桐。其实人们不会也不能忘记你在夏日里奉上的阴凉和绿意。

不会忘却！无怨无悔地展开硕大的叶子，坦然地面对炽热的阳光，绝不会低下高贵的头颅，纵然内心很痛苦。而把根深深地伸展到地下，汲取生命的元素，从不渴求人类的补给。

法国梧桐，人们没有从视觉上享受过你的盛宴，但你却奉上了心灵的大餐。特别是当冬天来临之时，你被伐去多余的枝叶时，绝不会忘记曾经的夏日！

樟树

樟树笔直地立于街道两侧，犹如英姿飒爽的兵士！

如果说法国梧桐是伟丈夫，那么樟树就是行道树中的美男子。

光洁油亮的叶子伴着微风细语，如少女对着心上人撒娇，让人怜惜万分，每每走过细雨微风中的樟树下时，不由闭目倾听风与叶的合奏，更何况浓密的树荫泼洒在街道中央，绘制着精巧的图案，一幅接着一幅，拨动着行人一茬又一茬的情思。造化弄人，还要给樟树以怡人心肺、清人耳目、令人心醉的香味。幽微的香气如游丝般萦绕在行人的身旁，真想随香起舞，舞成樟树的任何一部分。樟树叶很美，味很香，但如果没有厚重笔直的躯干，也无法突显它的俊美。深褐色的树皮上细细有节奏地排列着裂纹，粗糙而有力，凝重而沉稳。躯干直冲而上，枝叶浑然一体，和谐有致。绝不多一点累赘，干净利索，潇洒自然。

樟树经冬不凋，铿锵有力，但春雷阵阵之时却让它羞红了双颊，叶子的边缘染上了红色，一步一步渗透向了叶子中心，随着温馨的春风零落入地，追逐奔跑在满是春光的街道上。聚在一起，相互留别，互相祝福，谈笑风生，坦然面对碾作尘的后续。

秋风起，樟树枝头挂满了点点黑影，那是果实成熟的前奏，它们披上了紫色的外衣，进而化作了黑色，拥在油光闪闪的叶子中间，左右躲闪，等待着脱离母体，进入新的生命轨迹，但它们很少能长为新的个体，大多数的果子都成了鸟儿的美味，群群鸟雀在枝头欢天喜地、谈天说地，低头深思的果子也不时发表些惊人之语。秋天是收获的时节，鸟雀们收获的是食物，而樟树却收获快乐和自豪。乌黑油亮的果子，含在鸟儿有力的喙间，随着鸟儿展翅高飞。而另一半的果子是被冬风摇落在空旷的大街上，被行人和车辆碾成细尘，回归永恒。但它们要为自己美丽最后一次，当脚踏上果子时会发出干脆而有力的声响，这是它们最后的述说，也是归于自然的仪式。

樟树美丽了城市风景，法国梧桐让人们学会了感恩，还有榕树让人学会了坚强。

榕树

"这美丽的南国的树！"玉环应是它生长环境的极限了吧，因为在玉环以北的地方，很难一见。生长于玉环的榕树，年年经受着寒冷的洗礼，张扬着城市的坚强。

第一次到玉环就被这树迷住了，车刚从黄泥坎隧道走出，一排陌生的树杀入眼帘，夏日的骄阳下侧枝垂地的行道树。直觉告诉我，榕树！肥厚的叶子随风跳跃，长枝飘然，密不透风的叶子坚挺而有力。不知当时我有多兴奋，恨不得与我所有的同学分享这一快乐，打了好多的电话，告诉我的同学和我的朋友。这是我大四那年到玉环求职的第一印象，我会爱上这块土地的，因为他们把榕树作为了街道树。

后来我真的到了玉环工作。经冬复历夏，目睹了榕树的蓬勃与衰败，榕树经冬的姿态让我感动。榕树一定对寒冷充满了恐惧，只是我们行走在物欲横流的人群中，从不回头看一眼榕树罢了。

秋雁群飞，榕树穿上了"冬衣"。冬风千里迢迢，越过山脊，跨过长江，直扑南方，单薄的"冬衣"下榕树在颤抖，如同晚风里迷路的小女孩，怀念着家的温馨。可冬风却一点也没有减弱的意思，一浪接着一浪，风刺骨、霜满地之时，榕树再也无法承受，丰润的叶子憔悴成干枯的眼神，蜷缩在无力的枝头，没有绿意，少了生机，但却没有从枝头飘落。人同此心，心同此理。如果人在冻死前会看到熊熊燃烧的大火，那树叶在冻死之时又能看到什么？我猜测是"杂花生树，群莺乱飞"。

榕树用自己的钢铁意志、坚忍不拔，铸就了生命春天的到来，虽然榕树的叶子会冻死、冻伤，但在桃李花开之日，它不会沉湎于过去的伤痛，积极投入绿意满枝头、彰显绚烂的笑容的准备，经过冬天洗礼的榕树，又静静地立于街道的两侧。

行道树装饰了城市，又装饰了人们的梦，树与梦长，人与梦同，城市因梦而美丽！

每一块石头都有自己的语言

正在涨潮，沙滩被淹没在海水之下，只有成千上万的石头裸露在空气中，形成了石滩。海潮澎湃而来，雷鸣般的潮声一阵紧一阵地冲击着耳膜，海浪高举着盾牌拍击着礁石，被击得粉身碎骨，却仍一波接着一波地永不放弃，无端地让飞溅的水花染上了一丝悲壮。轰鸣声充斥着整个山谷，在心间回荡，只有石头在静默，像大战过后无数的尸身陈列着，灵魂随着潮声浪花不断波动。

赤脚从石头上走过，在阳光里，它有自己的温度。大如磐石，细如小指，大的平稳，小的灵动，脚底轻触它们，细微的扎脚、轻微的滚动，都似它们不作声的交流。

放眼望去，才发现这些石头如此斑斓不同，红绿相陈，斑驳相交，在碧绿的山谷中，它们微黄、朱红、赭石、粉红、青蓝……没有一块是单纯的颜色。在大致的底色上，总有深浅不同的其他颜色像作画一般镶嵌在上面，像生动的语言在陈述自己的历程。这一块是不规则的三角形，灰白的底色，中间一圈淡淡的蓝，躺在一堆米色、赭色中间，像一个披着绶带的绅士，可是你为什么忧郁呢？顶端一侧有一只凹陷的眼，透露了你的心事呢。一步外，躺着一块似合着手指的手掌一样的青石，安安静静、与世无争，把它放在一块乳白的大石头上，再在边上放上一块褐色的椭圆形石头，它突然就生机勃发起来，如同一艘整装待发的船，准备随时离岸驶向远方。

一块心一样的石头默默地注视着一切，红色一层一层地从中间到顶端逐渐加深，到了石尖处，红得滴血。是被谁伤过才会如此，还是倔强得不肯死去，要留着最后的血液看着潮来潮去呢？它的右边，有一个印满大地痕迹的同伴，身上草的化石清晰可辨，不言不语地和它气息相通。压着它的小石头，一块是粉色底、上头嵌着一朵橘红色小花，一块通身淡绿得杨柳一般，还有一块扇子状，下半泛白、上头铺开一片浅蓝。我捡了几颗小的，放在膝盖上，细细地看，没有光滑和平整，只有数不清的坑坑洼洼。它们在每一点坑洼里绽放出美丽，如鲜花、星星，像眼睛、耳鼻……它们是以此来保持呼吸，窥视世界，还是以此来诉说，让世界来窥视呢？它们不是卵石，因为圆得并不纯粹，在圆润之余总是多多少少留了些棱角让人依稀可辨。可是风浪冲刷了千百年，它们不是礁石，它们在海浪中翻滚，挣扎着站立。它们在不停地抵抗中不断地妥协，在身上留下无数抗争的痕迹……最后变成我们眼前的模样，像无数鲜艳的花开放在荒芜中，不娇艳、不唯美，却有一种刚中带柔的动人。沙滩明明很小，可紧紧叠叠的石头们丰盈了它的内容，在孤寂中充实了时光，人站着，也变成了一块小小的带着彩色花斑的石头。

潮水下退了，渐渐露出沙滩以及刚才埋没在海浪中的大石块，它们带着绝望拼命，猛扎在沙中，唯恐不留神就被无情的流光卷走。它们已被磨得光滑圆溜，只保持着当年的大致形状静卧着，任风一拨一拨地冲刷，它们在沙滩和石滩之间组成了一个屏障，艰难地隔开了浪和石块们，使它们虽然滚落却不至于跌入海浪中永远沉没。

风吹来，浪在逐步后退，所有的石头都露了出来，暗沉、静默，不比石滩上的光泽柔和、鲜嫩。它们像一个濒临危险的种族的老者，老而弥坚、兢兢业业地守护着年轻的一代。

这些石头，从何而来，如何就成了现在的模样？它们的历史，我还读不懂，可我觉得，每一块石头都有自己的语言，你凝视它，便会发现它在微笑着，它有话对你说。

大雨过境

在天广地阔的山尖，阳光睡得略带迷糊。远处海上云起雾涌，一团云携着雨奔突而来，像步伐整齐动作划一的士兵一样极速行进。

一愣神的工夫，它就杀到了前面的村子，村口的岔路似才被封锁，它就已冲到了两村交界的山凹，震耳欲聋的雨声，像千军万马在战场上推进，发出惊天动地的声响。人想逃，都被骇得迈不开腿，任这壮阔的波澜把自己裹挟其中，成为风浪里渺小的一粟，成为风雨中挣扎的一蚁、飘摇的一叶。

亿万雪亮的刀剑、发光的军靴在眼前一闪而过。人被击中，听见大地的震动。多么可怕的威力，雨伞——人唯一的武器，如此脆弱，不堪一击，被哗哗啪啪的声音扎出千百个洞孔。幸而风不曾助纣，大雨趁人在惊魂甫定中，漠然地继续气势浩大地迅速离去，消失在山的另一边，像一场来去匆匆的大梦。

阳光随即出现，似乎打了个盹后，就发现兵临城下，于是奋起抗击。它们快它也快，它们占领一处阵地，它就杀气腾腾地夺回一处，直至驱逐殆尽，就是它们翻过了山岗，它也紧追不舍。

这场莫名来临的战争，让人百思不得其解，是雨无心路过，还是积久成怨？但结局似乎是阳光占了上风，无论如何雨看着都像且战且退。

三日之后，阳光与云胶着良久，互有胜负。可突然地，窗外昼黑如夜，来不及设防，千万支亮白的雨箭就凌空呼啸而来，射击着大地裸露的一切，飞溅的水花是箭刺入身躯喷溅的血液。

高楼在大地耸立，如坚硬的堡垒，玻璃是坚实的盾牌，全力地抵抗。那密密集集的毕剥声硬朗有力，像是刀剑交锋的碰撞，如战斗铿锵的鼓点，是冲锋前进的号角。

它们气势磅礴地攻城略地，整个大地无处不笼罩在它们的威严之下。躲在钢筋水泥的掩体里，看箭在击中玻璃的刹那，弹开成铜钱大小的水花，一朵接一朵，一朵叠一朵，密密麻麻，填满了视野。外面的景象都被包裹在这点点滴滴里，向下滑动，玻璃印满了扭动的线条。用重力画出的线条，既平行又交错，像孩子手里拧巴了的细绳，被抖直了，还带着刚才扭曲的形态。水花连绵不断，线条不慌不忙地牵引着它们，汇合、分散，拧紧、松散，无论箭镞如何锋利，消解成水花拧出的线条，就都温和而细腻了。它们成为这场大战最早的一丝和解的信息。

大地无处躲藏，只能用宏大的身躯承受大雨肆虐，容忍万箭穿身。最后，雨水恣流，却又与大地相融一体。远处山色空蒙，草木葱苍，草地绵延润泽，边上水池显出雨后的丰满与风韵，苍白的水泥路浸渍成了庄重的黑灰，像一条条潮湿的带子连接了目光里的地点。

开始撤退的箭少了、小了，成了细细的、绵绵的线，还在牵扯着什么呢？似激烈的争吵后，泛起的难言的柔情。看不懂这天与地的恩怨与密语了，难不成，因盘古开了天地，它们其实是天与地之间或澎湃浓烈或缠绵辗转的牵挂吗？

大雨过境，世界和平，云消雾散，阳光不疾不慢地归来，并渐渐恢复了强壮，然后热情铺天盖地。

草地上的蘑菇星星点点，像撒落了一地的爆米花，伸手可拾。

它们在这里

我们似乎可以听到、感受到在生命的阳光下植物的脉搏的跳动，植物就在我们眼前继续生长。

——约翰·缪尔

一

昨夜大雨，图书馆窗外芭蕉巨大的叶子上，仍有水珠流淌。

这些芭蕉，前年还只到二楼落地窗的下沿，去年超过了桌子，今年就到了窗子上端，已达三楼了。我每次来都坐在这里，看着它一点点地长，一步步地蹿个，从一个小孩子长到小巨人的身高。

四散开的叶子遮蔽了整个玻璃墙面，贴近墙面的一片叶子上，有蚂蚁在破损的叶尖徘徊，爬得这么高，真不知道它花了多少的时间和力气；一只长脚蚊在水珠上洗脚，两条腿对搓，似乎下一步，就是拿去沾水去抹自己没有肉的"脸"了；一只黄蜂在叶下穿梭，然后招引了更多的黄蜂，隔着窗也能听到它们嚣张的嗡嗡声；一只鹩鸟，迅速地钻进井边的灌木，一声不响地待着，似在躲避什么。然后，我看到墙角的一株小芭蕉也长到两米多高了，正跟着长辈们努力呢……

这个隐秘而独立的世界，打开了一扇窗，让我窥探。

二

沿着广场的小径散步，开阔的草坪上散落着形形色色的雕塑，与雕塑呼应的就是那些小小的林子。

桂花开了，香气弥漫了八月的清晨。阳光从这丛树跳到那丛树，三角枫的叶子仍保持着年轻，紫薇却已染上了秋色，零星点点的红叶带着金边嵌在还挂满绿色的枝叶间，像春天蓦然回来，叫开了朵朵的花。有些叶红了尖尖的一点，传递过去，是半片、一片、几片，时间越深这红就扎得越深，然后掀开季节新的一页，窸窣有声。

三

林子成片，各色树木划地杂植，依着次序顶着针、镰刀、扇子、手掌、心一样的叶子，从树下走过，看它们摆弄着自己多姿的叶，像人们反复研究自己与众不同的掌纹。树是笔直挺拔的，一株一株士兵一样排列，树皮有幽黑，有白净，有斑驳，有光洁，风雨的故事藏在树心，皮是一本可以翻阅的书。

三角枫林的深处藏了另一株树，贴近地面的枝干像一把巨大的镰刀，刀尖扎入泥土，刀把垂直地伸向天空，它的树干带着幽暗的水色，比三角枫粗壮许多。

它是怎么独自跌落到这片不属于自己的丛林的呢？它弯曲的身

躯像极了一个逃跑却被拽回双脚的俘虏。它的枝叶藏在深处，看不真切，透过三角枫泛白的树干只能看到它周围留着足够的空白，那样子像囚禁，更像保护。

四

在广场的另一端，樱花落叶了，春的绚烂，酝酿了秋天的缤纷。

几场大雨过后，一地的落叶，仍不失春日里花朵纷飞的气势。一棵树落叶的姿态与落花的姿态总是相似，是因为它们源自同一个母体吗？

一只鸫鸟在树下蹦蹦跳跳，偶尔用嘴翻啄着地面，见有人来，便展翅倏忽而去，那姿势，也像一片翩然远去的叶。

五

樟树是高明的骗子，一年四季绿意盈盈，人人都以为它是常绿的树木。可它实际上一年四季更新着树叶，一年四季冒着黄绿的嫩芽。春天那些火红的叶子，挂在树冠上，就是绿叶丛中开出的花，那些娇滴滴的芽儿，莫不是淘气的阳光跳上枝头闹腾？

一场春雨过后，满地叶子如花瓣一样或黄或红，在春寒里显出秋日的萧索。还有一地的樟树籽，黑的、绿的，撒米一样落了一地，一脚一脚踩上去，毕毕剥剥地响，走一路就响一路，可以演奏出一首完整的曲子。后来踩的人多了，就只能挑出一些片段，不过也是快乐的。

当秋正经八百地来了，樟树又换叶、落籽，来一阵雨，在大地再画一幅相似的画。恍惚中，我又混淆了季节——这个骗子每年都能成功地骗到我两次。

六

路边的一棵樟树应该上了点年纪了，黑幽幽的树皮，像一汪深不见底的水，龟裂的树皮上的空隙亦像大地上纵深的裂痕，目光无法到达它们的底部。

一棵树，老到一定年纪，就有了自然的智慧和岁月的威严，有了睥睨众生的姿态，让人心生敬畏。

可总也有些东西不怕它。碧绿的青苔爬上了它的身躯，从树根一直蔓延到树干，像只调皮的猴子依附其上，轻易不肯下来。背面，有大大小小三株凤尾草从高到低一字排开，在风里乖巧地随着树的枝叶一齐挥动。

树呢，能怎么办？再威严，它也是人家的一个老爷爷。

七

有棵树死了，被砍得只剩下一个矮矮的树桩。砍的人大概干活并不细致，锯子锯了大半，剩下的一点被斧子砍了几下，再扳倒，还看得出树皮被拉扯而断的痕迹。于是切面就有了上下几厘米的落差，像平整的盘子豁了口子放着。在锯子锯的一侧边沿上长了一朵小小的肉粉带白边的"脑袋"，打眼一看，米老鼠从泥里钻出，扒着树桩要爬上来呢。另一边，斧子砍过的地方，则长了一只"耳朵"，也是肉粉白边，更大一些，圆圆的、肉肉的，是小熊维尼来偷听罢。

偷听什么呢？树桩原来的木色早已被风雨掩盖，苍黑里带了青苔朦胧的绿意，树心中间裂开，裂痕向四边放射，像一朵水墨的线菊，一只爬虫正在靠近花蕊。树桩贴在泥土的地方，已然腐朽，正在和大地融合。

可是那只耳朵听得那么专心，它听到生命在消失的同时又酝酿出来新的生机了吧。

八

栾树是极有层次的，喜欢把一年中的三个季节挂在身上。你看它繁茂的枝叶上开出了团簇粉红的花，三瓣心形，杨桃一般，密密地在绿叶外包了一层，像满头青丝上缀了一圈的绒花。走近细看，才发现不是，这三瓣"杨桃"的红，从中间散发，先是细细的线条夹在淡淡的绿里，再一层一层沿着水波一样的纹理往边沿推，越推越红，直到整个像被从染缸里泡过，红得深邃夺目。里面包着的小小的籽，也从淡淡的绿变成了黑色。秋了，结籽是应当的罢。

到了高处，俯瞰，在团团的绿、圈圈的红外，有挑尖的圆锥形的黄绿花序一枝一枝从中脱颖而出，像插了堂皇的金钗。一眼远去，满头珠环翠绕，华美异常。

它的花是先从底下往顶上开的吧，于是果跟着层层烘托。上边开花，下边结果，一边开一边结，红绿杂陈层递。每次从树下经过，总忍不住抬头，确认一下那些红的是果，不是花。

九

从黄岩鉴湖带回的莲蓬的水渐渐干涸，碧绿跟着褪色，厚重的古铜色把它们禁锢在一个姿势。

它们像花儿一样站立在瓶子里，轻垂着头，颈项如天鹅一般优美，水莲花的娇羞被娴雅的气质取代。同样是时光的厚待，干枯的莲蓬在白色的墙角站成了最美的风景。莲子也跟着干瘦，变成色泽相似的珠子，从莲蓬中脱落。

你不知它何时脱落，拿起的刹那，它早与母体分离，只等一个时机，来一场彻底的告别。于是滴滴的声音清亮干脆，木地板成了一个巨大的吸盘，宣告这种分别正式到来，莲子与它碰撞出和谐的动人的声响来，这足以掩盖它与莲蓬相离时的那一声声轻不可闻的叹息。

莲蓬变得轻若无物，一阵微风都可以让它翩然飞起。孕育莲子的地方有浑圆、椭圆、扁圆……细腻、温厚，像一口口浅浅的盏，盛住了生命，又轻易放弃了生命，它们也像大大小小、形状各异的眼，一直看到时光深处，窥探生命存在的机密。

把它们当作花，插在透明的花瓶里，看它们低头、侧身流畅的线条是时钟走动和重力吸引合作的成果。想起一位著名的雕塑家，养了一池的荷，而后又用青铜把那些盛放的、枯败的，都定格在某一时刻，重现一池的风情。可我没有这本事，只会把莲子化作泥土，沉甸甸地装了半瓶，压住了瓶子，让它们又融在一起，让莲蓬自然地凝固成不凋败的花朵，让莲子们泛出深沉的幽蓝的色彩，古老而神秘。

都是干枯的色彩，是否能重焕生命的光彩？把几颗莲子养入天青的笔洗里。未曾照料，几日之后，它却发了芽，而后抽茎，爆出了鲜嫩的叶……古铜的外皮还不曾褪去，嫩绿的细茎在笔洗有限空间里纵横，还浮出一片婴儿手掌般的绿叶……

第一次见到荷的生命原来由此而来，觉得自己是把一湖的莲花养在掌心了，心里有种别样的激动。可几千年前的莲子也被人催着发了芽，那么我眼前的这些又何足为奇呢？我的激动亦平淡了，但是对于干枯的生命迸发的生机总让人多一分敬畏，也许生命本来就是可以跨越时间的存在。

这个道理，在孩子朴素的心里比我更早认知。因为他用同样的方法，更早地培育了绿豆的秧苗。